다시 살아나라, 김명순
-김명순의 삶과 문학-

송명희 지음

지식과교양

머리말

김명순은 우리나라 최초의 정식 등단절차를 거친 여성작가이다. 그녀는『청춘』을 통해 단편소설「의심의 소녀」가 이광수에 의해 추천됨으로써 작가로 등단하였다. 그녀가 등단한 1917년은 우리나라 최초의 근대소설로 평가되는 이광수의『무정』이 발표된 것과 같은 해이다.

나와 김명순과의 인연은 1980년대 초로 거슬러 올라간다. 대한민국 예술원에서『한국문학사전』(1985)을 발간할 때 나에게 집필 의뢰된 항목 중에 김명순이 포함되어 있었다. 그리고 한참의 세월이 흘러 송명희 · 안숙원 · 이태숙의 공동편저인『페미니즘 정전읽기』(푸른사상, 2003)에서 김명순의 두 작품을 현대어로 번역하여 수록하였다. 그런데 또 무슨 인연으로 지만지에서 기획한 원본작품집 시리즈 중『김명순 작품집』(2008)의 편집을 내가 맡게 되었다.

그리고『김명순 소설집-외로운 사람들』(한국문화사, 2011)은 나의 적극적인 의지에 의해서 책이 출간되었다. 김명순의 소설을 현대어로 번역하여 발간하게 된 이유는 원본 작품집을 읽는 일을 대학원생들조차 매우 힘들어 했기 때문이다. 읽기 쉽게 현대어로 번역하여 김명순에 대한 연구가 활성화되길 바라는 심정에서 생색나지 않는 일을 해냈던 것이다.

이 과정에서 여러 차례 작품을 읽으며 의미를 되새겼고, 또 수차례 교정을 보면서 나는 김명순이라는 작가에게 제대로 몰입해 들어갔다. 자전적 성격이 강한 그녀의 작품들과 그녀가 겪어야 했던 생애가 오 버랩 되면서 나는 그녀의 처절한 삶과 예술혼에 가슴이 벅차올라 눈 물을 흘리기도 여러 번이었다. 그녀의 작품들은 읽으면 읽을수록 문 학성이 빛나고, 때로 심리주의자로, 페미니스트로, 저항주의자로서의 다양한 면모가 새로운 감동으로 다가왔다.

정년퇴직이 가까워지자 후배교수들과 제자들이 퇴임기념 저서를 발간하겠다고 했을 때에 처음에는 만류했다. 하지만 김명순 등단 100 주년 기념도서라면 페미니즘 비평가로서 선배 여성작가를 기린다는 큰 의미가 있을 것 같아 『김명순에게 신여성의 길을 묻다』(지식과교 양, 2017)를 기획해 출판하게 되었다.

2017년 12월 12일에는 김명순을 사랑하는 이들이 힘을 모아 '다시 살아나라, 김명순-김명순 등단 100주년 기념심포지엄'을 〈서울 문학 의 집〉에서 가졌다. 이 행사는 성주재단의 후원으로 이루어졌다. 이 책의 제목인 '다시 살아나라, 김명순'도 바로 이 행사명에서 가져온 것 이다.

'다시 살아나라'에는 김명순의 문학사적 위상을 제대로 복원시키고 재평가를 해야 한다는 의미가 담겨 있다. 그녀는 1920년대에 두 권의 창작집을 발간했으며, 시, 소설, 희곡, 수필 등 여러 장르에 걸쳐 치열하게 작품활동을 했고, 당대 주요 일간지에 소설을 계속 연재했던 인기작가였다. 그럼에도 작가로서 한국근대문학사에서 공정하게 평가받지 못했으며, 더욱이 한 명의 인간으로서나 여성으로서 그녀의 인격과 자존심은 늘 모욕받고 비난받고 매도되어 왔다.

나는 이번 단행본 저서에서 깊은 애정과 사명감을 갖고 한 명의 작가, 인간, 여성으로서의 김명순을 올바르게 평가하고 문학사적으로 복권시키고자 노력했다. 1980년대 초에 뿌려진 작은 씨앗이 발아하여 꽃을 피우고 열매를 맺게 되기까지 긴 세월이 흘렀다. 페미니즘 비평가로서 나는 문학사적으로 뜻있는 일을 해냈다는 성취감과 보람을 느낀다.

하지만 이 성취감과 보람은 평생을 가부장제 사회로부터 핍박받으면서도 맹렬한 창작활동으로 억압과 분노를 문학적으로 승화시킨 김명순이라는 작가에게 전적으로 바치는 것이다.

이 책은 김명순의 시로부터 「의심의 소녀」, 「칠면조」, 「돌아다볼 때」, 「외로운 사람들」, 「탄실이와 주영이」, 「꿈 묻는 날 밤」, 「나는 사랑한다」, 「손님」, 「모르는 사람같이」 등 가능한 한 많은 작품들을 분석함으로써 김명순이라는 작가의 전모를 파악하고자 하였다. 그리고 요즘

의 사회적 관심사가 된 여성 혐오나 분노 감정 같은 문제도 김명순의
작품을 통해 접근함으로써 현대에도 김명순이 새롭게 읽힐 수 있는
작가라는 점을 인식시키고자 하였다.

　이 책은 큰 틀에서 페미니즘 비평의 관점을 취하였고, 그 안에서 자
유연애와 자유이혼이라는 모티프, 외로운 사람들 모티프, 분노 감정,
여성 혐오, 젠더지리학, 젠더 이미지, 심리주의, 양가적 성차별주의 등
다양하고 새로운 관점으로 김명순의 문학을 새로운 시각으로 조명함
으로써 김명순이란 작가의 현대성을 입증하고자 노력했다. 특히 김명
순이 당대 사회로부터 받았던 억압과 핍박을 넘어서서 자신의 문학을
얼마나 깊이 있게 성취하고 삶을 승화시켜 나갔는가에 초점을 맞추어
글을 썼다.

　책의 목차를 글을 쓴 순서대로 구성할까도 생각했으나 그보다는 주
제의 유사성이 있는 글들을 묶기로 했다. 그런데 한편 한편의 글들이
갖는 독립성 때문에, 또는 한 작품을 여러 관점에서 여러 차례 언급하
다 보니 내용상 중복되는 부분들이 있다. 하지만 부분적으로 문구를
수정하는 일을 제외하고는 처음 발표했던 그대로 두었다.

　제5부의 「연애지상주의를 신봉한 용감한 신여성 '김명순'」은 김명
순 소설 전반에 대한 해설문으로 적은 것이다. 그리고 「김명순의 소설
에 나타난 순수한 사랑, 그리고 여성 혐오에 대한 미러링」은 김명순의

소설세계의 내용상의 특징을 조명하기 위해 쓴 평론이다. 따라서 다른 글들과 내용이 겹친다는 것을 밝혀둔다. 김명순이 어떤 작가인지 알기 위해서라면 제5부를 먼저 읽는 것도 좋을 것이다.

이 책이 김명순이라는 작가의 문학사적 복원에 조금이라도 기여할 수 있다면 최고의 기쁨으로 생각할 것이다.

어려운 여건 속에서도 학술서적을 꾸준히 발간하는 지식과교양의 사장님과 편집진에 경의를 표한다.

민락동 서재에서
송명희 씀.

| 차례 |

제1부

분노 감정과 여성 혐오

김명순 시에 나타난 분노 감정

1. 서론

김명순은 『청춘』(1917.11)지의 정식 등단절차를 거쳐 데뷔한 우리나라 최초의 여성 문인이다. 그녀는 1920년대에 『조선일보』와 『동아일보』에 연속해서 작품을 발표했으며, 2권의 창작집을 발간한 작가이자 10편의 외국작품을 번역한 번역가이기도 하다.

그럼에도 불구하고 '작품 없는 문학생활을 한, 성적으로 타락한 신여성'이라고 김동인은 그녀를 모델로 삼은 「김연실전」에서 악의적인 매도를 했다. 일본에서 데이트강간을 당했을 때에도 당대 사회는 가해자가 아니라 피해자인 그녀를 비난했다. 생모가 기생 출신의 첩이란 이유로 '불순부정한 혈액을 지닌 우울과 퇴폐의 히스테리'라고 김기진은 그녀를 모욕했으며[1], 염상섭은 '자유연애의 진의를 왜곡하고

---

1) 김기진, 「김명순, 김원주(일엽) 씨에 대한 공개장」, 『신여성』, 1924.11.

남성 편력을 일삼는 타락한 자유연애의 사도'로 김명순을 비판했다.[2] 김명순을 추천하여 문단에 나오게 했던 이광수마저도 뚜렷한 근거도 내세우지 않은 채 데뷔작 「의심의 소녀」가 표절작이라는 애매한 언사[3]로 그녀의 문학을 모독하였다.

김명순은 일본 작가가 쓴 『너희들의 배후에서』의 주인공 '권주영'이 자신을 모델로 하였다는 소문이 파다해지자 「탄실이와 주영이」를 발표함으로써 자신을 둘러싼 세간의 왜곡된 소문과 남성들의 적대적 공격에 대항하고자 했지만 결국 연재는 중단되고 말았다. 그녀에게 쏟아지는 무성한 소문과 비난을 더 이상 감당할 수 없어 연재를 계속하기 어려웠을 것이다.

그녀는 작가로서도 한국근대문학사에서 공정하게 평가받지 못했으며, 더욱이 한 명의 인간으로서나 여성으로서 그녀의 인격과 자존심은 늘 모욕받고 비난받고 매도되었다. 김명순은 다름 아닌 문단의 동료였던 신남성들의 가장 빈번한 여성 혐오의 표적이었다.

일본의 페미니스트 사회학자 우에노 치즈코(上野千鶴子)는 여성 혐오(misogyny)를 여성에 대한 멸시를 나타내며, 여성을 성적 도구로 생각하고, 여성을 나타내는 기호에만 반응하는 것이라고 규정했다. 즉 여성을 남성과 대등한 성적 주체로 인정하지 않고 객체화하고 타자화하는 데서 여성을 멸시하는 여성 혐오가 나타났다는 것이다. 그녀에 의하면 여성 혐오는 근본적으로 여성에 대한 성차별주의(sexism)를 바탕으로 하여 발생한다.[4]

---

2) 염상섭, 「감상과 기대」, 『조선문단』, 1925.7.
3) 이광수 · 주요한, 「춘원 · 요한 교담록」, 『신시대』, 1942.2.
4) 우에노 치즈코, 나일등 역, 『여성 혐오를 혐오한다』, 은행나무, 2012, 12-13면.

　김명순은 자신에게 가해져오는, 성차별주의에 바탕을 둔 여성 혐오와 공개적으로 무시당하고 모욕을 당하는 부당한 상황 속에서 느끼는 분노 감정을 자신의 시를 통해 반복해서 표출했다. 분노는 스스로를 방어하는 쪽으로 인간을 행동하게 만들고, 그 분노를 무기로 해서 자신을 보호하거나 자신의 권리를 위해 싸우게 만들기[5] 때문이다. 만약 그렇게라도 하지 않았다면 그녀는 우울증에 빠져 자살을 하고 말았을지도 모른다. 실제 그녀는 「유언」이란 시를 쓰고 자살을 시도하기도 했다[6].

　따라서 본고는 분노 감정이 김명순의 시세계를 해명할 수 있는 중요한 키워드의 하나라고 파악하여 분노 감정을 중심으로 그녀의 시를 분석하고자 한다. 그렇다고 하여 분노 감정이 1910년대 후반에서 1930년대 말에 이르는 김명순의 전 창작 기간에 걸쳐 지속적으로 그녀의 문학적 정서를 지배했다는 뜻은 아니다. 분노 감정뿐만 아니라 인간의 모든 감정은 외부자극에 대한 단기적 반응으로서 시간이 지나면서 약해질[7] 뿐만 아니라 유동적이어서 어떤 감정이 지속적으로 한 인간을 계속 지배하기는 어렵다. 그녀의 시에서 분노 감정은 1924년에서 1925년에 걸쳐 집중적으로 표출되고 있다. 이 시기는 그녀가 남성들로부터 집중적으로 모욕받고 비난받고 매도되던 시기였다.

　그동안 원본 전집[8]이 발간되었고, 현대의 독자들이 읽기 쉽도록 현

5) 존 브래드쇼, 오제은 역, 『상처받은 내면아이 치유』, 학지사, 2004, 40면.
6) 실제로 김명순은 1927년까지 두 차례의 자살 시도를 했다고 전해진다. : 서정자 · 남은혜 편, 『김명순 문학전집』, 푸른사상, 2010, 834면.
7) 최현석, 『인간의 모든 감정』, 서해문집, 2011, 74면.
8) 서정자 · 남은혜 편, 앞의 책.

대어로 번역한 작품집들도 시 · 희곡과,[9] 소설[10] 장르에서 나와 있다. 하지만 김명순의 시세계는 동시대의 나혜석이나 김일엽과 비교할 때에도 아직 연구가 부진한 상태다. 근대성[11], 신여성 의식[12], 주제의식[13], 동시대의 여성시인들과의 비교연구[14], 타자성[15], 문학교육[16] 등의 분야에서 연구가 이루어졌지만 김명순의 시세계는 아직 충분히 밝혀지지 않았다.

---

9) 맹문재 편역, 『김명순전집-시 희곡』, 현대문학, 2009.

10) 송명희 편역, 『김명순 소설집-외로운 사람들』, 한국문화사, 2011.

11) 황재군, 「김명순(金明淳)시의 근대성 연구」, 『선청어문』28, 서울대학교 국어교육연구소, 2000, 23-38면.

12) 방정민, 「김명순 시의 신여성상 연구 : 엘렌 케이 사상의 수용적 측면과 능가한 측면을 중심으로」, 『인문사회과학연구』11-2, 부경대학교 인문사회과학연구소, 2010, 29-54면.
김윤정, 「김명순 시에 나타난 신여성 의식 연구」, 『비교한국학』22-1, 국제비교한국학회, 2014, 173-205면.

13) 맹문재, 「김명순 시의 주제 연구」, 『한국언어문학』53, 한국언어문학회, 2004, 441-462면.

14) 이경수, 「근대 초기 여성시에 나타난 기독교적 상상력과 여성 표상 : 나혜석 · 김명순 · 김일엽의 시에 나타난 종교성과 여성성의 관련 양상을 중심으로」, 『비평문학』33, 한국비평문학회, 2009, 371-398면.
김영옥, 「1920년대 여성시인 연구 : 김일엽, 김명순, 나혜석의 시를 중심으로」, 『우리문학연구』20, 우리문학회, 2006, 159-185면.
이민호, 「시의 비유적 은유와 리얼리티 -1920년대 시의 여성성을 중심으로」, 『서강인문논총』26, 서강대학교 인문과학연구소, 2009, 251-279면.
진순애, 「신여성 시 연구 - 김명순과 노천명 시를 중심으로 -」, 『인문과학』47, 성균관대학교 인문학연구원, 2011, 101-124면.

15) 최윤정, 「김명순 문학 연구」, 『한국문학이론과 비평 』17-3(60), 한국문학이론과비평학회, 2013, 487-511면.

16) 남민우, 「여성시의 문학교육적 의미 연구 : 1920년대 김명순의 시를 중심으로」, 『문학교육학』11, 한국문학교육학회, 2003, 327-371면.

2. 분노 감정과 페미니즘

분노(anger) 감정은 무엇일까? 에크만(P. Ekman)은 인간의 얼굴 표정을 기준으로 공포, 분노, 행복, 혐오, 슬픔, 놀람 등의 6가지 기본 감정을 분류한 바 있다.[17] 유교 문화권의 기본 감정인 희로애락(喜怒哀樂)에도 포함될 만큼 분노는 인간의 기본 감정의 하나이다. 심리학자 쉐러(K.R. Scherer)와 월보트(H.G. Wallbott)에 의하면 분노는 다른 사람에 의해 고의적으로 유발된 불쾌하고 공정하지 못한 상황에서 경험하는 감정으로서, 자신이 공정하게 대우받지 못하거나 무시당한다는 느낌이 분노를 일으키는 주요 원인이다.[18] 즉 내가 옳다고 믿는 가치에 반하는 행위나 사건이 태연하게 일어나고 있는 데 대한 노여움이 바로 분노이다. 분노는 대개 자기 자신의 존엄성이 손상되었다고 느껴질 때 외부의 공격자에게 위협적이거나 방해하는 행동을 중단하라고 경고하기 위해 표현하는 감정이다.

그런데 우리 문화는 분노가 공격적 태도로 표현되는 것을 개인적으로나 집단적으로 매우 위험한 일로 간주하며, 그것에 잘 대처할 것을 요구받아 왔다.[19] 즉 분노 감정은 개인의 인격 완성이나 성숙한 인간관계, 사회의 조화로운 상태를 위해서는 다스려지고 통제되어야 할 감정, 치유되고 관리되어야 할 부정적 감정으로 여겨졌다.[20]

---

17) 최현석, 앞의 책, 78면.
18) 최현석, 위의 책, 114-115면.
19) 리처드 래저러스 · 버니스 래저러스, 정영목 역, 『감정과 이성』, 문예출판사, 1997, 37면.
20) 김영미 · 이명호, 「분노 감정의 정치학과 『제인 에어』」, 『근대영미소설』19-1, 근대영미소설학회, 2012, 33면.

하지만 아리스토텔레스(Aristoteles)는 분노를 정당한 감정으로 파악했으며, 분노해야 할 때 분노하지 않는 것을 오히려 어리석은 일로 간주했다. 그는 첫째, 분노란 자기의 가치와 명예의 위반에 대한 반응이며, 둘째, 자기 자신에게 일어난 일뿐 아니라 자신이 사랑하는 이나 주변 사람들, 그리고 이웃들에게 일어난 일에도 반응하는 감정이며, 셋째, 부정의에 대한 느낌과 인식에 근원을 둔다고 규정했다.[21]

분노 감정은 실제적인 일상사나 인간관계에 있어 부정적인 영향을 끼칠 수도 있지만 무조건적으로 극복되고 지양되어야만 할 감정이라고 여기는 것은 옳지 않다. 인간학적인 관점에서 분노 감정은 인간이 세계를 향해 자신의 존재를 호소하는 가장 격렬한 표현인 동시에 스스로의 자유를 구속하는 극복하기 힘든 조건이기도 하다.[22]

역사를 돌이켜보면, 인류의 생활 전반에 변혁을 가져오는 새로운 시대로의 전환은 기본적으로 분노를 원동력으로 한 인간의 적극적 움직임에서 비롯된 것이라고 할 수 있다. 이렇게 본다면, 분노 감정은 생에 대한 가장 적극적인 의지의 표현인 동시에 인간을 구속하는 반의지라고도 할 수 있을 것이다. 이처럼 분노 감정이 가진 긍정과 부정의 이중성은 우리 인간이 처한 실존적 조건이기에 인간학적으로 매우 흥미로운 대상이 아닐 수 없다.[23]

페미니즘(feminism)에서는 분노 감정을 위계적이면서 젠더화된 감정으로 파악하며, 분노 감정이 부정적인 함의보다는 긍정적인 의미를

---

21) 김영미 · 이명호, 위의 논문, 34면.
22) 권혁남, 「분노에 대한 인간학적 고찰」, 『인간연구』19, 가톨릭대학교 인간학연구소, 2010, 78면.
23) 권혁남, 위의 논문, 78면.

가진다고 본다.[24] 과거 가부장제 시대에 분노 감정은 왕이나 가부장 등 권력을 가진 남성들의 전유물로서 정당화된 반면 여성들의 분노 감정은 심각한 성격적 결함으로 여겨졌다. 하지만 1970년대 이후 페미니스트들은 분노 감정을 가부장적, 인종적, 자본주의적 억압에 대한 반응이자 그 모순된 체제를 변화시키고자 하는 건설적인 에너지로 재해석했고, 분노 감정을 여성 예술가들의 창작 에너지의 주요 원천으로 파악했다. 페미니스트들은 여성의 분노 감정을 억압하는 가부장제 문화가 강하게 유지되었던 영국의 빅토리아 시대와 미국의 19세기 초 중반의 여성 작가들의 작품에서조차 분노가 가장 중요한 미학적 원리로 작용하였다고 보았다.[25]

해리엇 러너(Harriet Lerner)는 분노를 우리가 상처받고, 권리를 침해당하고, 욕구나 바람들이 적절히 이루어지지 못했을 때 나타나는 신호이자 호소로서 우리가 살아가면서 필요한 감정적인 문제들을 표현하도록 일깨워주는, 존중받아야 할 중요한 감정의 하나로 파악했다. 그녀에 의하면 인간이 느끼는 모든 감정에는 저마다 타당한 이유가 있으며, 그렇기에 존중받아야 한다. 마찬가지로 분노도 존중해야 할 감정의 하나이자, 문제를 규명하고 근본적인 해결을 가능하게 하는 건강한 에너지이다. 분노의 표현은 화를 냄으로써 다른 사람들의 강요에는 '거부(no)'를 표시하고, 자기 내부의 명령에는 '허락(yes)'을 하게 된다. 그러나 오랫동안 여성에게는 분노 감정을 솔직하게 표현하는 데 제한이 있었다. 여성의 분노를 금기시하는 것은 남녀평등이

---

24) 김영미 · 이명호, 앞의 논문, 35면.
25) 김영미 · 이명호, 위의 논문, 36면.

일반화된 현대에도 크게 달라지지 않았다. 즉 분노를 표출하는 여성을 위협적으로 느낀다. 하지만 분노를 표출하는 여성들은 모두의 삶에 도전하고 변화를 모색하려고 하는 존재들이다.[26]

과거 가부장제 사회에서 분노는 여성에게는 허용되지 않았던 감정이었다. 하지만 여성운동 제2의 물결은 여성의 분노를 하찮은 사적 영역에서 사회적 차원으로 공론화시켰다. 여성의 분노에 대한 재개념화는 포스트모더니즘이 이성/감정의 이분법을 해체하며 대안적 패러다임의 하나로 감정의 가치와 중요성 및 감정이 갖는 전복적 창조성에서 새로운 가능성을 발견하기 시작한 것과 맥을 같이한다.[27] 앨리슨 재거(Alison Jaggar)는 여성을 포함하여 사회적으로 힘없는 계층에게 허용되지 않았던 분노 감정, 즉 금지된 감정인 분노가 많은 여성들이 공유하는 감정이라는 인식은 정치적, 인식론적으로 사물을 새롭게 보는 시각을 제공함으로써, 기존 체제에 저항할 수 있는 하위문화적 근거를 제공한다고 보았다.[28]

페미니즘의 관점에서 분노는 결코 억압하고 억제해야 할 부정적 감정이 아니다. 오히려 여성에 대한 사회적 차별을 넘어서기 위해 적극적으로 표출해야 할 정당한 감정이다. 분노 감정이야말로 가부장제의 모순된 체제를 변화시키는 창조적 에너지이자 여성문학의 중요한 미학 원리이다. '분노를 포함하여 감정은 그 자체로 행동은 아니지만 행동으로 나아가게 하는 내적인 에너지이다. 감정이 에너지를 보유할

---

26) 해리엇 러너, 김태련 · 이명선 역, 『무엇이 여성을 분노하게 하는가 : 여성을 바꾸는 분노의 심리학』, 이화여자대학교 출판부, 2011, 12-15면.
27) 심정순, 「감성의 포스트 여성주의 정치학-사라 케인의 Blasted와 4.48 Psychosis를 중심으로」, 『현대영미드라마』25-2, 현대영미드라마학회, 2012, 96-97면.
28) 심정순, 위의 논문, 99면.

수 있는 것은 감정이 자아의 감정이자 자아와 타자들 사이의 관계와 관련된 것이기 때문이다. 즉 감정은 문화 단위이자 사회 단위인 것이다.'[29]

따라서 본고는 김명순의 시에 표출된 분노 감정을 부정적이거나 병적인 감정이 아니라 젠더 불평등과 가부장제의 부당한 억압에 저항하는 정당한 감정이며, 자아의 권리를 지켜낸 긍정 감정이라는 관점, 즉 페미니즘의 관점에서 그녀의 시를 해석해 나갈 것이다.

그런데 본고는 분노와 더불어 슬픔, 우울 등에 대해서도 함께 다룰 것이다. 왜냐하면 감정은 역동적이어서 슬픔은 언제든지 분노로 바뀔 수 있으며, 슬픔이 분노로 바뀌면 슬픔은 사라진다. 뿐만 아니라 동일한 상황에서도 원인을 타인에게 돌리면 분노가 되고, 자신에게 돌리면 슬픔이 되기 때문이다. 그리고 분노 감정을 제대로 표현하지 못하고 자아 내부를 공격하면 우울이 되는[30] 등 분노, 슬픔, 우울은 서로 연결되어 있는 감정이기 때문이다.

서정자와 남은혜 편의 『김명순 문학전집』(2010)에는 모두 107편에 달하는 창작시가 수록되어 있다. 하지만 이 가운데 29편이나 되는 시가 『생명의 과실』을 발간할 때 개작한 작품들이어서 실제 작품의 편수는 78편으로 줄어든다. 필자는 김명순의 시를 원작과 개작 모두를 살펴보았지만 본고가 관심 갖는 분노라는 감정의 문제의식 면에서 개작이 한층 치열성을 보여주며, 작품의 완성도도 뛰어나다고 판단하였기에 원작과 개작이 있는 경우 개작을 텍스트로 삼았다.[31] 그리고 독

29) 에바 일루즈, 김정아 역, 『감정 자본주의』, 돌베개, 2010, 14-15면.
30) 최현석, 앞의 책, 145-147면.
31) 본고에서 논의하는 시 가운데 여러 편이 김명순의 중편소설 「외로운 사람들」(『조

자들의 독서의 편의성을 고려하여 인용할 때의 현대어 번역은 맹문재 편역의『김명순 전집-시 희곡』에 의거할 것이다.[32]

3. 김명순 시에 표출된 분노 감정

3.1. 왜 1924~1925년인가

김명순의 시에서 분노 감정이 집중적으로 표출된 시기를 살펴보면 1924년부터 1925년 사이이다. 이 시기는 자전적 소설「탄실이와 주영이」(『조선일보』, 1924. 6.14-7.15)를 발표했던 때이며, 첫 창작집『생명의 과실』(한성도서주식회사, 1925.4)을 발간한 때이다. 왜 이 시기에 분노 감정이 집중적으로 표출되었을까?

그것은 전기적 사실에서 알 수 있듯이 김명순이 자아존엄성의 손상을 느낄 만한 부당한 소문과 인격 침해를 이 시기에 집중적으로 받았기 때문이다. 이 시기는 소설 발표 직후부터 김명순이 소설의 모델이라는 소문이 파다했던 나카니시 이노스케(中西伊之助)[33]의『너희들

선일보』1924.4.20-5.31)에 삽입되어 있다. 즉「싸움」,「유리관 속에서」,「내 가슴에」,「저주」,「유언」이 그것이다. 이밖에「그쳐요」,「남방」,「분신」등도「외로운 사람들」에 삽입된 시이다. 이 시들은 작품집『생명의 과실』을 펴낼 때에 보다 강한 톤으로 개작되었다. 이밖에도「영희의 일생」,「돌아다볼 때」,「탄실이와 주영이」등의 소설에서 김명순은 자신의 시를 삽입하고 있다.

32) 원본과의 대조 결과 맹문재의 현대어 번역은 무리 없이 잘 이루어졌다고 판단된다.

33) 나카니시 이노스케(1887~1958) : 일본 프롤레타리아 작가이자 사회운동가로서 여러 피억압자의 해방을 위해 노력했다. 조선으로 건너와 신문기자를 하며 일본

의 배후에서(汝等の背后より)』(改造社, 1923)가 이익상에 의해 '여등
(汝等)의 배후(背後)로서'라는 제목으로 번역되어 『매일신보』에 연재
(1924.6.27-1924.11.8)된 후 단행본(1925)[34]으로도 발간되었던 때이
다. 김기진이 「김명순, 김원주 씨에 대한 공개장」(1924.11)를 통해 김
명순을 매도했고, 이미 소설 「제야」(1922)에서 김명순을 모델로 삼았
던[35] 염상섭이 「감상과 기대」(1925.7)에서 다시 '타락한 자유연애의
사도'라고 김명순을 맹비난했던 때이기도 하다. 따라서 김명순은 자
신이 받았던 매체를 통한 공개적인 모욕과 부당한 인격 침해, 그리고
그로부터 받은 자존심의 손상 등에 적극적으로 대응하기 위해 분노
감정을 이 시기에 집중적으로 표출했다고 생각한다.

　「탄실이와 주영이」를 쓴 동기 자체가 일본 작가가 쓴 소설 『너희
들의 배후에서』와 관련된 왜곡된 소문을 바로잡기 위해서였다.[36] 즉
김명순은 일본 작가의 소설에 등장하는 조선 여성 권주영과 자신(탄
실)[37]이 다르다고 주장하며, 그녀를 둘러싼 세간의 소문과 남성들의
적대적 공격에 대항하고자 「탄실이와 주영이」를 발표했던 것이다.

총독을 비판하고, 재벌에 의한 광산노동자들의 학대를 신문에 폭로하다 투옥되었
다. 일본으로 돌아간 후에는 사회운동을 지도하는 한편으로, 조선에서의 경험을
바탕으로 쓴 장편소설 『붉은 흙에 싹트는 것』을 발표하고, 『씨앗 뿌리는 사람』의
동인이 되어 작가로서도 활약했다. 식민지 조선을 배경으로 한 소설로는 『붉은 흙
에 싹트는 것』, 『너희들의 배후에서』, 『불령선인』 등 3부작이 있다.

34) 나카니시 이노스케, 이익상 역, 『여등(汝等)의 배후(背後)로서』, 문예운동사,
1925.

35) 송명희, 「근대소설에 나타난 신여성 모티프」, 『인문사회과학연구』11-2, 부경대학
교 인문사회과학연구소, 2010, 13면.

36) 신지연, 「1920년대 여성 담론과 김명순의 글쓰기」, 『어문논집』48, 민족어문학회,
2003, 330-331면.

37) 탄실(彈實)은 김명순의 아명이자 필명이다. 이밖에 기정(箕貞)이란 이름과 망양
초(望洋草), 망양생(望洋生)이란 필명을 사용했다.

『생명의 과실』의 발간도 마찬가지 맥락에서 해석하지 않을 수 없다. 창작집의 발간사에서 그녀는 "이 단편집은 오해받아온 젊은 생명의 고통과 비탄과 저주의 여름으로 세상에 내놓음이다."라고 밝히고 있다. 즉 세간의 소문으로부터 받은 오해의 상처가 그녀의 젊은 생명에 "고통 비탄 저주"를 불러왔고, 창작집은 그 오해에 대한 저항 행위의 여름(결실)이라는 것을 천명한 것이다. 다시 말해 그녀는 김기진이 공개장에서 비난했듯이 단지 희소성 때문에 조선에서 문인으로 행세해 온 과거의 인물이 아니라 현재형의 작가라는 것, 작품도 없이 연애나 일삼는 작가가 아니라는 것을 창작집의 버젓한 발간을 통해 입증하고자 했던 것이다. 따라서 『생명의 과실』에 수록된 작품들은 그녀를 향해 쏟아지는 남성 문인들의 적대적 공격과 비난에 대항하고자 전반적으로 보다 강한 저항적 톤으로 개작이 이루어지고 있다. 맹문재는 김명순의 오해받아 온 상처를 "여성으로서 남성 지배적인 유교 사회에서 겪어야 했던 이러저러한 불이익"[38]이라고 범박하게 표현하고 있다. 하지만 그녀를 둘러싼 상황은 그녀로 하여금 "고통과 비탄과 저주"를 불러올 수밖에 없는, 그녀를 구체적 타깃으로 한 대단히 부정적이고 적대적인 것이었다. 따라서 김명순은 김기진의 공개장에 대한 반박문을 써서 그의 잘못을 바로잡고자 했으며,[39] 「탄실이와 주영이」의 발표를 통해 그녀에 대한 왜곡된 소문의 진상을 밝히고자 했다. 그리고 창작집 『생명의 과실』을 발간했던 시기를 전후하여 그녀는 분노

---

38) 맹문재, 앞의 논문, 449면.
39) 1924년 11월 잡지 『신여성』에 실린 김기진의 「김명순, 김원주(일엽) 씨에 대한 공개장」에 대해서 김명순은 「김기진 씨의 공개장을 무시함」이라는 반박문을 준비하였다. 하지만 『개벽』에 실린 『신여성』12월호의 광고문 목차에 나와 있던 김명순의 글을 『신여성』12월호는 싣지 않았다.

감정에 압도적으로 지배될 수밖에 없었고, 창작집은 바로 분노 감정을 문학적으로 승화시킨 결실이라고 볼 수 있는 것이다.

그런데 이 시기에 김명순이 느낀 감정의 절실함 때문인지 분노 감정을 표출한 시들은 이전과 이후의 다른 시들에 비하여 문학성도 뛰어나고, 독자에게 전달하는 감동도 더욱 크다고 하지 않을 수 없다.

김명순에 대한 매체와 남성들의 비난에 대해서는 최명표[40], 서정자[41], 김경애[42] 등의 논문에서 자세히 밝혀져 있으므로 더 이상의 논구는 생략하겠다.

3.2. 슬픔 · 우울 · 분노를 넘나드는 감정의 격동

검고 붉은 작은 그림자들,
번개 치고 양 떼 몰던 내 마음에 눈 와서
조각조각 찢어진 붉은 꽃잎들같이도
회오리바람에 올랐다 떨어지듯
내 어두운 무대 뒤에 한숨짓다.

나는 무수한 검붉은 아이들에게 묻노라
오오 허공을 잡으려던 설움들아
분노에 매 맞아 부서진 거울조각들아,

---

40) 최명표, 「소문으로 구성된 김명순의 삶과 문학」, 『현대문학이론연구』30, 현대문학이론학회, 2007, 221-245면.
41) 서정자, 「디아스포라 김명순의 삶과 문학」, 서정자 · 남은혜 편, 앞의 책, 29-67면.
42) 김경애, 「근대 최초의 여성 작가 김명순의 자아 정체성」, 『한국사상사학』39, 한국사상사학회, 2011, 251-302면.

피 맞아 피에 젖은 아이들아
너희들은 아직 따뜻한 피를 구하는가.

아 아 너희들은 내 마음의 아픈 아이들
그렇듯이 내 마음은 피 맞아 깨졌노라
내 아이들아 너희는 얼음에서 살 몸
부질없이 눈 내려 녹지 말고
북으로 북행하여 파란 하늘같이 수정같이
얼어서 붙어서 맺히고 또 맺혀라.
(동경서)
-「내 가슴에」개작 전문[43]

「내 가슴에」에서 화자는 흩날리는 검붉은 눈발에 자신의 감정을 투사한다. 즉 세상으로부터 받은 상처가 "조각조각 찢어진 붉은 꽃잎들"이나 "분노에 매 맞아 부서진 거울조각들", 그리고 "피 맞아 피에 젖은 아이들"과 같은 비유들을 통해 드러난다. 화자의 자아는 조각조각 찢어지고, 부서지고, 피에 젖어 피투성이가 되어 있다. 즉 파편화되고 분열되어 처절히 상처가 나 있다. 그래서 화자는 "내 마음은 피 맞아 깨졌노라"라고 직설어법을 구사하기도 한다. '검고 붉은' 색채이미지가 나타내듯 자아는 상처받았으며, '작고 무수한'이나 '작은 그림자들'이 나타내듯 위축되고 분열되어 있다. '피에 젖은 아이들'에서 보듯이 상처받아 피를 흘리고 있다. 아니 그것에서 더 나아가 '피 맞아 깨졌노

---

43) 맹문재 편역, 앞의 책, 73면. : 원작은 『조선일보』(1924.5.27)에 발표된 「외로운 사람들」에 삽입된 작품으로, 작품집 『생명의 과실』을 출간할 때 개작되었다.

라'처럼 처참하게 파괴되어 있다. 따라서 화자가 머물 곳은 그에게 상처만을 안겨주는 지상이 아니다. 그러니 눈 내려 녹지 말고 차라리 북으로 북행하여 차디찬 얼음의 세계, 즉 눈이 녹아내리는 따뜻한 남쪽이 아니라 차디찬 북쪽, 그리고 지상이 아닌 공중에서 "얼어서 붙어서 맺히고 또 맺혀라."라고 절규한다. 이처럼 화자의 가슴은 슬픔과 분노의 복합체인 한(恨)이 맺혀 있다. 그의 인격을 갈기갈기 찢고 파괴하는 이 지상에서는 더 이상 살아갈 수 없다고 토해내는 처절한 비탄의 시학을 「내 가슴에」는 보여준다.

이 작품의 화자는 해결되지 않은 슬픔의 에너지로 가득 차 있다. 인간에게 슬픔이 있는 이유는 과거의 고통스러운 사건들을 슬퍼함으로써 현재를 위해 그 에너지를 사용하기 위해서이다.[44] 그런데 슬퍼할 수조차 없다면, 결국 그 에너지는 인간 내면에서 얼어붙어 버리게 된다. 이 시는 '여자가 한을 품으면 오뉴월에도 서리가 내린다'라는 속담을 연상시킬 정도로 화자의 가슴속에 서리서리 맺힌 한을 처절히 드러내준다. 그런데 '한과 관련된 감정 반응은 크게 두 가지로 나타난다. 첫째는 자기 자신을 향한 감정으로, 후회, 슬픔, 허무, 한숨, 탄식 등과 같은 체념으로 나타나며, 둘째는 자신보다 타인을 향한 증오, 저주, 복수 등으로 나타난다.'[45] 화자는 눈 내려 녹는 길을 선택하는 대신 "부질없이 눈 내려 녹지 말고/북으로 북행하여 파란 하늘같이 수정같이/얼어서 붙어서 맺히고 또 맺혀라."라고 절규한다. 즉 타인을 향한 증오, 저주, 복수의 감정 반응으로 변화될 결기를 나타낸다.

---

44) 존 브래드 쇼, 오제은 역, 앞의 책, 115면.
45) 최현석, 앞의 책, 140면.

밤 깊으면 설움도 깊어서
외로움으로 우울로 분노로
변조해서 고만 혼자 분풀이 한다

싹싹 번을 긋는 것은 철없이도
"나라야 서울아 쓰러져라
부모야 형제야 너희가 악마거늘" 하고

짝짝 땅땅 찢고 두들기는 것은
피투성이 한 형제의 모양과 피 뿜는 내 가슴
"이 설움 이 아픔 이 원망을 어찌하랴"고

고만 지쳐서 잠들면
그 이튿날 아침까지 휴지부(休止符) 그러나
또 밤들면 다시 시작하기 쉬운 외로움의 변조라
          -「외로움의 변조(變調)」전문[46]

"밤 깊으면 설움도 깊어서/외로움으로 우울로 분노로"에서 보듯이
설움, 외로움, 우울, 분노는 별개의 감정이 아니라 단지 곡조만을 바
꾼 유사한 감정이라고 화자는 말한다. 일본에서 음악을 전공한 김명
순은 이 시에서 '변조(變調)'라는 음악 용어를 사용한다. 설움, 외로움,
우울, 분노는 언제든지 서로 넘나들고 바뀔 수 있는 변조의 속성을 지

---

46) 맹문재 편역, 앞의 책, 114면. : 『동아일보』(1925.7.20)에 발표하였다. 맹문재는 연
   구분을 없앴다. 서정자 · 남은혜 편의 『김명순문학전집』에는 연 구분이 되어 있다.
   다만 3, 4연이 하나의 연으로 합쳐져 있어 필자가 의미상 3, 4연으로 분리하였다.

닌 감정이라는 것을 김명순은 체험적으로 알고 있었던 것이다. 여기서 "싹싹 번을 긋는 것은"에서의 '싹싹'은 '조금도 남기지 않고 전부'라는 뜻으로 '번(煩)'은 몸과 마음이 답답하고 열이 나서 손과 발을 가만히 두지 못하는 것을 의미한다. 즉 몸과 마음이 답답하여 손발을 가만히 두지 못하고 싹싹 움직인다는 뜻이다. "나라야 서울아 쓰러져라/부모야 형제야 너희가 악마거늘"이라고 이 나라, 서울, 부모, 형제를 향해 '악마'라는 원망과 저주를 내뿜는 것으로 화자는 밤이 되면 혼자서 분풀이를 한다. '나라, 서울, 부모, 형제'는 화자를 설움과 외로움에 빠뜨린 장본인들이다. 즉 그에게 고통을 안겨준 존재는 먼 나라 먼 곳의, 그녀와 아무런 상관도 없는 사람들이 아니라 그와 같은 시공간을 살아가는 이 나라 서울의, 부모형제처럼 가까운 사람들이다. 그러니 가슴이 피를 내뿜듯이 더더욱 고통스러울 수밖에 없다. 3연의 "짝짝 찢고, 땅땅 두드리는" 행위는 "싹싹 번을 긋는 것"보다 더 강력한 동작이다. 이를 통해서도 그를 공격하는 부모형제처럼 가까운 사람들을 향해 원망을 내지르지 않을 수 없는 피투성이가 된 감정은 확연히 드러난다. 그러나 지쳐서 잠드는 동안만은 설움과 원망의 감정이 다음날 아침까지 휴지부다. 그러다 다음날 밤이 깊어지면 다시 '피 뿜는' 원망과 분노의 감정에 사로잡힌다. 즉 원망의 감정과 외로움이 변조된 설움, 우울, 분노 감정이 수시로 교차한다. 즉 상대방을 원망하는 분노 감정에 사로잡혔다가 원인을 자신에게 돌리는 설움(슬픔)에 사로잡혔다가 자아 내부를 공격하는 우울의 감정에 빠지는 등 시시때때로 화자의 감정은 요동치고 있다. 이 시는 당시 김명순이 처했던 매우 혼란스럽고 불안정한 감정의 교착 상태를 잘 보여준다 할 것이다.

3.3. 응전을 선언하다

늙은 병사가 있어서
오래 싸웠는지라
온몸에 상처를 받고는 싸움이 싫어서
군기(軍器)를 호미와 괭이로 갈았었다.

그러나 밭고랑은 거세고
지주는 사나우니
씨를 뿌리고 김을 매어도
추수는 없었다.

이에 늙은 병사는
담담한 회포에 졸려서
날마다 날마다 낮잠을 자더니
하루는 총을 쏘는 듯이 가위를 눌렸다.

아- 이상해라 이 병사는
군기를 버리고 자다가 꿈 가운데서 싸웠던가
온몸에 멍이 들어 죽었다.

사람들이 머리를 비틀었다
자나 깨나 싸움이 있을진대
사나 죽으나 똑같을 것이라고
사람마다 두 팔에 힘을 내뽑았다.

(서울에서)

-「싸움」개작 전문[47)

「싸움」에서 '늙은 병사'는 나이를 먹어 싸움을 싫어하는 자이다. 그는 싸움이 싫어서 싸우는 무기인 군기를 호미나 괭이와 같은 농기로 바꾸어 농사를 짓는다. 하지만 농사짓는 일도 결코 쉽지 않다. 지주의 횡포도 심하고 힘들게 농사를 지었지만 추수가 없다. 늙은 병사는 낮잠을 자다 꿈 가운데서 싸우다가 온몸에 멍이 들어 죽고 만다. 이 시의 내용은 아무리 싸움을 피하여 농사로 도피해 보아도 싸워야 하는 병사의 운명을 벗어날 수가 없다는 것이다. 꿈 가운데 싸우다 죽은 것이 그것을 증명한다. "자나 깨나 싸움이 있을진대" 그리고 "사나 죽으나 똑같을 것"이라면, 즉 어차피 싸워야 할 운명이라면 이를 회피하지 않고 "두 팔에 힘을 내뽑아" 적극적으로 응전하겠다는 치열한 결의를 화자는 보여준다. 이는 부당하게 그녀의 명예에 손상을 가하고 인격을 모독하는 세상과의 싸움을 회피하거나 참지 않고 적극적으로 응전하겠다는 김명순의 의지 표명이라고 할 수 있다. 다시 말해 그녀를 향한 남성들의 여성 혐오에 적극적으로 대응하겠다는 김명순의 선전포고라고 볼 수 있다.

해리엇 러너는 여성들의 잘못된 분노 표출의 두 가지 예로 '요조숙녀(nice-lady)'와 '미친 여자(bitch)'를 들었다. 요조숙녀는 어떤 희생이라도 감수하며 분노를 회피하고 참는다. 반면 미친 여자는 쉽게 화

---

47) 맹문재 편역, 위의 책, 74-75면. : 원작은 『조선일보』(1924.5.19)에 발표된 「외로운 사람들」에 삽입되었으며, 작품집 『생명의 과실』을 출간할 때 보다 강경한 어조로 개작되었다.

를 내지만 비효과적인 싸움을 벌이거나 불평불만을 해서 문제 해결에
도움이 되지 못한다.[48] 「싸움」에서 화자는 저항해야 할 부당한 상황
속에서 분노를 표출하지 못하고 회피하는 요조숙녀형의 잘못된 대응
을 하지 않겠다는 결의를 나타냈다. 왜냐하면 꿈속에서 군기를 버린
병사가 죽었듯이 화를 내지 않고 회피한다고 해서 문제가 해결되는
것이 아니기 때문이다. 오히려 회피는 자기 패배와 종속이라는 악순
환을 불러올 뿐이다. 분노를 억압하게 되면 자아는 절망감과 죄책감
에 빠져 문제를 해결할 통찰력도 능력도 사라지게 만든다. 그렇다고
하여 김명순의 분노 표출이 비효과적인 불평불만에 빠진 미친 여자형
의 잘못된 분노 표출이라는 것 역시 아니다. 그녀의 분노 표출은 자신
을 보호하고 자신의 권리를 지키기 위한 정당한 것이었다.

> 뵈는 듯 마는 듯한 설움 속에
> 잡힌 목숨이 아직 남아서
> 오늘도 괴로움을 참았다
> 작은 작은 것의 생명과 같이
> 잡힌 몸이거든
> 이 설움 이 아픔은 무엇이냐
> 금단(禁斷)의 여인과 사랑하시던
> 옛날의 왕자와 같이
> 유리관 속에서 춤추면 살 줄 믿고
> 일하고 공부하고 사랑하면
> 재미나게 살 수 있다기에

---

48) 해리엇 러너, 앞의 책, 16면.

미덥지 않은 세상에 살아왔었다.
지금 이 뵈는 듯 마는 듯한 설움 속에
생장(生葬)되는 이 답답함을 어찌하랴
미련한 나! 미련한 나!
-「유리관 속에」개작 전문[49]

「유리관 속에」에서 화자는 세상의 풍파로부터 격리된 유리관(琉璃棺) 속에서 "금단(禁斷)의 여인과 사랑하시던/옛날의 왕자와 같이" 춤이나 추면서 살 줄 믿었던 순진한 자이며, "일하고 공부하고 사랑하면/재미나게 살 수 있다"고 믿었던 순수한 사람이다. 그러나 유리관 속이 재미와 기쁨의 공간이 아니고 '괴로움'을 참아야 하는 공간이며, '설움과 아픔'의 공간이고, '생장(生葬)되는' 답답한 공간일 뿐이라는 것을 깨달은 화자는 자신의 미련함을 개탄한다. 화자는 "뵈는 듯 마는 듯한 설움 속에/잡힌 목숨이 아직 남아서/오늘도 괴로움을 참았다" 나 "작은 작은 것의 생명과 같이/잡힌 몸이거든/이 설움 이 아픔은 무엇이냐"에서 드러나듯 유리관에 갇힌 채 설움, 괴로움, 아픔을 인내해 온 자아를 반성한다. 특히 '작은 작은 것의 생명'이나 '잡힌 목숨과 몸'과 같았던 유리관 속에서의 삶, 자칫 자기비하와 자기부정에 빠져 있었던 자아를 반성한다. 이 시에서 '유리관'은 세상과 격리된 세계이며, 자유로운 자아를 가두는 억압된 세계로서 죽음과 다름없는 세계이다. 세상을 외면하고 자기만의 순수한 세계로 도피하여 춤추고, 일하고, 공부하고, 사랑하며 살고 싶었던 것은 김명순의 솔직한 욕망이었을는

---

49) 맹문재 편역, 앞의 책, 96면. : 원작은 『조선일보』(1924.5.24)에 발표된 「외로운 사람들」에 삽입되었으며, 작품집 『생명의 과실』을 출간할 때 부분 개작되었다.

지도 모른다. 그러나 그러한 욕망을 성취할 수 없는 상황 속에서 화자는 설움, 생장되는 괴로움, 미련함에 빠져 있던, 즉 '요조숙녀'형의 인내를 해 온 과거의 자아를 성찰한다. 자아 성찰을 통해 화자는 마침내 자신을 모욕하고 경멸했던 세상에 대해 분노를 표출할 수 있게 되고, 부당한 억압에 저항하는 에너지를 얻게 될 것이다.

3.4. 여성 혐오를 되받아치다

> 조선아 내가 너를 영결(永訣)할 때
> 개천가에 고꾸라졌던지 들에 피 뽑았던지
> 죽은 시체에게라도 더 학대해다오.
> 그래도 부족하거든
> 이다음에 나 같은 사람이 나더라도
> 할 수만 있는 대로 또 학대해보아라.
> 그러면 서로 미워하는 우리는 영영 작별된다.
> 이 사나운 곳아 사나운 곳아.
> ─「유언」개작 전문[50]

「유언」이란 시는 김명순이 이 시를 썼을 당시 거의 자살지경에 이른 심각한 수위의 우울증을 앓고 있었다는 것을 짐작케 한다. 프로이트(Freud)에 의하면 우울증은 심각한 낙심, 외부세계에 대한 관심의

---

50) 맹문재 편역, 위의 책, 95면. : 원작은 『조선일보』(1924.5.29)에 발표된 「외로운 사람들」에 삽입되었으며, 작품집 『생명의 과실』을 출간할 때 보다 강경한 어조로 개작되었다.

중단, 사랑할 수 있는 능력의 상실, 모든 행동의 억제, 자신에 대한 비난과 자기비하감 등을 비롯해 누군가가 자신을 처벌해 주었으면 하는 자기징벌적이고 망상적 기대를 한다는 점에서 정상적 감정인 애도와는 구별되는 병리적 감정이다.[51]

서정자는 「유언」을 쓸 즈음의 김명순은 김기진의 공개장뿐만 아니라 임노월을 두고 김원주와 얽혔던 삼각관계로 인해 상처를 크게 받았다고 했다.[52] 김기진은 김명순의 출생에 얽힌 가족사와 임노월과의 동거 사실을 공개장을 통해 세상에 까발렸다. 그뿐만 아니라 여러 남성들이 융단폭격으로 김명순을 맹비난함으로써 화자는 조선이라는 사회를 "이 사나운 곳아 사나운 곳아."라고 두 차례나 반복해서 탄식하며, "죽은 시체에게라도 더 학대해다오."라고 피학증마저 나타낸다. 조선은 그녀를 매도하고 모욕하고 비난하는 가부장적 남성들이 판을 치는 사나운 나라다. 그들의 가학증은 상대방이 개천가에 고꾸라졌거나 들에 피를 뽑혀 내팽개쳐졌거나를 막론하고, 뿐만 아니라 죽은 시체를 향해서도 무차별적으로 자행된다. 따라서 화자는 "이다음에 나 같은 사람이 나더라도/할 수만 있는 대로 또 학대해보아라."라고 피학적인 감정을 역설적으로 표출했던 것이다. '유언'이란 죽음을 결심하는 결의를 품고 자신을 혐오하는 대상을 향해 분노 감정을 쏟아낸 것이라고 할 수 있다.

김윤정은 「유언」을 사회에 대한 여성의 피해의식을 표현한 것으로

51) 프로이트, 윤희기 역, 『무의식에 관하여-프로이드 전집13』, 열린책들, 1997, 248-249면.
52) 서정자, 「디아스포라 김명순의 삶과 문학」, 서정자·남은혜 편, 앞의 책, 46면.

해석했다.[53] 하지만 「유언」의 발화 수준은 단순히 가부장제 사회로부터 받은 상처나 피해의식을 표현하는 수위를 넘어선다. 즉 화자를 학대하고 위해를 가하는 대상을 향한 격렬한 분노 감정을 표출하고 있다.

분노를 자주 경험하는 사람은 부정적인 경험에 대해서 다른 사람을 탓하지만, 우울감을 자주 느끼는 사람은 자신을 책망하는 경향을 나타낸다. 타인의 무시나 부당한 대우에 과민하면서 타인을 비난하거나 보복하는 사고에 몰두하는 경향이 강할수록 우울보다 분노를 자주 경험하며, 자기비하적인 생각이 강하고 무기력한 사고를 많이 하는 사람일수록 분노보다는 우울을 더 자주 지배적으로 경험한다.[54]

그런데 「유언」에서는 자신을 책망하는 우울의 감정이 아니라 타인의 부당한 무시와 학대에 대하여 그를 비난하고 질책하는 분노 감정이 보다 강렬하게 나타나 있다. 이때의 분노 감정은 상처 입은 마음을 드러내는 하나의 수단이며, 가학적인 대상에 대한 필사적인 반항이요, 저항이다. 여성 주체의 존엄성 수호는 가부장제 사회의 전면적 폭력에 대한 분노 감정의 표출로부터 시작된다. 이 시에 나타난 강경한 어조(tone)는 「유언」이 상처받아 울거나 피해의식에 함몰되어 있지 않았다는 것을 확인시켜준다. 독자는 이 시에서 그녀에게 부당한 비난과 모욕을 가하며 학대하는 조선사회에 대한 시인의 저항과 울분을 읽지 않을 수 없다. 따라서 이 시를 지배하고 있는 것은 죽음의 충동인 타나토스(thanatos)가 아니다. 오히려 삶의 충동인 에로스(eros)가 강하게 지배하고 있다. '유언'이란 일종의 모순어법이다.

---

53) 김윤정, 앞의 논문, 184-185면.
54) 방유리나, 「우울증과 관련된 분서사에 대한 문학치료학적 접근」, 『문학치료연구』30, 한국문학치료학회, 2014, 489-490면.

따라서 김명순이 극도로 상처받아 영혼이 황폐해진 시기에 분노 감정을 문학적으로 표출한 것은 정신건강을 지키는 가장 효과적인 방법이었다고 할 수 있다. '글쓰기는 자기 치유력을 강화하며 체험하는 나와 관찰하는 나 사이의 분리를 통합하는 데 큰 역할을 한다. 글쓰기는 외상이나 무의식적인 불안에 쉽게 접근하게 하며, 또한 이를 쉽게 극복할 수 있게 만든다.'⁵⁵⁾ '우울증 환자가 자신이 과거에 받은 상처를 털어 놓고 자신을 괴롭혔던 상처와 분노를 표출하면 카타르시스를 느끼면서 우울증 증상이 약해진다. 정신건강을 유지하려면 부정적인 감정을 모두 쏟아내고 그런 감정을 통제할 수 있어야 한다.'⁵⁶⁾

> 길바닥에 구르는 사랑아
> 주린 이의 입에서 굴러 나와
> 사람 사람의 귀를 흔들었다
> '사랑'이란 거짓말아.
>
> 처녀의 가슴에서 피를 뽑는 아귀야
> 눈먼 이의 손길에서 부서져
> 착한 여인들의 한을 지었다
> '사랑'이란 거짓말아.
>
> 내가 미덥지 않은 미덥지 않은 너를
> 어떤 날은 만나지라고 기도하고

---

55) 변학수, 『통합문학치료』, 학지사, 2010, 101-102면.
56) 최현석, 앞의 책, 133면.

어떤 날은 만나지 말라고 염불한다
속이고 또 속이는 단순한 거짓말아.

주린 이의 입에서 굴러서
눈먼 이의 손길에서 부서지는 것아
내 마음에서 사라져라
오오 '사랑'이란 거짓말아!
-「저주」개작 전문[57]

이 시는 남성중심사회에서 진정한 사랑의 추구는 부재한다고 저주
한다. 왜냐하면 '사랑'이란 "길바닥에 구르는 사랑아/주린 이의 입에
서 굴러서/눈먼 이의 손길에서 부서지는 것"처럼 천박한 것이 되고 말
았기 때문이다. 그것은 단순히 "내가 미덥지 않은 미덥지 않은 너를/
어떤 날은 만나자라고 기도하고/어떤 날은 만나지 말라고 염불한다/
속이고 또 속이는 단순한 거짓말아."에서 보듯이 사랑이 가지고 있는
신뢰와 불신의 갈등, 만나고 싶은 욕망과 그것을 억압하는 심리 사이
의 갈등과 같은 사랑의 본질적 속성 때문이 아니다. 그런 것은 단순한
거짓말에 속할 뿐이다. 화자가 사랑을 거짓말이라고 저주하게 된 진
정한 이유는 사랑이 사람의 귀를 흔드는 헛소문을 퍼트리는 아귀와도
같은 탐욕스런 자의 주린 입에서 흘러나온 소문과 소문의 실체도 제
대로 파악하지 못한 채 그대로 믿어버리는 '눈먼 이'의 손길에서 부서

57) 맹문재 편역, 앞의 책, 76면. : 원작은 『조선일보』(1924.5.28)에 발표된 「외로운 사
람들」에 삽입되었으며, 작품집 『생명의 과실』을 출간할 때 보다 강경한 어조로 개
작되었다.

지는 것으로 전락했기 때문이다. 이 시에서 소문을 퍼트리는 자는 '아귀'에 비유된다. 이때 아귀는 불교적 의미의 아귀(餓鬼), 즉 계율을 어기거나 탐욕을 부려 아귀도에 떨어진 귀신이란 의미와 주둥이가 큰 물고기 '아귀'의 중의적 비유이다. 즉 김명순을 향해 사납고 탐욕스런 혐오 발언을 쏟아내는 남성들에 대한 이중적인 부정적 의미로 사용되었다. 아귀와도 같은 그들의 혐오 발언은 순진한 처녀의 가슴에 피를 뽑게 하고, 착한 여인의 마음에 한을 짓게 만들었다. 세상은 김명순과 관련하여 남자와 연애 잘 하는 여자, 음탕한 여자라고 숱한 소문을 퍼트렸다. 그런 소문을 퍼트린 자는 '아귀'와도 같은 커다란 입을 가진 탐욕스런 자이며, 그 소문에 무비판적으로 휘둘리는 자는 '눈 먼' 봉사와도 같이 사리를 제대로 분별하지 못하는 자이다. 이처럼 여성을 모욕하는 남성중심적인 사회에서 진정한 사랑을 추구한다는 것은 순진한 처녀와 착한 여인의 가슴에 피를 뽑고 한을 짓게 하는 저주스런 일이 되고 말 뿐이다. 이 시는 진실한 사랑을 추구할 수 없는 사회에 분노하며, 아무리 진실한 사랑을 추구하려 해도 사랑의 진정성을 제대로 실현할 수 없는 천박한 사회에서 사랑은 한낱 저주요, 거짓말이라는 냉철한 인식을 보여주고 있다.

김명순은 사랑에 대하여 매우 정신주의적인 태도, 즉 플라토닉 러브를 추구했던 인물이었다.[58] 그녀가 쓴 에세이 「이상적 연애」(『조선문단』, 1925.7)를 보면 연애를 "각각 별다른 개성을 가지고 서로 융화한 심령끼리 절주해 나가는 최고 조화적 생활상태"라고 정의한다. 그

---

58) 송명희, 「김명순의 소설과 '외로운 사람들' 모티프 연구」, 『비평문학』59, 한국비평문학회, 2016, 96면.

녀는 이 글에서 이상적 연애를 제대로 추구할 수 없는 타락한 현실에 대한 개탄을 보여준다. 즉 비연애의 다섯 가지 사례를 열거하며 연애에 있어서의 인격의 중요성을 강조한다. 1)그의 다른 사람과의 연애 고백을 무시하고 그 상대자를 욕되게 하며, 연애한다고 음행을 꿈꾸는 것. 2)술 취하여 그 집 문을 두드리며 그 상대자를 욕되게 하는 것, 난잡히 사실 없는 일을 글로 써내는 것. 3)너무 공상한 결과 연애라고 없는 육적 관계를 사칭해서 상대자를 거짓 더럽히는 것. 4)역시 공상의 결과로 타인 앞에서 그 동경하는 대상을 만나서 압(狎)한 반말로 남의 거짓 감정을 사는 것. 5)어느 대상에게 연애를 고백하다가 거절을 당하고 한 시간이 지나지 못해서 욕하는 것 등[59]이 구체적 사례들이다. 예로 든 비연애의 사례들에서 그녀의 연애에 쏟아졌던 비난의 실체와 왜곡의 다양한 양상들이 드러난다. 예시된 다섯 사례들은 시「저주」에서 왜 사랑을 거짓말이라고 저주했는지를 알 수 있게 한다. 남성들은 그녀에 관한 왜곡된 소문을 퍼트리며 그녀를 모욕했지만 그들이야말로 인격적인 연애를 제대로 할 줄 모르는 혐오스런 비인격자들이다.

> 나는 들었다
> 굶는 이에게는 밥 먹으란 말밖에는 안 들리고
> 음부(淫夫)에게는 탕녀의 소리밖에 안 들리고
> 난봉의 입에서는 더러운 소리밖에 안 들리는 것을
> -「무제」전문[60]

---

59) 서정자 · 남은혜 편, 앞의 책, 655면.
60) 맹문재 편역, 앞의 책, 112면. : 『조선일보』(1925.7.6)에 발표.

「무제」에서 화자에게 가학적인 혐오 발언을 쏟아내는 대상이 보다 구체적으로 드러난다. 그는 다름 아닌 음부(淫夫)이자 난봉꾼이다. 그들은 자신이 음부이자 난봉꾼이면서 오히려 여성을 향해 탕녀라고 비난하고, 더럽다고 모독을 가하는 자들이다. 그들이 내쏟는 혐오 발언, 즉 '탕녀의 소리', '더러운 소리'야말로 그들의 마음속에 품고 있는 음탕하고 더러운 욕망을 상대방에게 투사(projection)한 것이라는 것이다. 즉 김명순을 향해 탕녀라고 더럽다고 모욕하고 매도하는 남자들이야말로 그들 내면의 음탕하고 더러운 욕망을 그녀에게 투사하는 더러운 음부(淫夫)이자 난봉꾼이라는 공격이다. 이 시는 여성 혐오를 혐오로 되받아치는 혐오 발언, 즉 미러링(mirroring)이라고 할 수 있다.

> 한 알의 쌀알을 얼른 집어 물고
> 하늘 나는 마음아
> 사람의 구질구질한 꼴을
> 눈여겨보느냐 네 작은 새의 몸으로서
> 이리 비틀 저리 비틀
> 썰물에 취해 너털거리는 주정뱅이
> 아무나 모르고 툭툭 다 치고 지난다
> 세상아 이 책임 뉘에게 지우느냐
> −「무제」전문[61]

김명순은 또 다른 「무제」라는 작품에서 하늘을 나는 작은 새가 인간을 내려다보며 조롱하는 톤으로 진술한다. 새는 '구질구질한' 사람

---

61) 맹문재 편역, 위의 책, 113면. : 『조선일보』(1925.7.17)에 발표.

의 꼴을 보기 싫어 "한 알의 쌀알을 얼른 집어물고/하늘을 나는" 존재이다. 새가 내려다보는 인간세계는 "이리 비틀 저리 비틀/썰물에 취해 너덜거리는 주정뱅이/아무나 모르고 툭툭 다 치고 지난다"처럼 너덜거리는 주정뱅이, 즉 알코올중독자처럼 이성이 마비된 상태이다. 더구나 그 책임마저 남에게 뒤집어씌우는 도덕적으로 형편없는 세계인 것이다. 이 시는 주정뱅이처럼 이성이 마비되고 졸렬한 남성에 대한 혐오를 적극적으로 표출한 작품으로 해석된다. 그들은 작은 새만도 못한 존재이다. 아니 작은 새의 경멸을 받아 마땅한 존재이다. 김명순은 자신의 감정을 작은 새에게 이입하여 그녀를 혐오하는 남성들을 내려다보며 혐오하고 경멸한다. 이 시도 혐오를 혐오로 되받아친 시라고 할 수 있다.

　젠더 위계 서열의 계급사회에서 남성들의 혐오 발언은 여성들을 열등하고 종속적인 위치로 전락시킨다. 그것은 여성에게 모욕이 되고 위협이 되고 상처가 된다. 하지만 김명순은 자신의 시에서 여성 혐오에 침묵하지 않고 분노의 목소리를 내면서 혐오 발화자의 권위에 이의를 제기했다. 그것은 여성 혐오의 권위를 교란시킨다. 이처럼 김명순의 시는 가부장제의 권력에 도전하고 그들의 권위를 교란시키는 여성 주체를 반복해서 보여주었다. 김명순은 자신에게 가해져 오는 부당한 언어폭력에 침묵으로 인내하지 않고 분노 감정으로 저항했다. 그리고 분노 감정에서 나아가 그들의 혐오를 혐오로 되받아치는 혐오 발언을 시와 소설로 쏟아냈다. 그녀의 혐오 발언은 그녀를 향해 쏟아진 부당한 혐오를 시정하라는 강력한 촉구이다. 그녀는 자신의 시를 통해서 분노 감정을 표출함으로써 자아의 존엄성을 지켜낼 수 있었을 것이다.

4. 결론

1924년부터 1925년의 시기에 김명순이 자신의 시에서 분노 감정을 집중적으로 표출한 이유는 이 시기에 그녀가 남성 문인들과 매체로부터 부당한 공격과 비난을 집중적으로 받았기 때문이다. 즉 그녀를 향한 성차별적인 여성 혐오가 극에 달한 시기였기 때문이다. 따라서 분노는 그녀가 받은 상처에 대한 반작용이자 저항 감정이다. 아니 그녀에게 위해를 가하는 공격자들에게 그것을 중단하라고 경고하고, 그들의 잘못을 바로잡기 위한 의도에서 표출된 감정이다.

마리 J. 마츠다(Mary J. Matsuda)는 소수자의 다수자를 향한 혐오 발언은 '분노에 찬 시'로 보아야 한다고 했다. 그녀에 따르면 종속된 집단의 지배 집단을 향한 증오감의 표현, 혐오, 그리고 분노는 사회적 약자를 향한 혐오 발언과 달리, 지배 집단을 향한 구조적 지배를 실행하지 않기 때문이다.[62] 마리 J. 마츠다의 말처럼 김명순의 시에 나타난 혐오 발언은 '분노에 찬 시'이다.

여성들을 향한 남성들의 혐오 발언은 젠더 위계서열의 가부장제 사회에서 여성들을 열등하고 종속적인 위치로 전락시킨다. 그것은 여성에게 모욕이 되고 위협이 되고 상처가 된다. 하지만 김명순은 자신의 시에서 여성 혐오에 침묵하지 않고 분노의 목소리를 내거나 혐오를 되받아치며 혐오 발화자의 권위를 교란시켰다. 김명순의 시는 남성중심적 권위를 교란시키고 가부장제의 권력에 도전하는 여성 주체를 반

---

62) 유민석, 「혐오발언에 기생하기 : 메갈리아의 반란적인 발화」, 『여/성이론』33, 여성문화이론연구소, 2015, 143면.

복해서 보여주었다. 여기에서 페미니스트로서 김명순의 진정한 가치가 발생한다.

그동안 페미니즘은 다분히 여성을 피해자로 위치지우며, 여성이 가부장제 사회와 남성으로부터 받은 피해를 고발해왔다. 그동안 김명순의 시에 대한 해석도 상처나 피해의식을 강조해온 것이 사실이다. 그녀를 둘러싼 여러 소문들이 그녀의 자아존엄성에 치명적 상처를 입힌 것은 부정할 수 없는 사실일 것이다. 그러나 우리는 김명순이 그로 인한 상처와 피해의식에만 빠져 있지 않았다는 사실에 더 주목해야 한다.

김명순은 시를 쓰고 소설을 쓰고 외국작품을 번역하는 창조적인 활동을 통해서 자신이 처한 부정적 상황을 문학적으로 승화시켰다. 더욱이 자신이 받은 상처에 대해 침묵하지 않고 자신의 시 속에서 분노 감정을 적극적으로 표출함으로써 자신에게 가해져 오는 부당한 폭력에 적극적으로 대항했다. 그녀가 표출한 분노와 혐오 발언은 그녀를 향해 쏟아진 여성 혐오가 부당한 것이므로 그것을 시정하라는 강력한 신호이다.

김명순의 시에서 표출된 분노 감정은 개인적인 동기에서 촉발된 것이지만 개인적인 것을 넘어선다. 여성을 혐오하는 가부장제의 권력에 도전하고 남성들의 권위를 교란시키는 여성 주체를 반복해서 보여주었다는 것 그 자체만으로도 김명순은 대단한 페미니스트이다. 우리는 김명순이 성차별주의를 바탕으로 한 남성들의 여성 혐오에 능동적 응전을 했다는 사실에 보다 주목하고 가치를 부여해야 한다.

그런데 김명순의 나이가 40대에 접어든 상황에서도 여러 매체와 남성 문인들은 여전히 그녀를 향해 혐오 발언들을 쏟아냈다. 결정적으

로 김동인의 「김연실전(1939-1941)」은 그녀로 하여금 더 이상 조선
에서 살아갈 가치도 응전할 힘도 잃어버리도록 만들었다. 김명순은
「해저문 때」(1938)에서 "나는 이 사회 언론계에 글을 써주고 유쾌한
때를 가져보지 못하였습니다. 그나 그뿐이겠습니까. 근 10년 조선을
떠나 있던 재작년에도 나를 알지도 못하는 열교도(劣教徒)들이 저들
의 경영지에 나의 악평을 써서 나는 분한 대로 도쿄 사쿠라다 경시청
에 고발한 일까지 있었습니다."[63]라고 매체의 폭력에 대해 원망의 감
정을 표출했다. 그리고 "전일의 생활을 전부 저들의 사기에 잃었으므
로 나는 일상 외국에 살고 싶습니다. 그 원인을 적출하자면 목표 없는
생활에 염증이랄까요."[64]라고 그녀에 대해 악의적인 혐오 발언을 계
속 쏟아내는 조선과 매체에 염증을 느끼며 더 이상 조선에서 살기 싫
다는 의사를 표명했다. 1910년대부터 1940년대 초까지 계속된 한 여
성에 대한 집요한 여성 혐오는 마침내 그녀로 하여금 이 땅을 떠나도
록 벼랑 끝으로 내몰았던 것이다. 그녀는 분노할 힘마저도 마침내 소
진되고 말았다. 그녀가 다른 곳도 아닌 일본의 청산뇌병원에서 사망
한 것은 우연이 아닐 것이다. 한 인간이 결코 온전한 정신으로 살아갈
수 없도록 폭력적이었던 '사나운 조선'의 가부장적 남성들의 집요하
고도 지속적인 여성 혐오, 그들의 언어폭력의 필연적 결과였음은 두
말할 필요가 없을 것이다.

(『여성문학 연구』39호, 한국여성문학학회, 2016)

---

63) 김명순, 「해저문 때」(『동아일보』1938.1.15 · 16 · 18), 송명희 편역, 앞의 책, 358면.
64) 김명순, 「해저문 때」, 송명희 편역, 위의 책, 360면.

김명순, 여성 혐오를 혐오하다

1. 김명순과 근대의 여성 혐오

최근 들어 '강남역 살인사건' 등 여성 혐오에 대한 사회적 관심이 매우 증대되고 있다. 하지만 이는 새삼스러운 현상이 아니다. 여성을 비하하고 차별하며 혐오하는 여성 혐오는 양성평등을 추구하는 현대보다는 오히려 근대에 더 만연되었던 사회적 현상이라 생각한다.

일본의 페미니스트 사회학자 우에노 치즈코는 여성 혐오(misogyny)를 여성에 대한 멸시를 나타내며 여성을 성적 도구로 생각하고 여성을 나타내는 기호에만 반응하는 것이라고 규정했다. 즉 여성을 남성과 대등한 성적 주체로 인정하지 않고 객체화하고 타자화하는 데서 여성을 멸시하는 여성 혐오가 나타났다는 것이다. 그녀에 의하면 여성 혐오는 근본적으로 여성에 대한 성차별주의(sexism)를 바탕으로

하여 발생한다.[1]

이 글이 관심을 갖는 근대의 여성 혐오는 신여성에 대한 사회적 편견과 차별의식으로부터 나온 '신여성 혐오'라고 표현하는 것이 더 적확할 것이다. 근대 '신여성 혐오'의 가장 대표적인 표적은 작가 김명순이 아닐까 생각한다.

김명순이 일본에서 이응준에게 데이트강간을 당했을 때 『매일신보』는 실명(당시 이름 김기정)으로 기사를 보도함으로써 인권을 침해했다. 하지만 김명순은 데이트강간의 충격을 딛고 『청춘』지에 「의심의 소녀」가 당선됨으로써(1917.11) 우리나라 최초의 여성작가가 되었다.

그런데 문단의 동료남성들은 그녀를 격려하기는커녕 비난과 공격을 일삼았다. 염상섭은 김명순을 모델로 한 소설 「제야」(『개벽』 1922.2-6)에서 그녀를 남성 편력을 일삼는 자유연애주의자로 매도하는 한편 「감상과 기대」(『조선문단』1925.7)에서는 자유연애의 진의를 왜곡하는 타락한 자유연애의 사도라고 비난했다. 평론가 김기진은 「김명순, 김원주 씨에 대한 공개장」(『신여성』1924.11)을 통해 그녀들의 문학에 대한 진지한 비평이 아니라 개인적 인격에 대한 모독을 서슴지 않았다. 즉 김명순을 불순부정한 혈액을 지닌 히스테리로, 김원주(일엽)를 이성 간의 성욕 같은 것도 부끄럼 없이 말하는 부르주아 개인주의자로 공개적으로 매도하며 인격살인을 태연히 감행했다.

일본작가가 쓴 『너희들의 배후에서』(1923)가 발표되었을 때는 주인공 권주영이 김명순을 모델로 했다는 소문이 파다했고, 김동인은

1) 우에노 치즈코, 나일등 역, 『여성 혐오를 혐오한다』, 은행나무, 2012, 12-13면.

「김연실전」(『문장』1939-1941)에서 김명순의 아명이자 필명인 '탄실'을 '연실'로 글자 하나만 바꾸어 조선 여류문사 1기생에 대해 작품도 없이 남성편력이나 일삼는 존재로 악의적으로 매도하며 신여성 혐오증을 나타냈다. 김명순을 『청춘』에 추천하며 칭찬했던 이광수마저도 뒤늦게 뚜렷한 근거도 내세우지 않은 채 「의심의 소녀」가 표절작이라는 애매한 언사로[2] 그녀의 문학을 모독하는 데 가세했다.[3]

김명순에 대해 비난과 공격을 퍼부은 남성들은 그녀의 문학세계를 진지하게 비평하기보다는 하나같이 그녀의 혈통을 문제 삼고 그녀가 성적으로 정숙하지 못한 여성이라며 윤리적으로 비난했던 것이다. 더욱이 그들은 과장된 소문에다 허구를 첨가하여 신여성 혐오증을 확대 재생산했다.

당시 그녀에게 극도의 혐오 발언을 쏟아낸 자들은 일본유학을 같이 한 신남성이자 문단활동을 함께 해온 동료작가였다는 것은 대단히 아이러니컬한 일이다. 김명순에 대한 혐오를 나타낸 남성들은 그녀를 동료 문인으로 인정하지 않고 단지 성적 대상이자 타자로 비하하는 공통점을 보였다. 즉 성적 대상에 불과해야 할 여성이 감히 남성들의 전유물인 문학의 영역을 침범하는 지적이고 문학적인 능력을 갖추었다는 데 대한 멸시, 편견, 혐오에서 김명순에 대한 여성 혐오가 발생했다고 생각한다.

남성들의 불안의 원천인 여성의 섹슈얼리티(sexuality)는 오직 자녀 출산을 위한 목적 이외에는 철저히 통제되어야 한다. 하지만 김명

2) 이광수 · 주요한, 「춘원 · 요한 교담록」, 『신시대』, 1942.2.
3) 송명희, 「김명순 시에 나타난 분노 감정」, 『여성문학연구』39, 한국여성문학학회, 2016, 155면.

순을 비롯하여 근대의 신여성들은 가부장제 유지를 위한 출산 목적의 섹슈얼리티가 아니라 자신의 주체성 발현으로서의 자유로운 섹슈얼리티를 주장하였다. 나혜석은 '정조는 취미'라고 선언했고, 김일엽은 육체적 순결이데올로기를 비판하며 '정신적 순결'을 주장했으며, 김명순은 '애정 없는 부부생활은 매음'과 다를 바 없는 것으로 규정했다. 이처럼 신여성 작가들은 여성의 육체를 통제하는 순결이데올로기를 비판하며 성적자기결정권과 성적 주체성, 그리고 자유로운 사랑을 주장했던 것이다.

신남성들이 신여성들에게 바랐던 것은 어디까지나 그들의 자유연애의 대상, 즉 대화가 통하는 성적 타자가 필요했을 뿐이다. 그들은 여성이 주체가 되는 자유롭고 평등한 섹슈얼리티를 원했던 것은 결코 아니었다. 그러니 그녀들이 주장하는 가부장제의 통제를 벗어나는 여성 주체적인 섹슈얼리티에 대한 불안이 여성 혐오로 나타났다고 할 수 있다.

그런데 나혜석과 김원주(일엽)보다 하필 남성들의 공격에 김명순이 가장 빈번하게 노출되었던 이유는 무엇일까? 그것은 첫째, 당시 그녀가 고아나 다름없는 사회적 약자였다는 것이다. 둘째, 김기진이 말했듯이 김명순이 혈통적으로 기생첩의 딸, 즉 나쁜 피였다는 것이다.[4] 셋째, 그녀가 데이트강간을 당한, 즉 순결을 상실한 여성이었다는 점이다. 이처럼 근대는 사회적 약자를 멸시하고, 첩을 차별하고 비하하

---

4) 1981년 10월 8일자 『동아일보』에는 드라마작가 구석봉이 김명순의 동생들과 가진 인터뷰의 내용이 실려 있다. 그에 따르면 세간에 알려진 것과 달리 김명순은 기생첩의 딸이 아니라 평안남도 참사를 지낸 김희경의 맏딸로 집안의 귀염을 받으며 당당하게 일본유학을 떠났으며, 김동인의 「김연실전」의 주인공과 다르다는 증언이 나와 있다.

는 가부장제 사회였고, 강간의 가해자가 아니라 피해자를 비난하는 여성 폭력적인 사회였으며, 순결이데올로기가 지배하는 남성중심의 사회였다.

하지만 그 무엇보다도 당대에 문인으로서 가장 활발히 활동한 여성 작가가 김명순이었다는 데서 여성 혐오가 집중되었다고 생각한다. 당시 김명순은 정식 등단절차를 거친 유일한 여성문인으로서『조선일보』,『동아일보』등의 일간지에 연속해서 작품을 연재하는 인기작가였고, 여러 문예지에서 작품활동을 가장 왕성히 하는 작가였다. 1920년대에 나혜석도 김일엽도 그녀만큼 활발한 문학활동을 하지 않았다. 그녀는『매일신보』기자와『창조』[5],『폐허이후』의 동인으로도 활동했으며, 1920년대에 창작집『생명의 과실』(1925)과『애인의 선물』(1920년대 말 추정)을 발간하고, 10편의 외국작품을 번역하는 등 작가와 번역가로서 누구보다도 활발하게 활동했다. 즉 김명순이 당대최고의 여성작가였기에 비난의 화살이 그녀에게 집중되었다고 생각한다. 따라서 남성들의 김명순에 대한 여성 혐오는 그녀의 문학적 창조능력에 대한 그들의 두려움을 투사한 것으로 볼 수 있다. 특히 김명순처럼 두드러진 문학활동을 하는 여성에 대한 참을 수 없는 불안으로부터 그녀가 여성 혐오의 대표적 타깃이 되었다고 할 수 있다.

더욱이 김명순을 비롯해 나혜석과 김일엽의 문학이 추구하는 페미니즘의 도발적 주제들이야말로 근대의 신남성들로서도 받아들이기

---

5)『창조』동인들은 7호(1920.7)에서 전영택의 추천으로 김명순을 동인으로 영입하였다가 8호(1921.1)에서 일방적으로 동인에서 배제하였다. 이에 대해서는 김명순과 불편한 관계에 있던 김찬영(유방)을 영입하기 위해서라는 설이 제기되어 있다. : 최명표,「소문으로 구성된 김명순의 삶과 문학」,『현대문학이론연구』30, 현대문학이론학회, 2007, 233면.

어려운, 가부장제에 대한 공격을 담고 있느니만큼 그들의 비난과 공격은 그녀들의 문학에 대한 비평이 아니라 그녀들을 성적으로 대상화하며 인격살인으로 이어졌던 것이다

다름 아닌 김명순에 대한 "여성 혐오는 타자 혹은 비체로 규정된 여성을 배제하고자 하는 충동과 연관되어 있"었던[6] 것이다.

> 여성을 혐오하는 남성은 자신을 여성과 뚜렷이 구분되는 경계를 갖는 주체, 즉 남성으로 전제하고 있다. 따라서 그는 자신의 남성 정체성의 경계를 혼란시키고 위협한다고 여겨지는 여성을 오염되고 불순한 것, 즉 비체로 간주하여 혐오하게 되며, 자신의 경계를 고수하기 위해서는 공포의 그 대상을 배제할 수밖에 없다. 여기서 여성은 주체가 아니라 경계를 흐트러뜨리고 자신의 정체성을 위협하는 대상이기에 뚜렷한 경계를 갖는 주체와 동격이 될 수 없다. 또한 혐오하는 자는 대상에 대한 공포감으로 인해 대상 자체를 제대로 인식할 수 없다. 따라서 혐오의 감정 속에서 혐오하는 자는 대상에 거리를 두면서 미묘하게 거만한 태도로 그 대상을 낮추어 보거나 아예 이 대상을 제거하려는 행위를 하게 된다.[7]

혐오는 주체와 공동체의 경계를 흩뜨려 놓겠다고 위협함으로써 거부의 대상이 되는 비체(abjcet, 卑/非體)적인 것들에 대한 반응이다. 크리스테바(Julia Cristeva)에 따르면 한 문화권 안에서 비체가 되는 것은 부적절하거나 건강하지 않은 것이라기보다 동일성이나 체계와 질

---

6) 이현재, 「도시적 감정으로서의 여성 혐오와 도시적 젠더 정의의 토대로서의 공감의 가능성 모색」, 『한국여성철학』25, 한국여성철학회, 2016, 43면.
7) 이현재, 위의 논문, 46-47면.

서를 교란시키는 것에 더 가깝다. 그것 자체가 지정된 한계나 장소나 규칙들을 인정하지 않는 데다가 어중간하고 모호한 혼합물인 까닭이다.[8] 그런 의미에서 혐오는 물리적인 위험과도 일치하지 않는다. 이처럼 실질적이거나 물질적으로 개인과 공동체에 해를 끼치거나 위험한 존재라기보다는 인식론적 차원에서 문화적 사회적으로 위험한 것, 불쾌한 것, 제거되어야 할 불순물로 여겨지는 것들이 혐오의 대상이 된다.[9] 근대 신남성들의 여성 혐오도 자신의 남성 정체성의 경계를 혼란시키고 위협한다고 여겨지는 신여성을 오염되고 불순한 것, 비체로 대상화하며 혐오를 표출하였다고 할 수 있다.

누스바움(Martha C. Nussbaum)은 배설물, 타액, 혈액, 체취, 벌레와 같은 우리가 실제로 혐오감을 느끼는 1차적 대상과 이를 다른 물체 또는 대상에게 투사하여 느끼는 투사적 혐오를 구분한다. 투사적 혐오(projective disgust)는 혐오의 1차적 대상물과 관련성이 없는 자들에 대해 혐오의 1차적 대상물의 성질을 투사함으로써 그들을 혐오하는 것을 말한다. 역사적으로 다수는 성소수자뿐만 아니라 여성, 유대인 등 다양한 소수자에 대한 비하 및 차별의 수단으로 혐오적 투사를 사용해 왔다.[10] 사회에는 소수자들을 낙인찍는 수많은 방식이 있으며, 혐오는 낙인을 찍는 강력하고도 중심적인 방식이다.[11] 혐오는 다른 사람의 완전한 인간성을 근본적으로 부정한다는 점에서 끔찍한 것

---

8) 줄리아 크리스테바, 서민원 역, 『공포의 권력』, 동문선, 2001, 25면.
9) 손희정, 「혐오의 시대 ― 2015년, 혐오는 어떻게 문제적 정동이 되었는가」, 『여/성이론』32, 도서출판 여이연, 2015, 31면.
10) 게이법조회, 「대한민국에서 성수자에 대한 인류애를 기대하며」, 마사 C. 누스바움, 강동혁 역, 『혐오에서 인류애로』, 뿌리와이파리, 2016, 292면.
11) 마사 C. 누스바움, 위의 책, 56면.

이라고[12] 하지 않을 수 없다.

김명순에 대한 혐오도 사회적 약자인 여성에 대한 차별 수단으로써의 투사적 혐오에 해당되며, 문화적 사회적으로 타자 혹은 비체로 규정된 신여성을 배제하고자 하는 다수인 남성들의 여성 혐오와 관련되어 있다. 더욱이 그들은 나쁜 피, 정숙하지 못한 여자라는 낙인찍기 방식으로 김명순에 대한 혐오를 표출했다.

본고는 김명순의 「돌아다볼 때」(『조선일보』 1924.3.29.-1924.4.19.), 「탄실이와 주영이」(『조선일보』 1924.6.14-1924.7.15), 「꿈 묻는 날 밤」(『조선문단』8호, 1925.5), 「모르는 사람같이」(『문예공론』1호, 1929.5)에 나타난 여성 혐오 모티프와 이를 혐오하는 작가의 태도를 분석해 보고자 한다.

2. 여성 혐오를 혐오하다

2.1. 여성 혐오에 대한 저항으로서의 소설 쓰기

김명순은 1915년에 일본에서 이응준으로부터 데이트강간을 당한 후 결혼마저 거절당하자 자살 기도까지 한 것으로 전해진다. 그녀는 다니던 여학교에서 졸업장을 받지 못함으로써 귀국 후 1916년에 숙명여자고등보통학교에 편입하여 1917년 3월에 졸업한다. 그리고 동년 11월, 『청춘』지에 「의심의 소녀」가 3등으로 당선되어 정식으로 등단

---

12) 마사 C. 누스바움, 위의 책, 22면.

을 하게 된다.[13]

　김명순이 데이트강간을 당했을 때 그녀의 나이는 불과 20세였다. 『매일신보』가 세 차례에 걸쳐 이를 기사화하며 성폭력의 가해자가 아니라 피해자를 비난하는 2차적인 성폭력을 가하는 부당한 상황 속에서도 김명순은 침묵하지 않을 수 없었다. 왜냐하면 그때 그녀는 언론 매체의 부당한 폭력과 여성 혐오에 대항할 아무런 힘도 갖지 못한 불과 20세의 여성, 즉 사회적 약자였기 때문이다.

　하지만 일본작가 나카니시 이노스케(中西伊之助)[14]가 쓴 『너희들의 배후에서』(1923)의 주인공 '권주영'이 자신을 모델로 하였다는 소문이 파다해졌을 뿐만 아니라 작품이 이익상에 의해 번역되어 『매일신보』(1924)에 연재되고, 김기진과 염상섭 등의 혐오 발언이 쏟아질 즈음에 그녀는 침묵을 깨고 남성들의 혐오 발언에 저항해 나가기 시작한다. 이제 그녀는 30세의 나이가 되었고, 작가로 등단하여 명성을 떨치기 시작했으며, 『매일신보』(1925)의 기자라는 사회적 타이틀도 생겼기 때문이다. 즉 부당한 여성 혐오에 대응할 사회적 힘이 다소라도 생겼기 때문이다.

　김명순은 1924년에 김기진의 공개장에 대한 반박문을 써서 그의 잘못을 바로잡고자 했지만 김기진의 글을 게재했던 『신여성』은 그녀의 글을 싣지 않는다.[15] 1927년에는 소위 '은파리 사건'으로 『개벽』지를

13) 서정자 · 남은혜 편, 『김명순 문학전집』, 푸른사상, 2010, 830-831면.
14) 나카니시 이노스케(1887~1958) : 일본 프롤레타리아 작가이자 신문기자, 사회운동가로서 여러 피억압자의 해방을 위해 노력했다. 식민지 조선을 배경으로 한 소설로는 『붉은 흙에 싹트는 것』, 『너희들의 배후에서』, 『불령선인』 등 3부작이 있다.
15) 1924년 11월 잡지 『신여성』에 실린 김기진의 「김명순, 김원주(일엽) 씨에 대한 공

명예훼손으로 고소했다.[16] 그리고 소설 「해저문 때」(1938)를 보면 자신에 대한 악평을 쓴 잡지를 도쿄 사쿠라다 경시청에 고발했다고 한다.[17] 이처럼 그녀는 매체의 폭력에 반박문을 쓰고 고소나 고발을 하는 등 공적 방식으로 직접 대항했다. 하지만 그녀는 원하는 결과를 하나도 얻지 못했으며, 여전히 그녀를 둘러싼 악의적인 소문은 계속되었다.

김명순은 자신이 표적이 되었던 여성 혐오에 반박문이나 고소나 고발과 같은 공적 방식으로 지속적으로 문제를 제기하고 저항했지만 공적 영역은 아무런 조처를 취해주지 않았다. 때문에 "김명순은 자신에게 가해져오는, 성차별주의에 바탕을 둔 여성 혐오와 공개적으로 무시당하고 모욕을 당하는 부당한 상황 속에서 느끼는 분노 감정을 자신의 시를 통해 반복해서 표출"[18]하는 한편 소설에서는 여성 혐오 모티프를 그려내며 여성 혐오를 비판하고 혐오를 되돌려 주기 시작한다.

따라서 본고는 김명순의 소설에 나타난 여성 혐오 모티프의 분석을 통해서 김명순이 여성 혐오를 어떻게 되돌려 주었는지가 밝혀보고자 한다.

개장」에 대해서 김명순은 「김기진 씨의 공개장을 무시함」이라는 반박문을 준비한다. 하지만 『개벽』에 실린 『신여성』12월호의 광고문 목차에 나와 있던 그녀의 글은 『신여성』12월호에 실리지 않았다.

16) 은파리 사건의 전말은 남은혜의 논문에서 잘 설명되어 있다. : 남은혜, 「김명순 문학연구」, 서울대학교 대학원 석사논문, 2008, 37-38면.

17) 김명순, 「해저문 때」(『동아일보』 1938.1.15-16, 18), 송명희 편역, 『김명순 소설집 - 외로운 사람들』, 한국문화사, 2011, 358면.

18) 송명희, 앞의 논문, 156면.

2.2. '나쁜 피' 모티프와 여성의 여성 혐오 – 「돌아다볼 때」

「돌아다볼 때」[19]를 살펴보면, 주인공 류소련에 대한 여성 혐오는 주로 그녀를 키워준 고모 류애덕과 적모에 의해서 발화된다. 고모 류애덕은 소련의 아버지 류경환보다 다섯 살 많은 손위로서 어린 나이에 불량성을 가진 병신인 이웃 이 주사 집으로 출가하였으나 남편이 가출해버림으로써 생과부가 된 여성이다. 그녀는 모친의 후원으로 공부를 하고 교회를 열심히 다님으로써 교인과 젊은 학생들로부터 존경받는 교육가가 된다. 소련의 부친은 본처를 버리고 여러 여성을 전전하다가 소련의 어머니를 만나 소련을 낳고 재미를 붙이게 된 인물이다. 하지만 소련의 모친은 평생 웃음 짓는 일이 드물고 한숨과 눈물바람만 하다가 소련이 11살이 되던 해에 세상을 하직한다. 그리고 부친마저 1년 후에 사망한다. 이에 고아가 된 소련이 고모 류애덕의 손에서 자라게 된 것이다.

가) 그때부터 소련은 그 고모의 보호 아래, 잔뼈가 굵어진 듯이 몸과 마음이 나날이 자라는 갔으나, 그의 마음속 맨 밑에 빗 박힌 얼음장을 녹여버릴 기회는 쉽게 다시 오지 않았다. 류애덕이 소련을 기름은 소련의 얼굴에 쓸쓸한 그림자를 남기도록 흠점이 있었다. 비록 의복과 학비를 군색하게 하지 않을지라도 병이 낫을 때, 약을 늦추 써줌이 아닐지라도 어딘지 모르게 데면데면하고 쓸쓸스러웠다. 그 데면데면하고 쓸쓸스러움은 소련이가 공부를 마치게 되었을 때 좀 감해가는 듯했으나, 어떠한 노여운 말끝에든지 혹은 혼인 말끝에든지 반드시

---

19) 여기서는 원작과 개작을 모두 살피되 개작을 중심으로 논의하겠다.

"너의 어머니를 닮아서 그렇지, 그러기에 혈통이 있는 것이야."
하고 불쾌한 말을 들리었다.

이러한 말을 듣고도 소련은 그 고모의 역설인 줄만 믿고, 자기의 혈
통을 생각지 않았으나 온정을 못 받은 그는 반드시 쾌활한 인물이 되지
못하고, 그 성격에 어두운 그늘을 많이 박히게 되어서 공연한 눈물까지
흔하였다.[20)

나) 여기에 이르러 소련의 운명은 그 갈 곳을 확실히 작정했다. 효순
이가 와 있는 며칠 동안을 은순은 투기와 의심으로 날을 보내고 애덕
여사는 혹독한 감시(監視)를 게으르지 않았으며 그중에 소련의 적모는
서울 구경을 핑계하고 올라와서 이 여러 사람들의 눈치에 덩달아
"제 어멈을 닮아서 행실이 어떠할지 모르리라."[21)

인용문 가)와 나)에서 보듯이 소련은 따뜻한 온정 속에서 자라지 못
했을 뿐만 아니라 고모와 적모의 혐오 발언에 상처를 입은 나머지 쾌
활한 성격으로 성장하지 못했다. 고모와 적모는 가부장적 가족제도에
서 적어도 자신들은 첩이거나 첩의 자식이 아니라는 차별화된 특권의
식을 갖고 소련을 타자화했던 것이다. 그녀들은 소련이 첩의 자식이
라는 사실을 수시로 환기시키며 자신들을 특권화했다. 그녀들은 소련
의 혈통을 비난하고 멸시했을 뿐만 아니라 일어나지도 않은 소련의
미래 행실마저 문제 삼았다.

결국 그녀들은 처와 첩을 차별하고 적서를 차별하는 가부장제 가족

---

20) 김명순, 「돌아다볼 때」, 송명희 편역, 앞의 책, 75면.
21) 김명순, 「돌아다볼 때」, 송명희 편역, 위의 책, 94면.

이데올로기를 내면화함으로써 소련에게 혐오를 쏟아낸 것이다. 그녀들은 여성을 성녀와 창녀로 이분법적으로 구분하고 분할 지배하는 남성들의 가치관을 내면화함으로써 창녀(첩)와 그 딸인 소련에 대한 멸시를 드러냈다. 그녀들은 자신을 성녀(처)로 위치지우며, 적어도 남의 남자를 빼앗아 본 적이 없다는 도덕적 우월성을 갖고 첩 소생인 소련을 타자화했던 것이다.

소련을 혐오하는 그녀들의 내면에는 남편의 사랑을 빼앗아 간 예쁜 첩에 대한 질투와 소련처럼 얼굴이 예쁘고 더욱이 첩의 자식이란 나쁜 피를 가진 여성은 언제고 다른 여성, 즉 처의 위치를 불안하게 만들지도 모른다는 위기의식과 피해의식이 잠재되어 있다. 하지만 그녀들이 내면화한, '남성들이 이분법적으로 여성을 구분하는 성녀와 창녀란 여성 억압의 두 가지 형태일 뿐이며, 양쪽 모두 허울 좋은 타자에 지나지 않는다.'[22]

가부장제하에서 첩인 소련의 어머니나 어머니의 '나쁜 피'를 물려받은 딸 소련은 가부장적 가족체제와 질서를 교란시킬지도 모르는 위험한 여성으로 간주된다. 따라서 고모와 적모는 처의 위치를 교란시킬 위험이 있는 소련을 비체화하며 혐오를 표출했던 것이다. 그야말로 '혐오란 여러 형태의 낙인과 위계질서를 감추고 있는, 신뢰할 수 없는 힘이다.'[23] 소련은 송효순의 처인 구여성 은순의 위치를 위태롭게 만드는 여성으로 의심받는다. 고모와 적모의 감시와 혐오 발언은 소련으로 하여금 정신적으로 소통되는 유부남 효순과의 관계를 발전시키

---

22) 우에노 치즈코, 앞의 책, 57면.
23) 마사 C. 누스바움, 앞의 책, 278면.

지 못하게 만들었을 뿐만 아니라 고모와 적모가 강요하는 대로 마음
에도 없는 남성인 최병서와 결혼하도록 영향을 미친다.

　김명순은『조선일보』에 발표된 원작「돌아다볼 때」(1924)에서 '나
쁜 피'에 대한 자기혐오에 빠진 소련을 자살하도록 결말을 지었다. 소
련은 고모와 적모의 혐오 발언이 그녀에게 얼마나 큰 상처를 입혔는
가를 자살로써 증명한 셈이다. 하지만 김명순은『생명의 과실』(1925)
에 수록된 개작본에서 결말을 수정한다. 즉 소련이 자살하는 대신 효
순과의 미래를 꿈꾸며 현재를 견디는 것으로 결말을 바꾸었다. 결말
에서 소련이 꿈꾸는 세계는 효순과의 결혼에 현실적 장애가 되는 구
여성 은순(효순의 처), 소련을 학대하는 가부장적 남편 병서, 나쁜 피
를 들먹이며 그녀를 반강제로 병서와 결혼시킨 고모 등이 없는 세계
이다. 즉 효순과의 사랑에 아무런 방애가 없는 새로운 세계에 대한 욕
망을 작가는 결말 수정을 통해서 나타냈다. 개작본의 수정된 결말에
는 나쁜 피를 지녔다고 그녀를 혐오해 온 자들의 악의적 의도에 결코
굴복하지 않고 사랑의 성취를 위해 인내하겠다는 작가의식이 강하게
작용하였다고 할 수 있다.「돌아다볼 때」는 '나쁜 피'라는 낙인찍기를
통한 여성 혐오를 비판하며, 이에 저항하는 작가의식이 산출해낸 작
품으로 읽을 수 있다.

2.3. 가부장적 규율사회의 여성 혐오 비판과 나쁜 피 콤플렉스
   -「탄실이와 주영이」

2.3.1. 왜곡된 소문과 데이트강간의 진실

「탄실이와 주영이」(1924)는 김명순이 일본작가 나카니시 이노스케(中西伊之助)의 소설 『너희들의 등 뒤에서』(1923)의 주인공 권주영이 자신을 모델로 하였다는 세간의 오해와 왜곡된 소문을 바로잡으려는 의도에서 집필한 자전적 소설이다. 더욱이 『너희들의 등 뒤에서』가 『여등(汝等)의 배후(背後)로서』라는 제목으로 이익상에 의해 번역되어 『매일신보』(1924.6.27.-11.8.)에 연재된다는 소식에 김명순은 「탄실이와 주영이」를 써서 그간 자신에게 쏟아진 소문과 여성 혐오에 적극 대응하려고 했다. 하지만 작품은 결말에 이르지 못한 채 중단되었으며, 작품의 중간 중간 자료가 유실되어 현재 작품의 전모를 파악할 수 없다.

주인공 '탄실'은 집필 당시의 김명순과 나이가 같고 10년 전에 데이트강간을 당한 것으로 설정되어 있으며, 『너희들의 등 뒤에서』로 인한 소문 때문에 곤란을 겪고 있는 것으로 설정되어 작품은 자전적 성격을 확연히 드러낸다.

작품에서 첫째, 탄실은 물리적 힘에 의해 데이트강간을 당한 피해자일 뿐 결코 불량한 여자가 아니라고 주장한다. 둘째, 일본작가의 소설에 등장하는 권주영과 김탄실은 다르다는 것이다. 셋째, 과거의 회상을 통해서 그녀가 지닌 '나쁜 피' 콤플렉스가 그녀의 인생에 끼친 영향을 분석한다. 이 세 가지가 김명순이 이 작품을 통해 밝히고 싶었던 핵심일 것이다.

작품은 전반부 서사적 현재(1-5장)와 후반부 과거(6장-27장)로 나누어 볼 수 있다. 김복순은 「탄실이와 주영이」를 일종의 액자소설로 파악하며 전반부를 외부이야기, 후반부를 내부이야기로 파악한다. 액자구성은 탄실의 출신과 문란한 사생활을 비웃고 있는 사람들에게 탄실의 결백을 입증해보이기 위한 소설기법이자 전략이라는 것이다.[24] 전반부 현재는 삼십 세의 탄실을 그려내는데, 그녀는 철저히 침묵하며 광제병원 의사인 이복오빠 김정택, 그리고 문학청년 이수정과 지학승이 발화의 주체가 된다. 당사자의 직접적인 발화보다 제삼자의 발화는 그만큼 발화 내용의 신뢰도를 높여주므로 적절한 서술전략이라고 할 수 있다. 정택은 그를 찾아온 문학청년 이수정과 지승학에게 탄실에 대한 세간의 오해를 다음과 같이 바로잡는다.

(전략)그 애가 지금까지 세상에서 오해를 받은 것은 전부 허무한 일일 뿐 아니라 악한 남녀의 모함입디다그려. 그래서 노친은 반대하시는 것을 억지로 빌다시피 해서 데려왔더니 그런 착한 여자가 다시는 없을 것 같습니다. 그래서 나는 하루바삐 어디 좋은 곳에 심어주고 싶지만 당자가 극력으로 반대하니까 때를 기다리지요. 그 반대하는 말이 또 우습지요. 한 번 결혼 일 때문에 세상의 웃음거리가 된 이상에 그 웃음거리 된 몸을 다시 다른 사람과 결합하려고 하는 것은 신성한 자기를 더럽힌다지요.[25]

24) 김복순, 「신여자의 근대적 진정성의 형식」, 『페미니즘 미학과 보편성의 문제』, 소명출판, 2005, 70-71면.
25) 김명순, 「탄실이와 주영이」, 송명희 편역, 앞의 책, 229면.

인용문에서 보듯 탄실을 둘러싼 소문은 전부 허무한 일일 뿐만 아니라 악한 남녀의 모함에서 비롯된 것이라는 것이다. 그리고 탄실은 지극히 착한 여자로서 오빠로서 결혼을 시키려 해도 본인의 결벽증, 즉 한 번 웃음거리가 된 몸으로 다른 남자와 결혼하려는 것은 신성한 자기를 더럽힌다고 생각함으로써 독신으로 살아간다고 정택은 적극 해명한다. 이어서 그는 두 청년에게 다음과 같이 10년 전에 일어난 데이트강간 사건의 진상을 밝힌다.

> 내 누이로 말하면 10년 전에 벌써 참 옛이야길세. 어떤 평범한 아무런 일에도 새로운 것을 찾아낼 힘이 없으면서, 그래도 구구히 사람들의 구린 입내를 없이하기 위해서 하는 칭찬 풀어치나 듣는 쥐 같은 작은 남자와 약혼하려다가 그 남자에게 절개까지 억지로 앗기우고, 그나마 그것이 세상에 알려졌을 때, 어리고 철없는 내 누이의 책임이 되어서 그보다 5, 6년이나 위 되는 쥐 같은 남자가 염복 있다는 헛 자랑을 얻고 또 내 누이와는 원수같이 되어서 현재 저와 꼭 같은 다른 계집하고 잘 산다 하세. 그러기로서니 어리고 철없던 사람이 자라지 말라는 법이야 어디 있나. 그동안에 내 누이가 자라고 철들었다고 할 것 같으면 그만이 아닌가. 그렇지만 세상은 그렇지 않고 기막힌 일이 많아. (중략) 그 애가 10년 전에 동정을 제 마음대로도 아니고 분명한 짐승 같은 것에게 팔 힘으로 앗기었다 하면, 시방도 바로 듣지 않고 내 누이만을 불량성을 가진 여자로 아니……. 저 『너희들의 등 뒤에서』란 책이 난 뒤에도, 탄실이는 얼마나 염려를 하는지. 그 꼴을 차마 눈으로 볼 수 없어서 말 끝마다 오빠 내가 일본남자와 연애했던 줄 알겠구려. 그러면 내가 창부 같은 계집이라겠지.[26]

즉 "쥐 같은 작은 남자와 약혼하려다가 그 남자에게 절개까지 억지로 앗기"었으며, "10년 전에 동정을 제 마음대로도 아니고 분명한 짐승 같은 것에게 팔 힘으로 앗기었다"를 통해 탄실이 약혼하려던 남자에게 강제로 순결을 빼앗겼다는 것, 즉 데이트강간을 당한 것이 사건의 진상임을 밝힌다. 데이트강간은 "데이트를 하는 상호간에 동의 없이 강제로 행해지는 성폭행을 말한다. 즉 데이트 중에 자신의 의사에 반해서 또는 강제적으로 성관계를 갖게 되는 경우"이다.[27] 최근에는 연인 간 성폭력이 강력 범죄로 규정되면서 사회적 이슈로 대두되고 있지만 근대 초기의 데이트강간은 당사자 간의 사적 문제로 간주되었으며, 가해자가 아니라 피해자를 정숙하지 못한 여자로 비난하는 분위기가 지배적이었다. 바로 그러한 이유로 탄실은 성폭력의 피해자이면서도 정숙하지 못한 여자라는 오명을 쓰고 비난받게 되었던 것이다. 더구나 세상은 가해자가 아니라 어리고 철없는 사회적 약자인 여성에게 책임을 묻고, 불량한 여자로 매도해 왔다고 정택은 비판한다.

작가는 이복오빠인 정택의 발화를 통해 탄실을 강간한 남자를 '쥐 같은 작은 남자', '짐승 같은 것'과 같이 표현함으로써 강간의 가해자인 태영세(실제인물 이응준)에 대한 혐오를 나타내고 있다. 뿐만 아니라 왜곡된 소문을 근거로 피해자를 불량한 여자로 매도하는 남성중심적인 세상에 대해서도 혐오를 표출한다. 성폭력의 가해자가 아니라 피해자를 비난하는 사회야말로 전형적인 여성 혐오의 사회라고 하지 않을 수 없다.

---

26) 김명순, 「탄실이와 주영이」, 송명희 편역, 위의 책, 230-231면.
27) 박문각 시사상식편집부, 『시사상식사전』 박문각, 2016.

 김명순이 이 작품에서 해명하고 싶었던 중요한 다른 하나는 탄실이 『너희들의 등 뒤에서』의 주인공 권주영과 다르다는 것이다. 먼저 탄실은 일본남자와 연애한 여성이 아니며, 가해자도 일본남자가 아니라 조선의 친일파 남성이라는 것이다. 이는 이수정의 발화를 통해 밝혀진다. 뿐만 아니라 유학의 목적도 주영은 일본에서 법률을 배워 일본 사람에게 원수를 갚겠다는 것이지만 탄실이 일본에 간 이유는 일본 사람이 얼마만한 사람인지 알아보기 위해서라는 것이다. 따라서 탄실은 일본 사람을 숭배하지도 않았을 뿐만 아니라 이리 새끼나 호랑이 새끼 같은 태도로 일본 사람을 상대한 여성이라는 것이다. 여기서 김명순의 민족의식의 일단을 엿볼 수 있다.

 더욱이 주영이와 탄실이는 출신성분 자체가 다르다고 주장한다. 즉 주영은 일부 사실이 탄실과 유사한 점은 있지만 그녀는 중류 이하의 가정에서 자랐고, 비교할 수 없이 육체가 더러워졌고, 어리석은 여성이다. 반면 탄실은 부자로 태어나 호화로운 집에서 자랐고, 어리석지도 않을 뿐만 아니라 교만함과 욕심스러움, 즉 자존감이 높은 여성이다. 그리고 정조를 잃을 때에도 지독하게 저항했던 피해자이다. 즉 탄실은 부유한 집안 출신의 자존감이 강한 여성으로서 권주영처럼 여러 남자들과의 난교로 육체가 더럽혀진 여성이 아니라는 것이다.

 작품은 이수정과 지승학의 대화를 통해서 우리나라 제1기 여학생의 속물적 근성에 대해서도 비판을 가한다. 즉 제1기의 여학생 중에는 권주영과 같은 여성도 있을지 모르지만 당대 신여성들이 여성해방의 명제로 주장했던 '연애이고 무엇이고 염두'에 두지 않은 채 자신의 절개를 철저히 간직했다가 명예 있고 재산 있는 남자에게 시집가서 호강하려는 개인적 안일을 도모한 여성도 있었다는 것이다. 탄실은 권주영과 같은 성적으로 더럽혀진 여성도, 개인적 안일을 도모한 속물적 여성도 아니라는 것이다.

> "그럴 것 같으면 『너희들의 등 뒤에서』라는 책은 한 여성을 주인으로 쓴 것이 결코 아니고, 조선 전체를 동정해서 일본 사람인 ××가 일본 사람의 처지에서 반성하느라고 쓴 것일 것입니다."[28]

작가는 주영과 탄실이 다르다는 것을 증명하는 데서 더 나아가 『너희들의 등 뒤에서』라는 소설에 대해 평가를 가한다. 즉 이 작품은 한 여성을 주인공으로 삼은 소설이 아니라 조선 전체를 동정해서 일본인의 처지에서 반성하기 위해서 쓴 소설이라는 것이다. 그리고 주영과 탄실은 여러 면에서 다를 뿐만 아니라 『너희들의 등 뒤에서』는 조선 여성을 무시한 작품으로서 그리 잘 쓴 소설이 아니라는 평가를 내어 놓고 있다.

이와 같은 『너희들의 등 뒤에서』에 대한 김명순의 독법은 "이익상, 김기진 등의 사회주의자들이 국제적 연대 차원에서"[29]에서 읽었던 것과는 상당한 거리가 있다. 신혜수는 번역자인 이익상의 경우는 '수용'의 측면에서, 김명순의 경우는 '저항'의 측면에서 텍스트를 해석하였다며 「탄실이와 주영이」가 단순히 일본작가의 소설에 관련된 소문에 대한 대항, 즉 그것에 대한 반작용으로 쓴 소설만은 아니라고 주장한

---

28) 김명순, 「탄실이와 주영이」, 송명희 편역, 앞의 책, 234면.
29) 이원동, 「汝等の背後よりの 수용·번역과 제국적 상상력의 경계」, 『어문논총』68, 한국문학언어학회, 2016, 317면.

다.[30)

하지만 「탄실이와 주영이」가 신혜수의 주장대로 조선의 '식민지적 근대성' 즉, '내부 식민주의'를 고발하겠다는 의도가 부분적으로 있다고 하더라도 작품의 초점이 탄실과 주영의 차이에 맞추어졌다는 것은 부인할 수 없다. 즉 김명순의 첫 번째 관심사는 그녀를 두고 세간에 떠도는 소문(성적으로 문란한 여성)이 사실이 아니라는 것을 주장하려는 데 있었다. 즉 그녀가 데이트강간을 당한 것은 사실이지만 그것은 남성의 일방적 성폭력일 뿐 그녀의 도덕적 성적 정숙과는 전혀 상관없는 일이었다는 것이다. 따라서 성폭력에 지독히 저항한 피해자로서 그녀가 비난받을 이유는 없다는 것이다.

2.3.2. 규율사회의 권력과 나쁜 피 콤플렉스

「탄실이와 주영이」는 6회분부터 탄실이 자라온 과거에 대한 회상으로 시간을 역행한다. 작가가 과거 회상을 통해 밝히고자 한 것은 소위 '나쁜 피' 콤플렉스가 어떻게 형성되었으며, 그것이 그녀의 인생에 어떤 영향을 끼쳤는가이다. 현재 그녀에게 쏟아진 혐오와 비난의 근거의 하나가 바로 기생첩 소생의 서녀란 혈통, 즉 '나쁜 피'의 문제였기 때문에 이에 대한 해명은 무엇보다 중요하다. 더욱이 탄실의 과거와 소문에 시달리는 현재는 분리할 수 없이 연결되어 있는 만큼 이에 대한 정확한 사실 해명은 필수적이다.

---

30) 신혜수, 「中西伊之助의 『汝等の背後より』에 대한 1920년대 중반 조선 문학 장의 두 가지 반응」, 『차세대 인문사회연구』7, 동서대학교 일본연구센터, 2011, 100면.

미셸 푸코(Michel Paul Foucault)는 『감시와 처벌: 감옥의 탄생』(1975)에서 근대사회를 규율사회로 진단한다. 근대사회는 여러 가지 규율을 통해 규범의 권력이 출현하게 되는 사회다.[31] 근대사회를 구성하고 유지하는 규율 권력은 감옥, 학교, 군대, 병원, 공장과 같은 폐쇄적인 공간뿐만 아니라 국가의 기구나 제도의 틀을 벗어나 탈제도화된 사회의 모든 영역에서 행사된다. 사람들은 자신의 내부에 권력을 새겨 넣고 스스로를 감시하며, 가시성의 영역에 갇힌 주체는 항상 응시의 대상이 된다고 느낌으로써 스스로를 감시하는 효과를 낳게 되므로, 주체는 권력에 종속되고 권력의 대상이 된다.[32]

「탄실이와 주영이」에서는 가정, 학교, 교회라는 제도가 어떻게 가부장적 규율을 강제하는 장치로서 여성을 억압하는 권력으로 작용하며 여성 혐오를 나타내는가를 다양하게 보여준다. 즉 가족 내에서는 적모와 서녀 사이에, 학교에서는 교사와 학생 사이에, 교회에서는 교직자와 신도 사이에 규율, 훈육 또는 예수교적 율법이라는 이름으로 어떻게 권력이 작동하는지가 드러난다. 가정, 학교, 교회는 가부장적 규율이 작동하는 권력 공간으로서 지속적이고 반복적으로 탄실에게 나쁜 피에 대한 수치심과 열등감을 주입시켜왔다. 그 결과 탄실은 첩인 어머니를 혐오하게 되는가 하면, 그녀 내부에 새겨진 규율에 의해 자신을 감시하게 된다. 따라서 일본유학을 통해 실력을 길러 뿌리 깊은 나쁜 피 콤플렉스를 벗어나 정숙한 여자가 되겠다고 결심하게 된다. 하지만 뜻하지 않던 데이트강간은 김명순에게 '나쁜 피' 콤플렉스

---

31) 미셸 푸코, 오생근 역, 『감시와 처벌』, 나남, 2016.
32) 양석원, 「미셸 푸코의 이론에서의 주체와 권력: 응시의 개념을 중심으로」, 『비평과 이론』8-1, 한국비평이론학회, 2003, 48면.

에다 그토록 혐오했던, '정숙하지 못한 여자'라는 치명적 낙인을 덮어 씌우고 만다.

탄실의 모친 산월은 집안의 가난으로 기생이 되었다가 류지동이라는 부자의 첩이 되지만 도망쳐서 친정으로 돌아온 후에 무역상을 하는 탄실의 부친 김형우를 만나 그의 첩이 된 것으로 설정되었다. 즉 산월이 기생이 되고 첩이 된 것은 도덕성의 문제가 아니라 가난 때문이었다.

탄실은 어린 시절 집안에서부터 모 산월에 대한 적모의 혐오 발언을 수시로 들으며 자라게 된다. 즉 "이리 같은 년, 그 년이 죽으면 무엇이 될꼬. 벼락을 맞아죽을 년"이라는 욕설을 수시로 듣고 자랐던 것이다. 탄실은 학교에서도 "남의 첩 노릇을 해서는 못 쓴다든지 기생은 악마 같은 것이란 교훈을 듣게 된"다. 그리고 탄실이 신앙하며 어머니를 전도하려 했던 예수교회마저도 기생과 첩을 비난함으로써 그녀에게 기생첩인 어머니에 대한 혐오감을 심어주었을 뿐이다. 뿐만 아니라 동경군관학교를 나와 조선의 군인이 된 삼촌 시우는 탄실이 서울의 X명학교에 입학하자 학감을 찾아가 탄실이 기생의 딸이란 사실을 폭로함으로써 학교에서마저 그녀가 놀림감이 되도록 만든다. 이처럼 가족, 학교, 교회는 한결같이 욕설, 교훈, 율법이라는 규율을 통해 탄실의 내면에 혈통에 대한 수치심과 자기혐오를 심어주었다.

즉 가족, 학교, 교회는 어린 탄실의 마음에 "부끄러운 아픔과 어렴풋한 의심에 싸여 있"도록 만들었으며, 심지어 어머니 산월이를 어머니라고 부르기조차 꺼리어지도록 만들었다. 모친을 진심으로 싫어하는 것은 아니었으나 '첩의 딸', '기생의 딸'이란 말을 듣기를 극도로 싫어한 나머지 어머니마저 싫어하게 만들었던 것이다. 따라서 깨끗한 주체가 되기 위해서 탄실은 어머니와 경계를 긋고 동일시를 포기해야만 했다. 그것은 어머니에 대한 아브젝트(abject)였다.[33] 그녀는 어릴 때부터 명예심 많은 처녀였지만 집안, 학교, 교회가 기생 출신의 첩인 어머니에 대한 수치심과 혐오감을 지속적으로 심어준 결과 그녀의 자존감은 손상되었으며, 나쁜 피 콤플렉스를 갖게 되었던 것이다. 나쁜 피 콤플렉스야말로 탄실의 내부에 규율권력이 새겨 넣은, 그녀 스스로 자신을 감시하게 만든 나머지 형성된 콤플렉스라고 할 수 있다.

김명순에게 덮어씌운 '나쁜 피'라는 오명과 낙인찍기는 기생첩 어머니와 그 딸을 더러운 몸을 지닌 여성, 함부로 대해도 되는 혐오스런 몸과 천한 지위를 지닌 여성으로 비체화하는 여성 혐오와 관련되어 있다. 결국 김명순에게 쏟아진 '나쁜 피'라는 비난은 남성들이 여성을 이분법적으로 처와 첩, 즉 '성녀'와 '창녀'로 구분함으로써 이루어진 여성 억압의 형태로서, 양쪽 모두 여성을 타자화하고 도구화하는 방식이다.

2.3.3. 아름다운 외모의 낙인과 일본유학

가부장적 규율사회는 탄실로 하여금 자신의 예쁜 외모에 대해서마저 자존감이 아니라 수치심으로 받아들이도록 작용한다. 즉 예쁜 외모는 여염사람 같지 않은, 즉 기생의 딸이라는 낙인으로 그녀에게 다가온다. 「탄실이와 주영이」에서 삼촌 시우가 진명학교를 찾아가 한 말이 학교에 어떻게 퍼져 그녀를 곤경에 빠뜨렸는지를 아래의 인용문은

---

33) 노엘 맥아피, 이부순 역, 『경계에 선 줄리아 크리스테바』, 앨비, 2007, 95-99면.

보여준다.

　"저 애는 우리 형님의 서자인데, 자기 외가라고는 죄다 기생 찌꺼기
들뿐이니, 외출을 시키지 말고 의복도 지금껏 너무 사치하니, 만일 그
런 의복이 올 것 같으면 입히지 말도록 해주시오."
하고 부탁한 말이 학교 안에 퍼져서 그가 미움을 바칠 때마다
　"기생의 딸년."
　"저 애 이모는 참 예뻐, 여염사람 같지 않아."
　"나도 좀 그렇게 예뻐 보았으면 하하."
　"그 애는 너두 ○○이 되어보렴 그래서 분 바르고 비단옷 입으면 예
뻐진단다, 하하."[34]

　「꿈 묻는 날 밤」에서도 "놀랄 만치 아름답다"나 "곱다 그 몸매!"라고
떠들며 지나가는 청년들을 향해 주인공 남숙은 "놀리는 듯한 소리들
이 불쾌해서 속으로 '못된 것들 사내들이 남의 얼굴만 보나!'"하고 불
쾌감을 표현하는 것도 외모의 아름다움이 낙인처럼 다가와 그녀의 수
치심을 자극했기 때문이다.
　부친 형우가 죽은 후 어머니 산월이 경성으로 이사 옴으로써 지옥
같은 학교 기숙사를 벗어나 어머니와 함께 살게 된 탄실은 부친이 남
긴 빚을 받으러 온 사람들로부터 "탄실이를 기생이나 부치지오."라는
말을 듣게 되자 살기가 등등해서 대든다.

　"나는 남만 못한 처지에서 나서 기생의 딸이니 첩년의 딸이니 하고

34) 김명순, 「탄실이와 주영이」, 송명희 편역, 앞의 책, 261면.

많은 업심을 받았다. 그리고 내가 생장하는 나라는 약하고 무식하므로 역사적으로 남에게 이겨 본 때가 별로 없었고, 늘 강한 나라의 업심을 받았다. 그러나 나는 이 경우에서 벗어나야 하겠다, 벗어나야 하겠다. 남의 나라 처녀가 다섯 자를 배우고 노는 동안에 나는 놀지 않고 열두 자를 배우고 생각하지 않으면 안 된다. 남이 겉으로 명예를 찾을 때 나는 속으로 실력을 기르지 않으면 안 되겠다. 지금의 한마디 욕, 한 치의 미움이 장차 내 영광이 되도록 나는 내 모든 정력으로 배우고 생각해서 무엇보다도 듣기 싫은 '첩'이란 이름을 듣지 않을, 정숙한 여자가 되어야 하겠다. 그러려면 나는 다른 집 처녀가 가지고 있는 정숙한 부인의 딸이란 팔자가 아니니 그 대신 공부만을 잘해서 그 결점을 감추지 않으면 안 되겠다."[35]

인용문은 탄실이 왜 일본유학을 그토록 열망했는지를 보여준다. 일본유학은 "산 같은 지식욕을 제어할 수가 없어서"라기보다도 "기생의 딸이니 첩년의 딸"이니 하는 업신여김으로부터 벗어나 "듣기 싫은 '첩'이란 이름을 듣지 않을, 정숙한 여자가 되"기 위함이요, 보통의 처녀들과 다른 팔자, 즉 나쁜 피 콤플렉스를 극복할 실력을 쌓기 위함이다. 그리고 국가적으로는 늘 강한 나라의 업심을 받은 압제상태에서 벗어나기 위한 실력을 쌓기 위함이다.

일본 시부야의 상반여학교에 들어간 탄실은 숙부의 소개로 만나게 된 태영세라는 남자, 키는 작고 얼굴은 납다데 한 쥐 같은 외모의 "냉정함과 침착함으로 사람을 이끌어 동댕이쳐 버릴 듯한 한없이 무서"운, 그러면서도 "말끝 돌릴 때마다 한마디씩 친함을 주"며 "눈웃음을

35) 김명순, 「탄실이와 주영이」, 송명희 편역, 위의 책, 264면.

웃"는 남자와 타국에서의 정서적 외로움과 경제적 어려움이라는 현실적 문제가 겹쳐 맹목적으로 결혼하고 싶어 한다. 어쩌면 정상적인 결혼이야말로 그녀가 첩의 딸이라는 평생의 콤플렉스로부터 벗어날 수 있는 유일한 길이었기 때문이었을 것이다. 탄실은 조선에서의 경제적 지원이 끊긴 상태에서 공부와 결혼 사이에서 갈등하며 태영세와의 결혼에 대한 욕망이 자꾸만 커져 갔던 것이다.

하지만 그에게 데이트강간을 당함으로써 탄실은 일시에 정신이상까지 생기고, 신문에서 떠들고, 졸업생 명부에서도 지워지고 만다. 더욱이 태영세는 자신의 지식욕과 명망과 영화를 위해 탄실과의 약혼을 원하지 않는다. 뿐만 아니라 그는 스무 살이나 연하의 여성, 탄실처럼 뼈마디가 눌진눌진한 여성이 아니라 키 작고 가는 여자를 원했던 것이다. 한마디로 그는 여성을 결혼 상대와 놀이 상대로 구분하며 탄실을 농락한 비열한 남성이었던 것이다.

2.3.4. 정숙하지 못한 여자라는 오명

작품은 데이트강간 사건 이후 학교에서 졸업을 하지 못하고, 신문에서 떠드는 상황을 전할 뿐 데이트강간을 직접적으로 다루지 않은 채 중단되고 만다. 왜 그 지점에서 중단되었던 것일까?

다이아나 러셀(Diana Russell)은 『강간의 정치학』에서 "강간당했던 여성들은 고통과 맞거나 죽임을 당할 것에 대한 공포뿐만 아니라, 가해자에 의해 '불결한' 여자가 되었다는 오욕적 감정 또한 함께 상기[36]한다고 했다. 김명순은 강간사건이 일어난 지 10년의 세월이 흘렀음에도 그녀가 겪었던 공포와 오욕의 감정을 소설로 세세히 재현하기에는 그때 받았던 외상이 너무 치명적이어서 차마 직면하기 어려웠던 것 같다. 「탄실이와 주영이」와 『너희들의 등 뒤에서』의 동시 연재로 인해 더욱 무성해진 소문도 소문이거니와 강간의 트라우마와 정면으로 마주하기 어려웠던 것이 작품 중단의 한 사유가 되었을 것이다.

이처럼 탄실은 그녀의 인생 초기과정에서 나쁜 피 콤플렉스에다 데이트강간의 상처와 슬픔을 어찌할 수 없었기 때문에 그녀의 감정은 수치심 중독[37]에서 벗어날 수 없었다. 수치심이란 누스바움에 의하면 어떤 이상적인 상태에 도달하지 못한다는 생각에 반응하는 고통스러운 감정이다.[38] 수치심 중독(toxic shame)은 흠집이 나서 위축되고 제대로 평가받지 못하는 감정으로서, 그것은 죄책감보다 훨씬 심각한 감정이다. 죄책감은 무엇인가 잘못했지만 그것을 다시 고치고, 그걸 위해 무엇인가 할 수 있다. 그러나 수치심 중독은 자신이 무엇인가 잘못된 존재라는 것이고, 그것에 대해 자신이 할 수 있는 것이란 아무것도 없다는 것이다. 그저 부족해보이고 불완전할 뿐이다.[39] 그녀의 혈통이나 이미 당한 데이트강간에 대해서 그녀가 할 수 있는 일은 아무것도 없었던 것이다.

김명순이 일본작가의 소설에 등장하는 주영과 탄실이 다르다는 것을 주장한 부분보다 훨씬 많은 분량을 어린 시절의 성장과정에 할애하고 있는 이유는 바로 그녀의 내면을 가득 채운 나쁜 피에 대한 수치심, 일본에서 당한 데이트강간의 트라우마와 고통으로부터 벗어나기

---

36) 위니프레드 우드헐, 「섹슈얼리티, 권력, 그리고 강간의 문제」, 미셸 푸코 외, 황정미 편역, 『섹슈얼리티의 정치와 페미니즘』, 새물결, 1995, 180면.

37) 존 브래드 쇼, 오제은 역, 『상처받은 내면아이 치유』, 학지사, 2004, 125면.

38) 마사 C. 누스바움, 조계원 역, 『혐오와 수치심』, 민음사, 2015, 338면.

39) 마사 C.누스바움, 위의 책, 86-87면.

위해서였을 것이다. 하지만 김명순은 결국 작품을 끝까지 완결하지 못하고 중단하는데, 그것은 김명순이 자기 치유에 실패했기 때문이었을 것이다.

즉 '나쁜 피'라는 출생 콤플렉스는 그녀의 삶의 원죄로서 작용해왔다. 나쁜 피는 여태껏 그녀에 대한 비난의 근거가 되고 있을 뿐만 아니라 어린 시절부터 그녀를 수치심 중독에 빠뜨려 현재의 불행에 이르게 만든 원천이다. 그녀는 실력을 길러 나쁜 피 콤플렉스로부터 벗어나고자 유학을 가지만 거기서 데이트강간을 당함으로써 콤플렉스로부터 벗어나기는커녕 '나쁜 피'에다 '정숙하지 못한 여자'라는 오명마저 더하게 된다. 즉 '순결하지 않은 여자'라는 또 하나의 오명을 얻게 된다.

순결이데올로기는 성을 통한 남성의 여성에 대한 지배의 또 다른 형태이다. 강간당한 여성, 즉 순결을 지키지 못한 여성은 여성으로서의 가치가 상실된 것으로 낙인찍힌다. 다시 씻기 어려운 불명예스럽고 욕된 낙인찍기는 지배집단의 취향과 견해를 반영할 뿐만 아니라 힘이 약한 집단이나 이방인으로 간주되는 집단의 특징들을 폄하함으로써 지배집단의 이상화된 자기묘사를 중립적이고, 정상적이며, 정당하고, 식별 가능한 것으로 강화한다.[40]

가부장제 사회는 순결이데올로기를 통해 여성을 순결한 성녀와 더러운 창녀로 이분법적으로 분할 지배한다. 따라서 강간 사건은 나쁜 피와 함께 그 후 그녀의 인생을 옭죄는 결정적인 트라우마이자 남성들로부터 혐오의 결정적 근거가 된다. 가부장제 사회는 매체와 소문

---

40) 로즈메리 갈런트 톰슨, 손홍일 역, 『보통이 아닌 몸』, 그린비, 2015, 59면.

을 통해 점점 더 그녀를 오명의 수렁 속으로 빠뜨린다.

그런데 데이트강간의 피해자를 성적으로 '정숙하지 못한 여자'로 비난하는 것 역시 여성을 '성녀'와 '창녀'로 이분법적으로 구분하며 여성을 타자화시키는 기제이다. 즉 데이트강간을 나쁜 피를 지닌 여성의 정숙하지 못한 태도가 유발한 행동으로 낙인찍는 것, 가해자가 아니라 피해자를 비난하는 구조야말로 철저히 가해자의 논리구조이다.

김명순은 소설의 전반부에서 김정택과 이수정과 지승학이란 남성들의 발화를 통해 혐오를 혐오로 되돌려주고자 했다. 하지만 작품의 중단으로 인해 자신에게 가해진 부당한 여성 혐오를 근원까지 파헤쳐 되돌려주는 결과에는 이르지 못하고 만다.

작품에 등장하는 이복오빠 정택은 부모 사망 후 세상에서 자신을 지지해줄 사람이 하나도 없는 외로운 상황에서 그래도 보호자로 나서서 방패막이가 되어주었으면 하는 욕망을 드러내 보인 것이라고 볼 수 있다. 이수정과 지승학과 같은 문학청년들도 소문에 휘둘리지 않고 그녀를 지지해준 남성들이다. 그때 김명순에게는 정택과 같은 보호자, 이수정과 지승학과 같은 문단의 지지자가 절실하게 필요했다고도 볼 수 있다.

하지만 나머지 남성들, 즉 아버지 김형우, 삼촌 시우, 태영세 등 세 남성 모두 부정적 인물로 그려냈다. 그들은 공통적으로 호색한이면서 여성 혐오적인 남성들이다. 이 세 명의 남성에 대해서 탄실은 정도의 차이가 있지만 한결같이 혐오를 표출했다. 아버지는 그녀를 경제적으로 어렵게 만든 의리 없는 인물이며, 삼촌은 학교에까지 탄실이 기생첩의 딸이란 소문을 낸 장본인이자 그녀와 결혼할 마음도 없는 태영세를 소개하여 결혼에 대한 헛된 욕망을 품게 한 인물이다. 태영세에 대한 탄실의 평가는 어떠한가? 그는 형편없는 외모에다 자신의 지식욕과 명망과 영화를 위하여 탄실과 결혼할 마음도 없으면서 그녀와 교제하며 강제로 성폭행을 가한 혐오스런 인물이다. 그야말로 기생의 딸, 첩의 딸을 차별하고 결혼할 여자와 연애할 여자를 분단 지배하는 여성 혐오적이고 성차별주의에 빠진 남성이라는 것을 김명순은 말하고 싶었을 것이다.

2.4. 소문에 대한 혐오와 소문에 휘둘리는 남성에 대한 혐오 -「꿈 묻는 날 밤」·「모르는 사람같이」

소문이란 진실성 여부에 관계없이 사람들 사이에 퍼져 있는 사실이나 정보를 말한다. 김명순이 소문에 얼마나 치명적 상처를 입었는가는 최명표의 논문 「소문으로 구성된 김명순의 삶과 문학」[41]에 잘 밝혀져 있다. 노이바우어(Hans J. Neubauer)에 의하면 소문(rumor)은 어원적으로 소식, 비명, 외침, 평판이라는 의미뿐만 아니라 카오스, 대참사, 범죄 등의 의미와도 관련을 맺고 있으며, 강간, 도둑질, 강도, 살인, 타살 등과도 유사한[42] 대체로 부정적인 의미를 가진다. 그는 소문을 전달된 비독립적인 말로서 인용의 인용이라고 했다.[43]

노이바우어가 소문을 인용의 인용이라고 정의했듯이 소문은 비공식적으로 전달되며, 인용의 인용이 거듭되면서 사실을 왜곡하고 진실 여부와 상관없이 악의적으로 확대 재생산된다. "여성에 대한 소문

---

41) 최명표, 앞의 논문, 221-245면.
42) 한스 노이바우어, 박동자·황승환 역, 『소문의 역사』, 세종서적, 2001, 278-280면.
43) 한스 노이바우어, 위의 책, 17면.

이 유통되고 소비되는 방식은 성별화된 위계질서를 지지하는 지식과 권력의 긴밀한 공조 속에서 이루어진다. 또한 소문과 같은 장치는 어떤 실체를 이미지화하여 통제하기 쉬운 대상으로 만드는 특성이 있다."[44] 신여성을 둘러싼 소문은 비단 근대 조선에서의 일만은 아니었던 듯하다. 중국에서도 "신여성의 삶은 소문에 연루되어서 맞서거나, 좌절하여 죽거나, 기존 질서에 순응하는 등의 행로를 걸었다. 특히 소문에 맞서거나 맞서다 못해 죽음을 맞이한 신여성의 삶은 고단하기 이를 데 없었다."[45]

김명순에 대한 소문들은 입에서 입으로 비공식적으로 전달되기보다는 신문과 잡지의 공적 매체에서 생산됨으로써 그것이 마치 진실인 양 신속하고도 폭넓게 유포되며 그녀를 타자로, 희생자로 만들었다. 그만큼 근대는 여성에게 폭력적인 사회였다.

그녀를 둘러싼 소문들은 신문과 잡지 등 공식 매체에서 생산되어 사람들의 입소문을 통해 신속히 유포되었다. 소문은 소수자를 향한 다수의 테러로서 대상자의 인격을 파괴하고, 나아가 복원할 수 없을 정도의 상처를 각인시킨다. 소문은 사회로부터 당자를 격리시키고, 다수가 승인한 규범에 복종하기를 강요한다. 김명순은 '신'여성으로 사회의 지배적 질서에 도전했기 때문에, '구'여성을 비롯한 사회 구성원들로부터 배제되는 비운을 맞아야 했다. 다수는 그녀에게 온갖 소문의 진앙지라는 사실을 반복적으로 주입하였으며, 그녀는 다수의 횡포에 맞서 다방

---

44) 이숙인, 「소문과 권력-16세기 한 사족 부인의 淫行 소문 재구성」, 『철학사상』40, 서울대학교 철학사상연구소, 2011, 69면.
45) 박자영, 「소문과 서사 : 장아이링 전기 다시 읽기」, 『여성문학연구』20, 한국여성문학학회, 2008, 77면.

면에 걸친 활동으로 극복하려고 시도하였다.[46]

최명표는 김명순이 "지식의 축적을 통해 자신을 둘러싼 소문으로부터 자유"를 얻고자 했으나 "신여성의 학식은 남성 주도의 식민지 시대에 쓸모없는 사치품에 불과했다"고 평가했다.[47]

따라서 소문의 최대 피해자였던 김명순은 자신의 소설에서 소문 모티프를 형상화함으로써 소문에 대한 혐오와 이를 유포시키는 남성에 대한 혐오를 동시에 표출했다.

「꿈 묻는 날 밤」[48]에 등장하는 여주인공 남숙은 서 모(徐某)라는 남성에 대한 강한 혐오를 드러낸다. 남숙이 그를 싫어하는 한 이유는 그가 별로 신뢰할 수 없는 친구 박정순과 관계가 있는 인물이기 때문이다. 박정순은 그녀 자신은 정조 있는 체하지만 자신의 마력(魔力)인가 매력(魅力)인가를 시험하기 위해서인지 부질없이 게슴츠레한 눈치를 남자들에게 던지는가 하면 다른 사람들로부터는 "사랑한다는 남편이 있으면서…… 음험한 계집"이라는 비난을 듣는 인물이다.

서 모는 남숙이 해몽을 해달라고 정희철에게 꿈 이야기를 하자 둘 사이에 끼어들며 왜곡된 소문에 근거하여 "오- Y씨, Y씨는 그 동경서 어떤 책사 하던 사람을 망쳐놓고 미국 가서 있다는 이은영이와 동거한다는 Y씨."라고 아는 체를 함으로써 남숙의 혐오의 대상이 된다.

"오 - Y씨, Y씨 그 동경서 그 어떤 책사 하던 사람을 망쳐놓고 미국 가서 있다는 이은영이와 동거한다는 Y씨."

---

46) 최명표, 앞의 논문, 222면.
47) 최명표, 위의 논문, 237면
48) 김명순, 「꿈 묻는 날 밤」, 송명희 편역, 앞의 책, 283-292면.

하고 사뭇 떠들었다. 남숙은 기가 막혀서 더 참을 수 없는 듯이 한번 힘
껏 눈을 흘기고

"그 이름이 Y씨가 아닐 뿐더러 그 여자와 같이 간 그 Y씨도 아닙니다.
그 사람이 아닙니다."

하고 일어섰다. 서 모는 그 눈 서슬에 황겁해서

"잘못했습니다."[49]

그가 "잘못했습니다"라고 사과를 했음에도 남숙은 그를 향해 다음
과 같은 분노 감정을 표출한다.

"남숙의 온몸에는 피가 끓어올랐다. 앞이 새빨개졌다. 그 세포(細胞)
하나하나가

"이 괘씸한 것."

하고 무엇을 쳐 넘기려고 하는 노염의 명령에 따라서 바르르 떨며 무엇
을 찾았다. 남숙은 빨개서 파래서 떨었다.

"이런 버르장머리를 어디서 가르칩니까."

하고 그 눈을 그 무섭게 빛나는 눈을 부릅떴다.[50]

남숙의 분노 감정은 "온몸에는 피가 끓어올랐다. 앞이 새빨개졌다"
와 같은 표현, 그리고 "세포(細胞) 하나하나가", "바르르 떨며", "빨개
서 파래서 떨었다", "무섭게 빛나는 눈을 부릅떴다"와 같은 구체적 묘
사에서 그 강도의 수위가 얼마나 강렬한지 드러난다. 서 모를 향해 남

숙이 분노 감정을 그처럼 과민하게 표출한 이유는 그가 Y에 대해서 제대로 알지도 못한 채 헛소문에 근거하여 함부로 아는 체를 했기 때문이다. 뿐만 아니라 "그 날의 모욕(侮辱)을 그 자신으로부터 얻은 그 못 잊을 모욕을 두루 살폈다"와 같은 대목에서 추측컨대, 남숙은 왜곡된 헛소문의 피해자로서의 경험을 가졌던 데서 더 예민하게 반응한 것 같다. 헛소문 때문에 남숙이 크게 모욕받았던 사건은 그녀가 정희철을 찾아가 해몽을 받고자 한 꿈의 내용과도 관련이 있는 것으로 보인다.

구체적 사건으로 드러나지는 않았지만 남숙은 세 아이의 아버지이자 한 여자의 남편인 유부남에 대해 사랑의 감정을 느끼고 있다. 하지만 그녀의 도덕률은 "그의 지성이 제삼자의 자리에 앉아서 그에게 심판을 내린다"에서 보듯이 그것을 용납하지 않는다. 그로 인한 심리적 갈등상태에서 그녀는 "Y씨가 무슨 강단에 올라서서 나를 아이고 그 무슨 변명인지 해주는데 사람들은 물 끓듯 떠들어요. 아마 나를 뭇 사람이 들입다 악인으로 모-는 것 같았어요"와 같은 꿈을 꾸고, 친구 남편인 정희철에게 꿈 해몽을 받으려고 찾아갔던 것이다. 이때 Y는 그녀를 악인으로 모는 사람들 앞에서 그녀를 변명해준 고마운 남성이다. 정희철을 찾아갈 때의 그녀의 우울한 마음의 교착상태는 다음과 같이 표현된다.

> 오고 가는 전차들이 겨우 보였다.
> '거친 서울아, 왜 이리 어두운고. 사람이 안 사는 것이 아닌데 생각 없는 마음이 아닌데 왜 이리 캄캄하냐, 네 어두움을 밝힐 도리가 없느냐.'
> 하고 남숙은 생각할 때 그 눈에 눈물이 맺히는 것을 깨닫고 돌아설까

앞으로 갈까 하고 망설거렸다.[51]

　인용문은 유부남을 사랑하는 데 따른 마음의 갈등뿐만 아니라 그에 따른 소문과 비난을 받을지도 모른다는 데 대해 두려움을 느끼고 있는 남숙의 마음을 잘 보여준다. 그 밤에 정희철을 찾아간 진짜 이유도 꿈 해몽 때문이 아니고 사랑해서는 안 되는 남성을 사랑하는 데 따른 갈등을 호소하고 싶었기 때문일 것이다. 사랑하고 싶은 욕망과 그것을 억압하는 도덕률 사이에서, 특히 그로 인해 세상으로부터 받을 비난 때문에 그녀는 괴로워한다. 만약에 그녀가 자신의 욕망대로 행동하면 세상은 그녀를 비난할 것이고, 더욱이 상대방조차 그녀의 사랑을 받아들일지 확신할 수 없는 상태이다. "공연한 일이지 그 사람이 알면 웃음거리나 될 것을 그것이 정말이지"처럼 믿음이 서지 않는다.

　작품에서 남숙이 떠도는 헛소문을 믿고 함부로 떠벌리는 남성에 대해 극도로 혐오감을 표출하는 것을 보면 그녀가 소문으로부터 입은 마음의 상처가 얼마나 큰지 잘 알 수 있다. 작품의 결말에서 남숙은 금지된 대상을 사랑하는 마음의 갈등을 문학 창작을 통해 승화시키고자 한다.

　이 작품도 김명순의 자전적 경험이 강하게 반영된 작품으로, 소문에 대한 극도의 혐오감과 헛소문을 믿고 이를 유포시키는 남성에 대한 강렬한 혐오를 나타냄으로써 그녀를 향한 소문과 소문을 퍼트리는 남성에 대한 혐오를 혐오로 되돌려 주고 있다.

　「모르는 사람같이」(1929)에서도 여주인공 순실은 결혼을 앞두고

---

51) 김명순, 「꿈 묻는 날 밤」, 송명희 편역, 위의 책, 286면.

왜곡된 헛소문 때문에 파혼을 한 창일을 절대 용서하지 않는다. 다른 여자와 결혼한 창일이 뒤늦게 소문이 거짓이라는 사실을 알게 되어 관계를 회복하고자 찾아와 매달리지만 순실은 그를 냉정히 거절한다. 그녀는 헛소문에 휘둘려 파혼한 창일을 절대 용서하지 않을 뿐만 아니라 그것을 남의 과실(過失)로 돌리며 변명하는 데 대해서도 혐오감을 표출한다.

　"아아 우리는 장차 어찌하여야 합니까? 남의 과실로 우리는 희생되어야 합니까?"
　"차라리 우리의 과실이라는 편이 낫지마는, 자연에 맡긴 셈 치죠."
　"당신은 너무도 냉정합니다. 당신의 물건이던 남자가 남에게 도적을 맞았다가 회복된 이때, 당신은 그처럼 냉정할 수가 있습니까?"
　"뭐예요?"[52]

　위의 두 작품은 공통으로 남녀관계에 대한 헛소문을 함부로 믿고 그에 휘둘리는 남성에 대한 여주인공의 혐오감을 나타냈다. 남녀관계에 얽힌 소문의 피해자였던 김명순으로서는 소문을 함부로 믿고 떠벌리며, 여자를 배신한 남성을 혐오하며 혐오를 혐오로 되돌려주지 않을 수 없었을 것이다. 하지만 이때 여성의 남성 혐오는 분노와 투쟁 속에서 나온 서사일 뿐 성차별을 실행하지 않는다.

---

52) 김명순, 「모르는 사람같이」, 송명희 편역, 위의 책, 351면.

3. 결론

본고는 김명순의 소설에 나타난 여성 혐오 모티프와 이를 혐오하는 작가의 태도를 분석하였다. 김명순은 자신의 소설을 통해 부당한 여성 혐오에 침묵하지 않고, 혐오를 혐오로 되돌려주었다. 「돌아다볼 때」에서는 여성의 여성 혐오에 대해 비판했다. 「탄실이와 주영이」에서는 가부장적 규율 사회의 여성 혐오를 비판하며, 가해자가 아니라 피해자를 비난하는 사회에 대한 혐오를 나타냈다. 「꿈 묻는 날 밤」과 「모르는 사람같이」에서는 소문과 그 소문에 휘둘리는 남성에 대한 혐오감을 표출하였다.

인종차별 이론가인 마리 J. 마츠다(Mary J Matsuda)는 인종차별적 혐오 메시지[53]의 식별 기준을 김명순에 대한 남성들의 여성 혐오에 전유해 보면, 김명순을 향한 남성들의 무차별적인 혐오 메시지는 첫째, 그녀가 기생첩의 딸이라는, 즉 '나쁜 피'라는 열등성에 집중되었다. 둘째, 그녀가 보호해 줄 가족조차 없는 사회적 약자라는 데서 보다 용이하게 행해졌다. 셋째, 그 메시지가 그녀가 성적으로 정숙하지 않은 여성이라는 등 박해적이고, 증오로 가득 차 있으며, 비하적이었다. 즉 신남성들의 김명순에 대한 혐오 메시지는 자신의 남성 정체성의 경계를 혼란시키고 위협한다고 여겨지는 그녀를 오염되고 불순한 '나쁜 피'와 '정숙하지 않은 여성'이라는 비체로 낙인을 찍으며 혐오를 표출하였다고 할 수 있다.

---

53) 유민석, 「혐오 발언에 대한 저항은 가능한가?」, 주디스 버틀러, 유민석 역, 『혐오 발언』, 알렙, 2016, 308면.

김명순은 요즘 말하는 메갈리안(megalian)[54]으로 볼 수 있다. 메 갈리안은 여성 혐오에 침묵하지 않고 오히려 혐오를 혐오로 되돌려 주는 여성을 지칭하는 신조어이다. 여성들에게 상처를 줬던 혐오 발 언이 주디스 버틀러(Judith Butler)의 표현대로 '저항의 도구'가 되 어 되돌려주는 여성을 메갈리안이라고 부른다.[55] 메갈리안의 미러링 (mirroring)은 감히 그럴 권력을 소유하지 못했던 여성들도 기존의 권 력을 도용하고 전복시킬 수 있다는 것을 보여주는 하나의 방식이다. 혐오 발언에 대한 거울반사로 설명되는 미러링(mirroring) 스피치는 혐오 발언을 발화한 화자 자체가 그 혐오 발언에 의해 스스로 곤경에 처할 수 있다는 것을 보여준다.[56]

하지만 김명순이 자신의 문학을 통해 여성 혐오에 저항을 하게 된 것은 더 이상 참을 수 없는 여성 혐오로 인해 벼랑 끝에 몰린 나머지 자구책으로 나온 절규라고 할 수 있다. 여성 혐오에 침묵하지 않고 저 항하는 메갈리안은 공적 영역이 여성 혐오에 대해 아무런 조처도 취 해주지 않았기 때문에 등장했다. 그것은 여성들이 마지못해 행하게 된 사적 구제와도 같은 차원의 것이다.[57]

---

54) 메갈리안은 '메르스(mers) 바이러스'와 '이갈리아의 딸들(Egalia's daughters)'의 합성어이다. 『이갈리아의 딸들(Egalia's daughters)』은 작가이자 여성운동을 펼치 고 있는 노르웨이 출신 작가 브란튼베르그의 책으로 상상력과 재치가 넘치는 페 미니즘과 유토피아 소설이다. 남성과 여성의 성역할 체계가 완전히 뒤바뀐 가상 의 세계 이갈리아의 모습을 그린 작품. 영어로 번역되었을 당시 큰 논쟁을 불러일 으켰으며, 유럽에서는 연극으로 공연되기도 했다.

55) 유민석, 『혐오발언에 기생하기 : 메갈리아의 반란적인 발화』, 『여/성이론』제33호, 도서출판 여이연, 2015, 127-128면.

56) 유민석, 위의 논문 135면.

57) 유민석, 위의 논문, 133면.

여성의 남성 혐오는 자신이 부당하게 대접받는 데 대한 분노와 투쟁 속에서 나온 서사의 하나일 뿐 남성 혐오가 존재한다 하더라도 그것은 성차별을 실행하지 않는다. 따라서 남성들의 여성 혐오와 동일한 혐오라고 간주할 수 없다. 메갈리안들의 반란의 발화는 여성 혐오의 효과들을 좌절시키고 불능으로 만들면서 많은 여성들에게 자긍심을 되찾아 주고 용기를 북돋아준다. 김명순이 여성 혐오에 침묵하지 않고 혐오를 혐오로 되돌려주었다는 것은 그녀를 향한 여성 혐오가 부당한 것이므로 그것을 시정하라는 강력한 신호였다.

김명순의 소설이 여성 혐오 모티프를 집중적으로 그려내며 여성 혐오를 혐오로 되돌려주었다는 것은 여성 혐오의 피해자였던 수많은 여성들의 자존감을 회복시켜주고 살아갈 용기를 되찾아준다는 점에서 큰 의미를 지닌다.

(『인문사회과학연구』18권 1호, 부경대학교 인문사회과학연구소, 2017)

제2부

자유연애와 자유이혼

신여성의 사랑과 자유이혼
- 김명순의 「나는 사랑한다」

1. 서론

　김명순(1896-1951)은 근대 여성작가 1세대로서 동년배인 나혜석이나 김일엽과는 달리 『청춘』(1917)에 이광수의 추천으로 「의심의 소녀」가 선외가작으로 뽑힘으로써 정식 등단절차를 거쳐 데뷔했다. 뿐만 아니라 생전에 두 권의 창작집-『생명의 과실』(1925), 『애인의 선물』(1928-1929년으로 추정)-을 발간한 그녀는 누구보다도 문인으로서의 정체성을 확고하게 가진 작가였다. 김명순은 시, 소설, 희곡, 수필 등 전 장르에 걸쳐 170여 편을 창작하여 작품의 양적인 면에서도 나혜석과 김일엽을 훨씬 앞지른다.

　하지만 그녀는 어머니가 기생 출신이었다는 것과 1914년에 일본에서 겪은 데이트 강간사건으로 인해 평생을 스캔들에 시달리며 불운한 삶을 살아야 했다. 뿐만 아니라 신문과 잡지 등의 언론매체와 남성문인들의 언어폭력과 인신공격에 계속적으로 시달려야만 했다. 『매일신보』는 김명순의 성폭력 사건을 실명으로 보도하였고, 김기진은 마치 재판관이라도 된 양 「김명순·김원주에 대한 공개장」(『신여성』, 1924.11)을 통해 공개적으로 김명순을 불순 부정한 혈액을 지닌 '히스테리'로, 김원주를 이성 간의 성욕 같은 것을 부끄럼 없이 말하는 부르주아 개인주의자로 인신공격을 하며 그들의 문학마저 매도했다. 그와 같은 김기진의 폭력적인 태도는 후대의 남성 연구자에 의해 "그릇된 남성중심주의와 비평가의 우월의식"[1]으로 비판된다.

그리고 후대의 여성학자는 김명순이 이응준으로부터 1차 성폭력(데이트강간)을 당한 데 이어 언론과 남성지식인들로부터 2차 성폭력을 당한 것으로 규정한다.

> 김명순을 강간한 이응준에 대한 처벌 없이, 현재까지도 김명순은 성폭력의 피해자가 아니라 성적으로 타락한 여성이었다는 인식은 지속되고 있다. 분명한 것은 김명순을 탕녀의 대표적인 표상으로 모는 것은 가부장적 사회가 강간의 피해자를 비난하는 전형적인 경우로, 김명순은 데이트강간의 피해자이고 조선사회가 가한 2차 성폭력을 당했던 피해자이며, 생존자로 거듭나기 위해 처절하게 노력을 기울였다는 사실이다.[2]

서정자는 김명순이 결국 재일의 디아스포라의 삶을 살 수밖에 없었던 것은 인쇄매체, 신문과 잡지의 폭력이 결정적 영향을 미쳤다고 파

---

1) 최명표, 「소문으로 구성된 김명순의 삶과 문학」, 『현대문학이론연구』30, 현대문학이론학회, 2007, 230면.
2) 김경애, 「성폭력 피해자/생존자로서의 근대 최초 여성작가 김명순」, 『여성과 역사』14, 한국여성사학회, 2011, 73면.

악했다. 즉 매체가 만들어낸 근대국가와 민족, 남성우월주의, 가부장
주의는 고리를 이루어 평생 김명순을 괴롭혔으며, 그것이 대항서사를
낳게 했고, 결국 그녀를 국외로 추방하고 말았다는 것이다.[3]

　1세대 여성문인들에 대한 당대 남성문인들의 적대감과 혐오감은
그녀들을 모델로 한 소설 창작에서도 다양하게 확인된다. 동시대를
살았던 남성문인들은 김명순을 모델로 한 여러 편의 소설들을 발표
했다. 염상섭은 「감상과 기대」(『조선문단』,1925.7)라는 논설에서 여
류문사를 자유연애의 진의를 왜곡하는 타락한 사도로 비난하며, 그
의 소설 「제야」(1922), 「해바라기」(1923), 「너희는 무엇을 얻었느냐」
(1923-1924)에서는 김명순, 나혜석, 김일엽을 각각 모델로 삼아 비판
했다.[4] 한편 김동인은 뒤늦게 「김연실전」(1939-1941)을 발표함으로
써 다시 한 번 김명순에 대한 비난과 인신공격의 불을 지폈다.[5] 그로
인해 김명순은 1939년에 한국 땅을 떠난 이후에 다시는 돌아오지 않
았다.

　이처럼 근대 여성문인 1세대가 남성문인들에 의해 낱낱이 해부되
었지만 그것은 고증된 객관적 사실에 기초한 것이라기보다는 「소문으
로 구성된 김명순의 삶과 문학」[6]이란 논문이 나올 정도로 불확실하고
과장된 소문들을 근거로 한 비난과 가부장주의에 입각한 신여성 혐오

3) 서정자, 「축출 배제의 고리와 대항서사」, 『세계한국어문학』4, 세계한국어문학회,
　2010, 12-52면.
4) 이덕화, 「염상섭의 작품을 통해서 본 신여성에 대한 오인 메커니즘」, 『현대소설연
　구』28, 한국현대소설학회, 2005, 55-76면.
5) 송명희, 「근대소설에 나타난 신여성 모티프」, 『인문사회과학연구』11-2, 부경대학
　교 인문사회과학연구소, 2010, 8면.
6) 최명표, 앞의 논문, 221-245면.

증으로 인해 왜곡된 양상을 나타냈다.

무엇보다도 치명적이었던 것은 김명순을 모델로 했다는, 일본작가 나카니시 이노스케의 소설 『여등의 배후로서(汝等の背後より)』가 이익상에 의해 번역되어 『매일신보』에 연재(1924.6.24-2924.11.8)된 사실이다. 1923년에 출간된 이 작품은 국내에 번역되기 이전부터 국내 지식인들 사이에서 읽히며 소설의 여주인공 권주영이 김명순과 유사하다는 소문이 널리 퍼져 있었다.[7] 이에 따라 김명순은 자신과 권주영이 다르다는 것을 증명하기 위하여 급기야 「탄실이와 주영이」를 『조선일보』(1925.6.14-1925.7.15)에 연재하기에 이른다. 하지만 이 작품은 아무런 해명도 없이 완결되지 못한 채 연재가 중단되는데, 두 작품이 신문지상에 동시 연재됨으로써 쏟아진 불편한 관심과 입소문을 심리적으로 견뎌내기 어려워서 중단되었을 것으로 추측된다.

김명순에 대한 악의적인 스캔들이 넘쳐났던 것과는 달리 김명순에 대한 연구는 동시대 여성작가인 나혜석에 훨씬 미치지 못한다. 더구나 그간의 연구들은 불완전한 작품집과[8] 확인되지 않는 소문들에 근거하여 이루어진 경우가 많았다. 그리고 김명순에 대한 개별적 연구[9]보다는 1세대 여성문인을 포괄하여 고찰한 논문[10]이나 글쓰기의 방

7) 신지연, 「1920년대 여성담론과 김명순의 글쓰기」, 『어문논집』48, 민족어문학회, 2003, 330-332면.
8) 김상배 편, 『탄실 김명순-나는 사랑한다』, 솔뫼, 1981.
9) 김복순, 「지배와 해방의 문학」, 한국여성소설연구회, 『페미니즘과 소설비평-근대편』, 한길사, 1995, 27-77면.
신지연, 앞의 논문, 316-354면.
남은혜, 「김명순 문학연구」, 서울대학교 대학원 석사논문, 2008.
10) 강신주, 「김명순 (金明淳), 김원주 (金元周), 나혜석 (羅蕙錫) 의 시 (詩)」, 『국어교육』97, 한국국어교육연구회, 1998, 349-367면.

식 또는 근대성에 대한 연구가 대부분이었다.[11] 그러나 2010년을 전
후하여 원본 작품집이 발간되었고,[12] 현대어로 번역된 작품집도 발간
되었다.[13] 따라서 김명순을 일본 작가와 비교한 논문을[14] 비롯하여

안혜련, 「1920년대「여성적 글쓰기」의 모색-나혜석, 김명순,김원주를 중심으
로-」,『한국언어문학』50, 한국언어문학회, 2003, 307-328면.

김미영, 「1920년대 신여성과 기독교의 연관성에 관한 고찰 : 나혜석 · 김일엽 ·
김명순의 삶과 문학을 중심으로」,『현대소설연구』21, 한국현대소설학회, 2004,
67-96면

박죽심, 「근대 여성 작가의 자기표현 방식 - 나혜석 · 김명순 · 김일엽을 중심으
로」,『어문논총』32, 중앙어문학회, 2004, 321-350면.

유광옥, 「근대 형성기 여성문학에 나타난 가족 연구 : 김명순 나혜석 김일엽을 중
심으로」, 동덕여자대학교 대학원 박사논문, 2008.

유정숙, 「한국 근대 여성 작가와 기독교의 연관성 연구 : 나혜석, 김일엽, 김명순을
중심으로」, 고려대학교 대학원 박사논문, 2012.

11) 이태숙, 「고백체 문학과 여성주체 : 김명순(金明淳)을 중심으로」,『우리말글』26,
우리말글학회, 2002, 309-330면.

안혜련, 「1920년대〈여성적 글쓰기〉의 모색」,『한국언어문학』50, 한국언어문학회,
2003, 307-328면.

조성희, 「서사를 통해 발현되는 자아와 세계의 간극 고찰 : 김명순 서사의 치유가
실패한 원인을 중심으로」,『건국대학교 국어국문학연구논집』37, 건국대학교 국어
국문학연구회, 2006, 389-422면.

송명희, 앞의 논문, 1-27면.

12) 서정자 · 남은혜 편,『김명순 문학전집』, 푸른사상, 2010.

원본 단편을 모은 송명희 편,『김명순작품집』, 지만지, 2008.

13) 소설의 현대어 번역에는 송명희 편역,『김명순 소설집-외로운 사람들』(한국문화
사, 2011)이 있으며, 시와 희곡을 현대어로 번역한 책에는 맹문재 편역,『김명순
전집-시 · 희곡』(현대문학, 2009)이 있다.

14) 명혜영, 「1910-20년대의 키워드〈성욕〉-「선혈」(다무라 도시코)과「돌아다 볼 때」
(김명순)를 중심으로」,『일본문화연구』35, 동아시아일본학회, 2010, 113-134면.

방민호, 「일본 사소설과 한국의 자전적 소설의 비교」,『한국현대문학연구』31, 한
국현대문학회, 2010, 35-84면.

신혜수, 「中西伊之助의『汝等の背後より』에 대한 1920년대 중반 조선 문학 장의
두 가지 반응」,『(차세대)인문사회연구』7, 한일차세대학술포럼, 2011, 89-104면.

권선영, 「한일 근대여성문학에 나타난 기혼자의 '연애(戀愛)' 고찰 : 김명순의『외
로운 사람들』과 다무라 도시코(田村俊子)의『포락의 형벌(炮烙の刑)』을 중심으

심층적인 작품연구와 재평가가 활발해지기 시작했다.[15] 하지만 김명
순의 개별 작품에 대한 심도 있는 연구는 아직 출발 단계에 있다.

본고는 근대 신여성의 연애와 자유이혼이란 주제를 형상화한 「나는
사랑한다」를 엘렌 케이(Ellen Karolina Sofia Key)의 연애관과 관련지
어 분석하고자 한다. 한국에서의 엘렌 케이 수용에 대해서는 몇몇 논
문들이[16] 발표되었지만 김명순과 연관해서는 이덕화의 논문에서 부
분적 논의가 있었고, 시와 관련한 논문[17] 한 편이 있을 뿐이다. 본고는

로」, 『일어일문학』56, 대한일어일문학회, 2012, 159-174면. 이현준, 「한일 근대
이행기, 양국 최초의 여성소설가 비교연구」, 『Comparative Korean Studies』19-3,
국제비교한국학회, 2011, 251-281면.

15) 남은혜, 「김명순 문학 행위에 대한 연구 : 텍스트 확정과 대항담론 형상화 방식을
중심으로」, 『세계한국어문학』3, 세계한국어문학회, 2010, 199-242면.
김경애, 「근대 최초의 여성작가 김명순의 자아 정체성」, 『한국사상사학』39, 한국
사상사학회, 2011, 251-302면.
서정자, 「축출 배제의 고리와 대항서사」, 『세계한국어문학』4, 세계한국어문학회,
2010: 13-52면.
김양선, 「여성성, 여성적인 것과 근대소설의 형성」, 『민족문학사연구』52, 민족문
학사연구소, 2013, 60-81면.

16) 이화영 · 유진월, 「서구 연애론의 유입과 수용 양상」, 『국제어문』32, 국제어문학
회, 2004, 209-234면.
홍창수, 「서구 페미니즘 사상의 근대적 수용」, 『상허학보』13, 상허학회, 2004,
317-362면.
구인모, 「근대 한국여성의 서양인식, 서양체험과 문학: 한일근대문학과 엘렌케
이」, 『여성문학연구』12, 한국여성문학학회, 2004, 69-94면.
서지영, 「계약과 실험, 충돌과 모순: 1920-30년대 연애의 장」, 『여성문학연구』19,
한국여성문학학회, 2008, 139-175면.
유연실, 「근대 한 · 중 연애 담론의 형성-엘렌 케이(Ellen Key) 연애관의 수용을 중
심으로」, 『중국사연구』79, 중국사학회, 2012, 141-194면.

17) 김명순은 영육이 일치하는 낭만적 사랑을 통해 불합리한 결혼제도의 모순을 타파
하려고 했고, 봉건적 사회제도의 해체를 통한 여성해방을 추구했다. 또한 일본 제
국주의에 맞서 민족해방을 부르짖은 김명순은 엘렌 케이를 넘어선 사람으로 평가
되었다. ; 방정민, 「김명순 시의 신여성상 연구 : 엘렌 케이 사상의 수용적 측면과

김명순의 소설 「나는 사랑한다」의 분석을 통하여 1920년대를 풍미했던 신여성의 연애와 자유이혼에 대하여 살펴보고자 한다.

2. 본론

2.1. 엘렌 케이의 연애관과 김명순의 정신주의적 사랑

'영어 러브(love)의 번역어인 연애(戀愛)는 일본에서 수입된 말이다. 일본에서 근대를 배경으로 재탄생한 연애는 일차적으로 육체와 정신의 이분법적 구도 속에서 육체적인 섹슈얼리티와 차별화되는 정신적 사랑을 개념화했다. 그리고 근대적 연애는 남녀 간의 사랑을 결혼제도와 결합시킨 점에서 전대의 사랑과도 차이를 보였다.'[18]

권보드래에 의하면 우리나라에서 1920년을 전후해서 일반화된 '연애는 사랑 중에서도 남녀 사이의 사랑을 지칭하는 개념으로, 철저히 근대적인 현상이다.'[19] 김동식 역시 '연애를 개인의 정서적 영역에서 발생하는 일방적이고 소모적인 욕망인 사랑과는 구별되는, 문화적으

능가한 측면을 중심으로」,『인문사회과학연구』11-2, 부경대학교 인문사회과학연구소, 2010, 29-54면.

18) 메이지 시대 서구사상의 유입과 근대국가 및 일부일처제가 성립되는 과정 속에서 순결하고 신성한 연애가 담론화되었다. 이와 달리 다이쇼시대에 이르러서는 개인, 자아 등이 시대적 화두로 떠오르면서 연애는 섹슈얼리티를 부정하지 않는 영육일치의 사랑으로 전환되고, 각종 연애 스캔들과 심중(心中, 情死)이 난무하는 연애 육성기에 이르게 된다.; 서지영, 앞의 논문, 140면.

19) 권보드래, 「'연애'의 현실성과 허구성: 한국 근대 '연애' 개념의 형성」,『문학/사학/철학』14, 한국불교사연구소, 2008, 61-63면.

로 특수한 현상이며 역사적으로 구성된 사회적 관계'로 정의했다.[20]

두 논자 모두 연애를 근대 초기의 문화적 현상의 하나로 파악하고자 했다. 즉 근대 초기 '일본으로 유학 간 젊은 남녀들은 근대 사조의 하나로 자유연애사상을 받아들였으며, 이들에게 자유연애는 전통이라는 굴레에서 해방되고 근대적 개인의 확립을 보장받을 수 있는 확실한 수단으로 인식되었다. 일본과 마찬가지로 한국에서도 자유연애는 근대와 더불어 시작된 근대성의 한 표현이었던 것이다.'[21]

이처럼 우리나라의 근대 형성과 전개에 지대한 영향을 끼친 연애는 1920년대의 신여성들에게 전면적으로 수용되고 폭발적인 영향력을 행사하기 시작했는데, 신여성들의 연애론 형성에 가장 큰 영향을 끼친 인물 중 한 명은 스웨덴의 여성 사상가 엘렌 케이이다. 우리나라에서 엘렌 케이의 수용은 일본을 경유한 것으로, 엘렌 케이의 사상을 한 발 앞서 받아들인 일본의 히라스카 라이초와 그녀가 발간한 잡지 『세이토(靑鞜)』(1911-1916)의 신여성운동으로부터 깊은 영향을 받았다. 김명순은 『세이토』가 일본 신여성운동을 주도하던 1913년에 일본 유학을 시작함으로써[22] 당연히 히라스카 라이초와 잡지 『세이토(靑鞜)』의 영향을 받지 않을 수 없었을 것이지만 이에 대한 구체적인 연

---

20) 김동식, 「낭만적 사랑의 의미론」, 『문학과 사회』2001년 봄호, 147면.
21) 김경일, 『여성의 근대, 근대의 여성』, 푸른역사, 2004, 122-124면.
22) 김명순은 1913년에 처음 일본에 유학하여 국정여학교를 다니다가 졸업하지 못한 채 1915년에 귀국했고, 다시 1917년 7월에 도일하여 1921년 후반에 귀국하였다. 그리고 유학 중 당한 성폭력 사건 이후 내내 각종 스캔들에 시달리다가 1930년에 세 번째 도일 후 1936년 귀국하여 잠시 활동을 하다가 1939년에 마지막으로 일본으로 건너간 후 가난과 정신병에 시달리다가 1951년 도쿄의 아오먀마 뇌병원에서 사망했다.; 송명희, 「지은이에 대하여」, 『김명순 소설집-외로운 사람들』, 한국문화사, 2011, 363-365면.

구논문은 아직 나와 있지 않다.[23]

　김명순이 어떤 연애관을 가졌는지 직접적으로 언명한 글을 찾기는 쉽지 않다. 왜냐하면 그녀는 논설을 많이 썼던 나혜석이나 김일엽과는 달리 시와 소설을 통하여 자신의 생각을 문학적 언어로 형상화하려고 했다. 연애에 대해서도 마찬가지이다. 따라서 김명순이 어떤 연애관을 가지고 있었는지에 대해서는 궁극적으로 문학작품의 분석을 통해서 규명하여야 한다.

　하지만 『조선문단』에 발표했던 「이상적 연애」(1925.7)란 짧은 글(논설)은 그녀의 연애관을 밝혀 줄 하나의 단서를 제공한다. 그녀는 연애를 "각각 별다른 개성을 가지고 서로 융화한 심령끼리 절주해 나가는 최고 조화적 생활상태"라고 정의하며, "남자와 여자의 같은 이상을 품고 결합하려는 친화한 상태 또 미급한 동경을 이상적 연애"라고 하였다. 또는 "동지 두 사람이 종교적으로 경건하며 같은 신념으로 공명하는 데 기인해서 같은 목표를 향하고 전진하는 귀일점에서 완성하겠다고 찬미치 않을 수 없"는[24] 것으로 연애를 극도로 이상화하고 신비화하였다.

　여기서 주목해야 할 것은 '심령', '이상', '동경', '경건', '신념' 등과 같은 단어들이 갖고 있는 정신주의적 색채이다. 김명순이 연애에 대해서 가졌던 정신주의적인 성격에 대해 김경일은 "이상적이고 관념적인

---

23) 『세이토(靑鞜)』가 우리의 신여성운동에 끼친 영향에 대해서는 몇몇 논문이 나와 있고, 나혜석이나 김일엽과의 영향관계에 대해는 논문이 나와 있지만 아직 김명순과의 영향관계에 대한 연구는 이루어지지 않고 있다.

24) 김명순, 「이상적 연애」(『조선문단』, 1925.7), 서정자 · 남은혜, 앞의 책, 654-655면 ; 필자가 현대어로 바꾸었음.

서구의 플라토닉 연애"[25])에 가까운 것으로 평가한 바 있다. 즉 김명순은 연애에 대하여 '순결하고 신성한 연애가 담론화되었던 메이지 시대'의 연애관, 즉 육체적인 섹슈얼리티와 차별화되는 정신주의적 연애관을 가지고 있었다. 이처럼 정신주의적 요소를 강조한 그녀의 연애관은 그녀의 소설 전반에서 반복적으로 나타나고 있다. 염상섭이 김명순에 대해 '자유연애의 진의를 왜곡하는 타락한 사도'라고 말한 것과는 거리가 매우 먼 여주인공을 김명순은 자신의 소설을 통해 반복적으로 그려냈다.

엘렌 케이는 자유주의적 입장에서 개인의 자유를 부르짖고, 억압되어온 여성과 아동의 해방을 주장한 사상가로서 한국, 일본, 중국 등 동아시아 국가들의 근대적 연애담론 형성에 크게 영향을 미쳤던 인물이다. '엘렌 케이의 연애론은 그녀의 저서 『연애와 결혼』에서 집중적으로 개진되었다. 이 책은 1919년에 일본어로 번역되어 일본의 연애담론 형성에 결정적인 영향을 미쳤고, 한국과 중국은 일본을 통해 간접적으로 이를 수용하였다.'[26])

그녀의 연애론의 요점은 영육일치의 연애관, 연애와 결혼의 일치론, 자유이혼론, 우생학적 연애관으로 집약된다. 여기서 영육일치의 연애란 독립적 인격을 갖춘 자유로운 남녀의 정신적 · 육체적 결합을 의미한다.[27]) 그리고 영육일치의 연애에 대한 이상은 자유롭게 연애한 상대와 결혼한다는 자유결혼의 이상과 결부되어 있다. 따라서 그녀는

25) 김경일, 앞의 책, 126면.
26) 유연실, 「근대 한 · 중 연애 담론의 형성-엘렌 케이(Ellen Key) 연애관의 수용을 중심으로」, 『중국사연구』79, 중국사학회, 2012, 142-143면.
27) 유연실, 위의 논문, 149면.

어떠한 결혼을 막론하고 거기에 연애가 있으면 도덕적이며, 어떠한 법률적 절차를 거쳤을지라도 거기에 연애가 없으면 부도덕하다고 주장하였다. 즉 사랑만이 결혼의 도덕성을 평가하는 유일한 기준이 되었던 것이다. 그런데 엘렌 케이는 결혼의 도덕적 기준을 연애에 두었지만 연애의 도덕적 기준은 종족의 발전에 두었다. 즉 사회를 위하여 우량한 자녀를 낳는 것이 결혼과 연애의 궁극적 목적이자 도덕적 가치 기준이었던 셈이다. 그리고 그녀의 연애결혼의 주장은 자연스럽게 이혼의 자유로 이어진다. 즉 연애가 결혼의 도덕적 근거이므로, 사랑이 사라졌을 때는 도덕적으로든 법률적으로든 이혼의 권리를 승인해 주어야 한다는 것이 그녀의 자유이혼론의 핵심이다.[28]

엘렌 케이는 'freedom of love'와 'free love'를 구분했는데, 전자는 책임감, 남녀평등, 행복, 사랑에 기반을 둔 영육일치의 자유로운 사랑(연애지상주의)인 반면 후자는 매음과 여러 파트너와의 결합을 포함한 성적 방종(자유연애주의)의 의미로 구분하였다.'[29] 낭만적 사랑의 신화에 집착한 김명순의 작품은 엘렌 케이의 개념을 따른다면 'freedom of love'를 극단적으로 추구한 연애지상주의를 반복적으로 형상화하였다고 할 수 있다. 하지만 이러한 사실은 진지하게 검토되지 않은 채 당대의 언론과 남성문인들은 성적 난교에 해당하는 자유연애주의자로 김명순을 매도하였으며, 그 근거는 앞 장에서 살폈듯이 김명순의 어머니가 기생 출신이라는 사실과 데이트강간 사건 때문이었다.

---

28) 유연실, 위의 논문, 150-151면.
29) 유연실, 위의 논문, 150면.

우리나라에서 엘렌 케이의 사상은 『개벽』(1921.2-1921.3)에 실린 노자영의 「여성운동의 제일인자-엘렌 케이」를 통해서 처음 소개되었다.[30] 엘렌 케이의 사상은 김일엽의 '신정조론'의 사상적 근간이 되었고,[31] 김명순의 연애관 형성에도 깊은 영향을 미쳤다. 이덕화는 김명순의 연애관이 엘렌 케이의 연애론에 기초한 것으로, 그 핵심적 요체를 "어떤 결혼이든 거기 연애가 있으면, 그것은 윤리적 결합이며, 합법적인 법적 절차를 거친 정식결혼이라도 연애가 없으면, 그것은 부도덕한 결합일 뿐"인[32] 것으로 파악했다.

2.2. 「나는 사랑한다」에 재현된 자유이혼론

「나는 사랑한다」(『동아일보』 1926.8.17.-9.3)의 주인공 박영옥은 신교육을 받고 교사의 전력을 가진 신여성이다. 그녀는 7년 전 스치듯이 만난 최종일에게 사랑의 감정을 느끼지만 재산가 서병호와 결혼한다. 그런데 유학을 마치고 귀국한 최종일을 재회한 그녀는 남편에게 헤어질 것을 요구한다. 이때 주인공이 갈망하는 진정한 사랑은 결혼이라는 제도와 모순관계에 놓이고, 남편과 갈등을 빚는다. 분노한 남편은 그들이 세 들어 살아온 최종일의 산정(山亭)에 불을 지르는데, 결혼의 신의를 저버린 채 이혼을 요구하는 아내와 그 애인을 방화로써 응징하고자 한 것이다. 영옥과 최종일은 산정(山亭)이 불타는데도 오로지 '나는 사랑한다'라는 절규를 할 정도로 사랑의 감정에 강력하

---

30) 홍창수, 앞의 논문, 320면.
31) 이화영·유진월, 앞의 논문, 218면.
32) 이덕화, 앞의 논문, 30면.

게 사로잡혀 있다. 그리고 남편이 지른 불에는 다른 남자를 사랑하며
이혼을 요구하는 아내에 대한 분노, 자유이혼을 요구하는 여성에 대
한 가부장제의 징벌적 의미가 함축되어 있다.

재산가인 남편 서 씨와 영옥이 하필 최종일의 산정(山亭) 뒤채에 세
들어 살게 된 것은 영옥이 두 달 전에 그곳을 마음에 들어 하여 방 한
칸을 빌려 혼자 와 있다가 아예 뒤채를 빌려 살림까지 하게 된 것으로
설정되었다. 하지만 이는 두 사람의 결혼의 불안정성을 의미하는 것
으로 해석된다. 즉 영옥과 서 씨와의 결혼에는 결혼의 핵심적 요소인
사랑이 부재하였으므로, 그 집은 언제든지 쉽게 떠날 수 있는 셋집으
로 설정한 것이다.

영옥이 7년 전 고학생 시절에 우연히 만나 월사금의 도움을 받은 이
후 늘 잊지 못하고 마음속으로 흠모해온 최종일과 재회하자마자 사랑
의 감정에 빠져들며 이혼을 요구하게 된 것은 남편과의 사이에 사랑
이 부재하기 때문이다. 부부간에는 사랑에 기반한 언어적 감정적 육
체적 상호소통이 활발하게 이루어져야 한다. 그런데 이들 부부 사이
에는 이와 같은 사랑이 결락된 모습을 보이고 있다. 영옥과 서병호의
결혼은 표면적으로는 자유의사에 의한 자유결혼이다. 그런데도 영옥
과 남편 서병호와의 사이는 무언가 불화의 모습을 보이고 있다.

해묵은 밤나무 그늘이 그 창가에 햇빛을 비취지 않는 삼간 방 속에는
그 주인 서병호가 무엇을 지키는 듯이 아랫목 보료 위에 앉아 있고, 그
안에 영옥이가 윗목 책상 앞에 앉아서 돌부처가 된 듯이 두껍다란 책을
보고 앉았다.
　-아내의 독서하는 모양을 독한 눈빛으로 꿰뚫어지도록 바라보던 병

호는 좀 노한 음성으로

"여보, 당신 아침 또 안 잡수쇼. 아이고 저 얼굴색 봐라. 세포 하나하
나가 다- 새파랗게 죽는 것 같구려. 제발 하루바니 할께 그 책 좀 있다
가 보아요."[33]

인용문에서 드러나듯 남편은 노한 음성이긴 하지만 아내에게 식사
를 하라고 사정하는 반면, 아내는 등을 돌린 채 책을 읽으며 남편에게
공연한 동정을 하지 말라는 듯이 핀잔을 보낸다. 즉 두 사람은 식사도
같이하지 않으며, 전날 밤 음악회에도 같이 가지 않았음이 밝혀진다.
결혼한 지 8개월에 접어든 신혼부부라고는 결코 볼 수 없는 냉랭하고
불화한 모습이다. 이처럼 두 사람은 감정의 소통과 대화가 부재하는,
다시 말해 사랑 없는 결혼생활을 지속해 왔던 것이다. "연애는 사랑이
라는 감정에 기반하고 있는 지속적인 의사소통의 관계이며, 근대에 들
어서 새롭게 나타난 사회적 관계를 지칭하기 위해서 고안된 명칭"[34]이
라 할 때에 이들 부부 사이에는 사랑이라는 감정에 기반한 지속적 의
사소통이 부재하는, 다시 말해 연애가 결락된 모습을 보이고 있다.

이처럼 두 사람 사이에 사랑이 부재하는 이유는 애당초 두 사람의
결혼이 연애를 기초로 하여 성립되지 않았기 때문이다. 즉 교사였던
영옥이 구체적인 사건이 무엇인지는 명확히 제시되지 않았지만 학교
장의 더러운 음모를 입게 되는 곤경에 빠지게 되자 서 씨가 이를 금전
적으로 해결해줌으로써 8개월 전에 결혼하게 된 것이다. 즉 두 사람의
결혼에는 사랑의 순수성이 전제되지 않았고 대신 돈이 매개로 작용하

33) 송명희 편역, 앞의 책, 319-320면.
34) 김동식, 「연애와 근대성」, 『민족문학사연구』18-1, 민족문학사학회, 2001, 300면.

제4부

심리주의와 양가적 성차별주의

할 내 영원한 동경입니다"[38]라고 사랑을 고백한다.

"낭만적 사랑은 한 사람이 다른 사람에게 느끼는 정서적 끌림으로서의 감정적 실체를 바탕으로 한 '친밀성'으로부터 출발한다."[39] 그런데 영옥은 정서적 끌림과 친밀성을 느끼는 대상이 남편이 아니라 결혼제도 밖의 남성 최종일이다. 최종일로부터 사랑한다는 고백까지 받게 된 상황에서 영옥은 이혼을 강력히 요구한다. 엘렌 케이가 주장했듯이 결혼의 도덕적 근거인 사랑이 부재하기에 그녀에게 이혼 요구는 필연적인 것이다.

엘렌 케이의 연애관은 「나는 사랑한다」에서 "너는 서 씨에게서 나와야 한다. 애정 없는 부부생활은 매음이 아니냐"라고 친구 순희의 입을 통해 주장된다. 그야말로 사랑의 유무가 결혼의 도덕성을 평가하는 유일한 기준으로 작용하고 있다. 즉 결혼의 도덕적 근거가 되는 사랑이 부재하기 때문에 남편과는 헤어지고 진실한 사랑을 찾아야 한다는 것이다. 작품 속의 영옥처럼 근대 초기 신여성들은 '마음에 없는 결혼, 돈에 팔려 혹은 권력이나 인습의 제물이 된 결혼, 모든 종류의 마음에 없는 결혼, 즉 사랑 없는 결혼에 이혼으로 대항하였다.'[40]

이 작품에서 영옥이 진실한 사랑을 느끼는 대상인 최종일은 그녀가 마음속으로 늘 흠모해온 첫사랑이다. 하지만 두 사람의 관계는 육체적 섹슈얼리티와는 분리된 순수한 정신적 사랑의 관계이다. 김명순의 소설에서 연애는 육체적인 섹슈얼리티와는 차별화된 순수한 정신적

---

38) 송명회 편역, 위의 책, 330면.

39) 곽은희, 「낭만적 사랑과 프로파간다」, 『인문과학연구』36, 대구대학교 인문과학연구소, 2011, 173면.

40) 신영숙, 「일제하 신여성의 연애·이혼 문제」, 『한국학보』12-4(45), 일지사. 1986, 215-216면.

사랑으로서 이것이 결혼제도와 연결되지 않는다는 점에서 비극성을
띠게 된다.

  김명순 소설의 여주인공들이 감정적 소통을 느끼는 남성들은 이미
결혼제도 속에 편입된 인물들이기 때문에 그녀들의 연애는 한 번도
자유결혼의 이상과 연결되지 못한다. 그래서 「외로운 사람들」(1924)
의 여주인공은 상사병으로 죽게 되며, 「돌아다볼 때」(1925)의 여주인
공은 사랑하지도 않는 다른 남성과 결혼하고, 「꿈 묻는 날 밤」(1925)
에서는 사랑을 포기하고 문학에 정진할 결심을 세운다. 즉 주인공들
은 자신의 사랑의 욕망을 억압하고, 가부장적 일부일처제의 결혼 규
범에 순응하는 양상을 보여준다. 하지만 「나는 사랑한다」에서만큼은
유일하게 유부녀라는 불리한 조건에도 불구하고 주인공은 이혼을 통
해 진실한 사랑을 성취하고자 하는 적극적 의지를 보여준다. 이처럼
김명순의 소설에서 결혼이라는 제도는 순수한 사랑을 성취하는 데 늘
장애의 요인이 되어왔다. 하지만 「나는 사랑한다」에서는 이혼이라는
대안을 통해서 그 장애를 적극적으로 뛰어넘고자 한다.

  결혼이라는 제도와 연결되지 않는 비극적 사랑을 반복적으로 그려
온 김명순의 소설에서 순수한 사랑에 대한 작가의 간절한 소망 또는
작가의 개인적 트라우마를 엿볼 수 있다. 기생의 딸이라고 비난받아
온 김명순은 누구보다도 정숙한 여자가 되고자 간절히 열망했다. 하
지만 현실은 그녀에게 불순한 혈통뿐만 아니라 성폭력을 당한 타락한
여성이라는 낙인까지 덧씌웠다. 그녀는 순수한 관계를 억압하고 방해
하는 관계 외적 요소들이 벗어난 지점에서 관계 내적인 순수한 사랑
을 반복적으로 제시함으로써 소설이라는 허구적 양식을 통해서라도
그녀의 순수한 사랑에 대한 욕망을 상상적으로 실현하고자 했던 것은

아닌가 생각된다. 순수하게 인격적 감정적 유대에 의해서만 유지되는 사랑은 가부장적 권력이나 결혼이라는 제도를 뛰어넘는다.

기든스(Anthony Giddens)의 개념에 따른다면 김명순이 이상화한 사랑은 관계 외적인 다른 것에 의존하지 않고, 순수하게 관계 그 자체의 내적인 속성에 따라 형성되고 지속되는 순수한 관계(pure relationship)의 사랑이다. 기든스에 의하면 사랑과 섹슈얼리티는 정상적인 대부분의 사람들에게 있어서 결혼이라는 제도를 통해서 향유되는 것으로 인식되어 왔다. 하지만 현대에 와서 사랑과 섹슈얼리티는 점점 더 순수한 관계를 통해 연결되고 있으며, 결혼까지도 더 순수한 관계의 형태로 되어 간다. 두 사람의 관계 외적인 모든 것을 배제하고 순수하게 감정적·인격적 유대에 의해서 이루어지는 열정적이고 친밀한 관계, 개인 간의 친밀성과 순수한 감정에 기초한 자아성찰적 사랑을 모든 외적 관계보다 기든스는 우선시했다.[41]

김명순이 그녀의 소설을 통해서 꿈꾸는 사랑은 기든스가 말한 관계 외적인 모든 것을 배제하고 순수하게 감정적·인격적 유대에 의해서 이루어지는 순수한 관계이며, 개인 간의 친밀성과 순수한 감정에 기초한 자아성찰적 사랑의 모습이다.

근대 초 자유연애는 전통적인 결혼이 당사자의 의견을 무시한 채 부모에 의해서 결정되었기 때문에 결혼 당사자의 의사를 존중한다는 차원에서, 즉 자유연애혼의 차원에서 논의되었다.[42] 그 자신이 이혼을 실천한 '이광수 역시 부모의 결정에 의한 조혼의 폐단을 비판하고,

---

41) 앤서니 기든스, 배은경·황정미 역,『현대사회의 성·사랑·에로티시즘』, 새물결, 2001, 103-104면.
42) 이배용,「일제 시기 신여성의 역사적 성격」, 문옥표 외,『신여성』, 청년사, 2003, 34면.

두 남녀의 자유연애를 통한 자유로운 결정에 의하여 결합하는 것이 가장 이상적 형태의 결혼이라는 자유연애혼의 이상'[43]을 주장한 바 있다.

하지만 김명순의 소설은 자유결혼과 연결되는 자유연애의 이상이 불가능한 현실을 반복해서 다루며, 형식적 결혼이나 가족제도를 벗어난 곳에 위치한 감정적 인격적 유대관계 그 자체의 순수성에 주목한다. 그런 점에서 이광수나 당대의 근대적 지식인들이 생각한 근대적 연애와 결혼의 이상을 뛰어넘는 차별성을 보여주었다. 그리고 이 점에서 탈근대적 성격을 지닌다고도 볼 수 있다.

「나는 사랑한다」는 사랑 없는 결혼에 이혼으로 대항하는 신여성의 적극적 모습을 형상화하였다는 점에서 김명순의 다른 작품들과 차별화된다. 제목인 '나는 사랑한다'에서 '나'는 근대적 인간 주체를 강조하고 있으며, 그 주체성의 확인은 다름 아닌 순수한 '사랑'을 통해서 가능하다는 사실을 웅변하고 있다. 그야말로 김명순의 소설에서 연애는 근대적 인간 주체의 선언, 바로 근내성 구현의 일환으로 실천되었으나 동시에 근대를 뛰어넘는 탈근대성을 보여준다.

엘렌 케이와 김명순의 차이를 검토해보면, 첫째, 엘렌 케이가 영육 일치의 사랑을 말한 데 반해 김명순은 남녀 개인 간의 정신주의적인 순수한 사랑 그 자체를 강조하였다. 둘째, 엘렌 케이가 연애의 이상을 자유결혼의 이상과 결부시킨 데 반해 김명순은 결혼제도와 무관하게 연애 그 자체의 순수성을 강조했다. 셋째, 엘렌 케이가 연애의 궁극적

---

43) 송명희, 「이광수의 문학비평연구-민족주의 문학사상을 중심으로」, 고려대학교 대학원 박사논문, 1985.8, 54-55면.

목적을 종족의 발전이라는 집단적인 데 두었던 것과는 달리 김명순은 결코 종족의 발전에 연애의 목표를 두지 않았다. 즉 엘렌 케이의 연애론은 '비단 근대적 개인의 인격적 독립, 정체성의 확립을 강조하는 근대적 시민사상의 이론적 기반으로서뿐만 아니라 국민국가 형성에 이론적으로 복무할 가능성을 열어두었으며, 그리고 이것은 모성론으로 발전된다.'[44] 하지만 김명순은 개인의 인격적 독립과 정체성의 확립을 강조하는 차원에서 순수한 연애를 강조하였으며, 이 점에서 엘렌 케이가 말한 국민국가 형성이나 모성론으로 연결되지 않는 차별성을 나타냈다.

살펴보았듯이 근대 초기 우리나라에 형성된 신여성의 연애와 이혼에 관한 진보적 사상의 맥락 속에서 김명순의 「나는 사랑한다」와 같은 작품은 나올 수 있었다. 연애를 전제로 한 자유결혼은 당시 신여성들의 이상이었다. 하지만 연애를 기초로 한 자유결혼은 봉건적 가족제도와 부모의 의사에 의한 조혼이라는 현실 앞에서 좌절되곤 했다. 즉 연애는 결혼과 연결될 때에만 사회적으로 용납되는데, 김명순의 소설에서 연애는 자유결혼의 이상과 한 번도 연결되지 못했다. 왜냐하면 여주인공이 연애감정을 느끼는 남성들은 조혼으로 이미 결혼제도에 편입해버렸기 때문이다. 이것은 근대 초기 지식인 여성들이 처했던 사랑과 결혼의 현실적 딜레마였다. 그들이 사랑을 느끼고 정신적으로 소통할 만한 남성들은 거의 모두 조혼의 풍습으로 인해 이미 결혼한 자들이었기 때문이다. 연애가 결혼으로 연결되지 못하는 현실 속에서 제2부

---

44) 구인모,「한일 근대문학과 엘렌 케이」,『여성문학연구』12, 한국여성문학학회, 2004, 76면.

인이나 여학생 첩과 같은 사회적 문제가 나타나기도 했던 것이다.

3. 결론

본고는 근대 신여성의 연애와 자유이혼이란 주제를 형상화한「나는
사랑한다」(1926)를 엘렌 케이의 연애관과 관련하여 분석하였다.

「나는 사랑한다」의 여주인공 영옥은 교사의 전력을 가진 신여성이
다. 그녀는 결혼 전에 스치듯이 만난 최종일에게 사랑의 감정을 느끼
지만 서 씨와 결혼하게 된다. 그런데 7년 후 유학에서 돌아온 최종일
을 재회하게 되자 "애정 없는 부부생활은 매음"이라며 남편에게 이혼
을 요구한다. 그녀 부부의 결혼은 감정이 소통되는 낭만적 연애가 전
제되는 대신 돈이 매개로 작용했다. 즉 순수하지 못한 동기에 의해서
이루어진 결혼이다. 엘렌 케이에 의하면 어떠한 결혼을 막론하고 거
기에 연애가 있으면 도덕적이고, 어떠한 법률적 절차를 거쳤을지라도
거기에 연애가 없으면 그 결혼은 부도덕하다. 즉 사랑만이 결혼의 도
덕성을 평가하는 유일한 기준이다. 김명순은「나는 사랑한다」에서 사
랑 없는 결혼의 대안으로서 이혼을 통해 진실한 사랑을 성취하려는
신여성을 그려냈다. 이러한 결말은 김명순의 이전 작품들과는 다른
변화이다.

즉 기존의 김명순 소설에서 미혼의 여주인공들이 사랑의 감정을 느
끼는 대상은 모두 유부남이었기 때문에 그들의 사랑은 늘 억압되고
좌절된 모습으로 그려졌다. 그래서「외로운 사람들」(1924)의 여주인
공은 상사병으로 죽게 되며,「돌아다볼 때」(1925)의 여주인공은 사랑

하지도 않는 다른 남성과 결혼하고, 「꿈 묻는 날 밤」(1925)에서는 사랑을 포기하고 문학에 정진할 결심을 세운다. 즉 자신의 욕망을 억압하며 일부일처제의 결혼규범에 순응하는 여주인공을 그려왔다. 하지만 「나는 사랑한다」(1926)에서는 유부녀를 주인공으로 하여 사랑 없는 결혼의 대안으로서 이혼을 제시하는 변화를 나타냈다.

김명순은 엘렌 케이가 말한 영육일치의 연애 대신 감정이 소통되는 정신주의적 연애를 주장하였으며, 결혼제도와 연결되지 않는 연애 그 자체의 순수성을 강조했다. 그리고 연애의 궁극적 목적을 종족의 발전이라는 집단적인 데 목표를 두었던 엘렌 케이와는 달리 김명순은 종족의 발전에 연애의 목표를 두지 않았으며, 어디까지나 개인의 인격적 독립과 정체성의 확립을 강조하는 차원에서 순수한 연애를 강조하였다. 이 점에서 엘렌 케이가 말한 국민국가 형성이나 모성론으로 연결되지 않는 차별성을 나타냈다.

전통적으로 한국에서 여성은 유교적 가부장제하에서 삼종지도의 아비투스(Habitus)에 구속되어 남성과의 관계 속에서만 파악되는, 즉 어머니 · 아내 · 딸이라는 예속적 정체성만을 부여받은 존재였다. 하지만 근대는 주체로서의 여성이 발견되는 시기로서, 이것은 근대적 교육과 일본을 통해 수입된 서구적 여성해방론이 여성에게 불러일으킨 변화였다. 여성에게 근대는 가부장적인 예속적 정체성을 거부하고 주체로서의 자아정체성을 각성하는 시기였다.

서구에서 참정권 운동과 같은 공적 영역의 여성해방이 치열했던 것과는 달리 동아시아 국가들에서는 섹슈얼리티와 같은 사적 영역에 경도된 양상으로 여성해방론이 전개되었다. 그 이유는 '김명순이나 나혜석과 같은 자유주의 페미니스트들이 자유연애나 남녀평등, 여성으로서의 정체성과 같은 이슈를 민족이나 계급과 같은 공공의 쟁점보다 우선시했다는 평가'도[45] 성립할 수 있지만 그들의 정치적 무관심은 무엇보다도 서구와 같은 참정권의 요구나 법적 제도적 평등을 요구할 만한 시민 사회적 토대가 성립되어 있지 않았기 때문이었다. 더구나 조선의 경우 일본 제국주의의 억압체제 속에서 정치적 경제적 차원의 평등을 기대하기는 어려웠다. 하지만 정치적 경제적 여성해방이 전제 되지 않은 채 진정한 성해방은 이루어질 수 없다는 것을 그녀들의 비 극적 생애는 입증하였다.

본고가 검토한 김명순의 「나는 사랑한다」는 자유이혼이란 주제를 통해 여성의 자아해방을 추구한 작품으로서, 20C 초반 우리의 여성작 가가 시대의 첨단에 서서 치열하게 추구했던 여성해방의 일단을 짐작 하게 해준다.

(『국어문학』56호, 국어문학회, 2014)

---

45) 김경일, 앞의 책, 71면.

김명순의 소설과
'외로운 사람들' 모티프 연구

1. 서론

근대 여성작가 김명순(1896-1951)은 독일의 극작가 게르하르트 하우푸트만(Gerhart Hauptmann, 1862-1946)이 1890년에 발표한 희곡 『외로운 사람들』 모티프를 반영한 소설을 여러 편 썼다. 여기서 말하는 '외로운 사람들' 모티프란 하우푸트만의 『외로운 사람들』에 형상화된 '불행한 결혼으로 야기된 비극적이고 절망적인 가정생활로 인해 고통받는 인간내면의 심리적 갈등'을 주제로서 다루는 것을 의미한다.

'하우푸트만은 그의 자연주의 드라마에서 불행한 결혼의 비극적 갈등을 자주 형상화했는데, 이를 개인적 차원보다는 사회문제의 차원에서 다루었다. 특히 『외로운 사람들』에서 내적으로 소심하고 예민한 요한네스는 아무런 정신적 교감을 느끼지 못하는 아내 케네와의 사이에서 갈등을 느끼는데, 여대생 안나를 만남으로써 힘과 안정을 찾는다. 이를 보며 케네는 더욱 정신적 열등감에 빠져든다. 한 시민 가정의 불행한 결혼의 원인과 결과를 여성의 지적 정신적 미성숙 상태, 그리고 교육의 문제와 결부시킨 이 작품은 작가 자신의 불행한 결혼체험이 바탕이 되었다고 한다.[1] 당시 하우푸트만을 비롯한 자연주의 작가들은 부부 관계나 가정이라는 사적인 영역에서 발생한 동시대인들의 문제와 운명을 다루며, 고통에 빠진 인간의 영혼을 형상화해냈다.[2]

1910년대 후반 우리나라에는 하우푸트만이 중요하게 소개되기 시작했다. 1918년 9월, 『청춘』(4권 4호)에 게재된 이상춘의 소설 『백운』에서 작가 하우푸트만과 『적적한 사람들』이라는 작품명, 그리고 주인공 요한네스가 언급된[3] 이래 여러 잡지와 작품들에서 하우푸트만과 그의 작품들이 소개되었다. 당시 일본에 유학한 한국 유학생들은 유럽에서 유학한 일본 연극인들을 통해 접하게 된 자연주의와 하우푸트만에 경도되어 그의 작품을 각색하거나 모작의 형태로 창작하여 공연하였다. 가령 1921년 『외로운 사람들』은 〈불쌍한 사람들〉이란 제목으로 각색되어 공연된 바 있고, 1923년에는 〈장구한 밤〉이란 제목으로 동경에서 초연된 후 한 달 간 부산에서 함흥까지 전국순회공연이 이루어졌다.[4]

동경유학생이었던 김명순의 작품에서 '외로운 사람들' 모티프가 반복적으로 형상화된 것은 하우푸트만의 유행적 수용 맥락에서 이루어졌지만 김명순의 소설 「칠면조」에서도 드러난 바 있듯이 한때 그녀

---

1) 노영돈, 「하우프트만의 『외로운 사람들』에서의 여성상과 문제점」, 『뷔히너와 현대문학』29, 한국뷔히너학회, 2007, 285-304면.
2) 노영돈, 「독일 자연주의의 이해」, 『공연과 리뷰』86, 현대미학사, 2014.9, 60면.
3) 김병철, 『한국근대서양문학이입사연구』(상), 을유문화사, 1980, 143면.
4) 노영돈, 「한국에서의 게르하르트 하우프트만 문학 수용1」, 『독일문학』80, 한국독어독문학회, 2002, 132면.

가 독일 유학을 꿈꾸며 독일어를 공부한 사실과도 연관이 있다. 김명
순은 일본어, 독일어, 프랑스어, 영어 등 여러 나라의 언어를 공부하여
애드가 알란 포의 소설 「상봉」 등 10편을 번역한 당대의 대표적 여성
번역가였다.[5] 김명순의 작품과 외국 문학작품과의 상호텍스트성 연
구는 그녀가 번역가였다는 사실과 그녀의 작품에 드러나는 '외국작품
과 철학사상에 대한 풍부한 인용'[6] 등에서 얼마든지 가능하다.

그러나 김명순의 '외로운 사람들' 모티프의 반복적 창작에는 자유연
애, 자유결혼, 자유이혼과 같은 문제가 근대 조선의 중요한 사회적 문
제였다는 사실이 가장 중요하게 작용했다고 생각된다.

방민호는 일본의 사소설 작가 다야마 가타이(田山花袋)의 「이불」
과 김명순의 「돌아다볼 때」를 하우푸트만의 『외로운 사람들』의 영향
이라는 관점에서 고찰한 바 있다. 가타이의 자전적 작품 「이불」이 중
년의 유부남이 여제자에 대해 품은 애욕의 고통과 번민을 통해 순수
하면서도 순연한 자기인식의 세계를 보여준 반면, 김명순의 「돌아다
볼 때」는 자전적 요소가 일부 요소에 한정되며 "혈통과 유전과 운명
이라는 이름으로 자신을 얽어매고 있는 구속에서 벗어나, 자유와 '영
원한 생명'을 향해 나아가는 싸움의 문제로 치환함으로써 새로운 사
상을 주조하는 데까지 이른" 한국의 자전적 소설 제1형식으로 평가한
바 있다.[7]

5) 테레사 현, 김혜동 역, 『번역과 창작-근대여성작가를 중심으로』, 이화여자대학교 출판부, 2004, 89면.
6) 김경애, 「근대 최초의 여성작가 김명순의 자아정체성」, 『한국사상사학』39, 한국사상사학회, 2011, 269-276면.
7) 방민호, 「일본 사소설과 한국의 자전적 소설의 비교」, 『한국현대문학연구』31, 한국현대문학회, 2010, 48면.

본고는 '외로운 사람들' 모티프를 형상화한 김명순의 세 편의 소설에서 근대의 남녀가 결혼제도의 억압적 현실과 자유연애의 이상 사이에서 겪었던 갈등에 대한 작가의 태도를 고찰해보고자 한다.

김명순의 「돌아다볼 때」(1924)는 하우푸트만의 작품과 주제가 동일하고, 남녀 주인공이 하우푸트만의 『외로운 사람들』을 두고 대화를 나누며 감정적으로 서로 소통하게 되는 계기를 갖게 된다. 뿐만 아니라 작중의 두 사람의 관계는 하우푸트만의 작품 속 인물들의 관계와 동일성을 갖는다. 「외로운 사람들」(1924)은 하우푸트만의 희곡작품과 제목이 동일하며 주제 역시 동일하다. 「나는 사랑한다」(1926)는 주인공의 설정이 앞의 두 작품과는 다르지만 불행한 결혼의 갈등을 다루었으며, 이 갈등을 이혼으로 해결하려 한 점에서 일정 부분 동일성을 찾을 수 있다.

김명순 소설의 여주인공들이 감정적 소통을 느끼는 남성들은 이미 결혼 제도 속에 편입된 인물들이기 때문에 그녀들의 연애는 한 번도 자유결혼의 이상과 연결되지 못한다. 그래서 「외로운 사람들」(1924)의 여주인공은 상사병으로 죽게 되며, 「돌아다볼 때」(1924)의 여주인공은 사랑하지도 않는 다른 남성과 결혼하고, 「꿈 묻는 날 밤」(1925)에서는 사랑을 포기하고 문학에 정진할 결심을 세운다. 즉 주인공들은 자신의 사랑의 욕망을 억압하고, 가부장적 일부일처제의 결혼 규범에 순응하는 양상을 보여준다. 하지만 「나는 사랑한다」(1926)에서만큼은 유일하게 유부녀라는 불리한 조건에도 불구하고 주인공은 이혼을 통해 진실한 사랑을 성취하고자 하는 적극적 의지를 보여준다. 이처럼 김명순의 소설에서 결혼이라는 제도는 순수한 사랑을 성취하는 데 늘 장애의 요인이 되어왔다. 하지만 「나는 사랑한다」에서는 이혼이라는 대안을 통

해서 그 장애를 적극적으로 뛰어넘고자 한다.[8]

본고에서 다룰 세 편의 작품에 대한 선행 연구를 살펴보자. 일문학자 명혜영은 다무라 도시코의 「선혈」과 김명순의 「돌아다볼 때」를 비교한다. 그녀는 「선혈」이 처녀가 '성욕'에 눈뜨는 과정을 그린 반면 「돌아다볼 때」는 미혼여성과 기혼남성의 자유연애라는 도발적 설정을 통해 연애의 신성성과 남녀의 영적 사랑을 강조했다고 평가했다.[9] 권선영은 다무라 도시코의 「포락의 형벌」과 김명순의 「외로운 사람들」을 비교한다. 이를 통해 「포락의 형벌」이 유부녀의 연애를 주장함으로써 관습에 도전한 반면, 「외로운 사람들」은 자기변명에 급급한 남자주인공을 통해 유부남의 연애를 냉철하게 고발했다고 평가했다.[10]

송명희는 김명순이 엘렌 케이의 연애론을 수용함으로써 「나는 사랑한다」에서 불행한 결혼으로 인한 갈등을 자유이혼으로 타파해 나가고자 했다고 평가하였다.[11] 이태숙은 김명순의 소설을 고백체 문학으로 규정하며 근대적 여성주체는 개인적 모순을 통해 당대 사회가 여성에게 부과했던 부정적 섹슈얼리티의 양상과 모순을 드러냈다고 파악했다.[12] 신지연은 「돌아다볼 때」와 「외로운 사람들」에서 김명순이 이

8) 송명희, 「신여성의 사랑과 자유이혼-김명순의 「나는 사랑한다」-」, 『국어문학』56, 국어문학회, 2014, 329면.
9) 명혜영, 「1910~20년대의 키워드 〈성욕〉-「선혈」(다무라 도시코)과 「돌아다 볼 때」(김명순)를 중심으로」, 『일본문화연구』35, 동아시아일본학회, 2010, 113-134면.
10) 권선영, 「한일근대여성문학에 나타난 기혼자의 '연애(戀愛)' 고찰」, 『일어일문학』56, 대한일어일문학회, 2012, 159-174면.
11) 송명희, 앞의 논문, 317-341면.
12) 이태숙, 「고백체 문학과 여성주체: 김명순을 중심으로」, 『우리말글』26, 우리말글학회, 2002, 1-22면.

해할 수 없는 타인들의 행동에도 그들 나름의 진실이 있을 수 있다는 미덕을 보여주었다고 했다.[13] 진순애는 김명순 소설에서 '자유연애'는 근대적 주체로서의 여성을 발견하고 재창조하는 근원으로 작용한다고 보았다.[14] 최윤정은 김명순의 자유연애담론은 구여성들의 현모양처담론에 가로막혀 여성이 '사랑'을 통해 자유와 해방을 획득하지 못하고 구제도로 귀환하는 과정을 보여주었다고 보았다.[15] 조미숙은 「돌아다볼 때」의 주인공 소련을 자신의 삶에 대한 자각이 결여된 수동적 존재라고 평가하며, 고모의 말대로 삶을 살아가는 인형과도 같은 존재라고 그 타자성을 비판했다.[16]

2. '외로운 사람 모티프'와 김명순의 소설

2.1. 김명순의 정신주의적 연애관-연애지상주의

『청춘』(1917)지에 정식 등단절차를 밟아 문단에 나온 김명순은 자신의 정체성을 사회계몽가가 아니라 작가에서 찾았기 때문에 사회적 발언도 논설이 아니라 시나 소설 등 문학작품을 통해서 하고자 했다.

---

13) 신지연, 「1920년대 여성 담론과 김명순의 글쓰기」, 『어문논집』48, 민족어문학회, 2003, 315-353면.
14) 진순애, 「신여성 시 연구」, 『인문과학』47, 성균관대학교인문과학연구소, 2011, 102-103면.
15) 최윤정, 「김명순 문학연구」, 『한국문학이론과 비평』60, 한국문학이론과비평학회, 2013, 487-511면.
16) 조미숙, 「지식인 여성상의 사적고찰 - 여성작가들의 작품을 중심으로」, 『한국문학연구』28, 동국대학교 한국문학연구소, 2005, 171-172면.

그녀는 1920년대 중반에『조선일보』,『동아일보』,『매일신보』등에 연속해서 소설과 시를 연재했고, 1925년에는 작품집『생명의 과실』을 발간했다. 즉 1920년대에 작가로서 가장 왕성하게 활동한 사람은 나혜석이나 김일엽이 아니라 김명순이었다.

김명순이 자신의 연애관을 직접적으로 밝힌 글은『조선문단』에 발표했던「이상적 연애」(1925.7)란 짧은 글이 유일하다. 그녀는 논설 형태의 이 글에서 연애를 "각각 별다른 개성을 가지고 서로 융화한 심령끼리 절주해 나가는 최고 조화적 생활상태"라고 정의한다. 그리고 "남자와 여자의 같은 이상을 품고 결합하려는 친화한 상태 또 미급한 동경을 이상적 연애"라고 하였다. 뿐만 아니라 "동지 두 사람이 종교적으로 경건하며 같은 신념으로 공명하는 데 기인해서 같은 목표를 향하고 전진하는 귀일점에서 완성하겠다고 찬미치 않을 수 없"는[17] 것으로 연애를 극도로 이상화하고 신비화하는 연애지상주의자로서의 면모를 드러냈다.

여기서 주목해야 할 것은 '심령', '이상', '동경', '경건', '신념' 등과 같은 단어들이 갖고 있는 정신주의적 색채이다. 김명순의 연애관에 대해서 김경일은 "이상적이고 관념적인 서구의 플라토닉 연애"[18]에 가까운 것으로 평가한 바 있다. 즉 김명순은 연애에 대하여 '순결하고 신성한 연애가 담론화되었던 메이지 시대'의 연애관, 즉 육체적인 섹슈얼리티와 차별화되는 정신주의적 연애관을 가지고 있었다.[19] 더욱이

---

17) 김명순, 「이상적 연애」(『조선문단』, 1925.7), 서정자 · 남은혜 편, 『김명순 문학전집』, 푸른사상, 2010, 654-655면, ; 필자가 현대어로 바꾸었으며, 동일 책을 인용하는 경우 마찬가지로 현대어로 필자가 번역 인용하겠다.
18) 김경일, 『여성의 근대, 근대의 여성』, 푸른역사, 2004, 126면.
19) 송명희, 앞의 논문, 323면.

그녀는 비연애의 다섯 가지 사례를 들며 연애에 있어서도 인격이 중
요하다고 강조했다.[20] 김명순의 정신주의적 연애관은 그녀의 소설 전
반에서 반복적으로 나타나고 있다.

김명순은 염상섭이 비난했던 '자유연애의 진의를 왜곡하는 타락한
사도'가 아니라 정신주의적 연애관을 가진 여주인공을 자신의 작품에
서 반복적으로 등장시키고 있다.[21] 그리고 김명순은 성폭력의 희생자
였을 뿐 염상섭이 규정했듯 자유연애주의자가 아니었다. 하지만 성폭
력의 가해자가 아니라 피해자를 비난하는 남성우월주의 사회에서 가
부장적 남성문인들은 김명순을 성적으로 문란한 자유연애주의자로
매도하고 비난했으며 왜곡되게 작품화했다.

엘렌 케이(Ellen Key)에 의하면 연애지상주의와 자유연애주의는
분명하게 구분된다. 즉 '연애지상주의'는 'freedom of love'로서 책임
감, 남녀평등, 행복, 사랑에 기반을 준 영육일치의 자유로운 사랑이다.
반면 '자유연애주의'는 'free love'로서 매음과 여러 파트너와의 결합
을 포함한 성적 방종을 의미한다.[22] 낭만적 사랑의 신화와 정신주의

---

20) 서정자·남은혜 편, 앞의 책, 655면에서 김명순은 1.그의 다른 사람과의 연애 고
백을 무시하고 그 상대자를 욕되게 하며, 연애한다고 음행을 꿈꾸는 것. 2. 술 취하
여 그 집 문을 두드리며 그 상대자를 욕되게 하는 것, 난잡히 사실 없는 일을 글로
써내는 것. 3. 너무 공상한 결과 연애라고 없는 육적 관계를 사칭해서 상대자를 거
짓 더럽히는 것. 4.역시 공상의 결과로 타인 앞에서 그 동경하는 대상을 만나서 압
(狎)한 반말로 남이 거짓 감정을 사는 것. 5. 어느 대상에게 연애를 고백하다가 거
절을 당하고 한 시간이 지나지 못해서 욕하는 것 등 비연애의 사례를 제시하며 연
애에서 인격을 강조했다. 그리고 그녀를 향해 추한 감정으로 욕한 자들에 대한 분
노를 표출했다. 즉 예로 든 비연애의 사례를 보면 그녀에게 쏟아졌던 세상의 비난
에 대한 짙은 항의와 분노가 강하게 느껴진다.

21) 송명희, 앞의 논문, 324면.

22) 유연실, 「근대 한·중 연애 담론의 형성-엘렌 케이(Ellen Key) 연애관의 수용을
중심으로」, 『중국사연구』79, 중국사학회, 2012, 150면.

적 사랑에 집착한 김명순의 작품들은 엘렌 케이의 개념을 따른다면 'freedom of love', 즉 연애지상주의를 추구했으며, 결코 'free love', 즉 자유연애주의를 추구한 것은 결코 아니었다. 그럼에도 사람들은 김명순을 자유연애주의자로 매도했다.

2.2. 영적 사랑으로의 도피-「돌아다볼 때」

「돌아다볼 때」는 『조선일보』(1924.3.29-4.19)에 처음 연재하였지만 작품집 『생명의 과실』(한성도서주식회사, 1925)을 발간하면서 개작하였다. 『조선일보』의 원작은 구여성 윤은순이 남편 송효순을 사랑하는 신여성 류소련을 질투하여 유부남인 최병서와 소련을 결혼시키도록 고모 류애덕을 속인 것으로 설정하였다. 뒤늦게 이 음모를 알게 된 고모가 소련을 찾아와 사과하지만 소련은 자신의 나쁜 피를 저주하며 자살한다. 하지만 개작에서는 신여성 류소련과 구여성 윤은순의 극단적인 대립관계를 지양했고, 최병서를 유부남으로 설정하지도 않았으며, 소련이 자살하는 결말을 취하지도 않았다. 즉 불행한 결혼의 문제를 신여성과 구여성의 대립문제로 파악하거나 신여성을 극단적인 피해자로 만들고 싶지 않았던 작가의식이 작용하여 개작이 이루어졌다. 본고는 개작인 『생명의 과실』본을 텍스트로 하여 논의를 진행하겠다. 그 이유는 김명순의 페미니스트로서의 작가의식이 개작에서 더 잘 형상화되었다고 생각하기 때문이다.

젊은 이학사 송효순을 인천측후소 수학여행에서 처음 본 후 흠모하게 된 영어교사 류소련은 고모의 집에서 그를 다시 만나 감정적으로 소통하는 관계로 발전한다. 하지만 송효순은 구여성 윤은순과 이미 결혼한 처지이다. 효순과 아내 은순 사이에는 이미 "아무런 지식도 없고 똑같을 아무런 생각과 감정의 동화도 없음으로 서로 도와서 영원히 같은 거리를 밟아 똑같이 동무는 못 될 것이나"[23] 아내에 대한 동정심을 가진 효순은 이상에 불타오르는 감정을 억누르며 아내를 이문안 부인학교에 넣어 교육시킨다. 그러나 진전이 없자 아내의 개인지도를 부탁하기 위해서 교육가인 소련의 고모 류애덕을 찾아온 것이다. 그런데 여기서 작품의 화자는 괄호 안에 "자기도 모르게는 소련을 만나보고 싶은 마음은 스스로 분간치 못하고"라고 써넣음으로써 소련을 만나고 싶은 효순의 무의식적 동기가 작용하였다고 설명한다. 이 작품은 3인칭 시점임에도 소련이란 인물을 내적 초점화함으로써 효순과 은순의 내면을 그리지 못하도록 제한하고 있다.

이 작품에서 효순-은순-소련의 관계는 하우푸트만의 『외로운 사람들』에 등장하는 요한네스-케네-안나의 관계에 비교할 수 있다. 즉 신교육을 받지 못함으로써 정신적 교감을 느낄 수 없는 아내 은순과 정신적으로 소통되는 신여성 소련 사이에서 갈등을 겪는 효순의 삼각관계로 설정되었다. 그리고 효순과 소련 두 사람의 관계는 하우푸트만의 요한네스와 안나의 관계와 동일시되며, 두 사람은 하우푸트만의 『외로운 사람들』을 놓고 토론하면서 감정적 일체감에 도달한다.

하우푸트만의 『외로운 사람들』에는 내적으로 약하고 소심하며 예민한 남성 요한네스, 남편의 정신적 이상을 이해하지 못하는 무식한 아내 케네, 요한네스와 정신적으로 소통하고 사랑하게 되는 여대생 안나 등 세 인물이 등장한다. 요한네스와 안나는 오빠와 누이동생으

---

23) 송명희 편역, 『김명순 소설집-외로운 사람들』, 한국문화사, 2011, 81면.

로서의 우정을 간직하고자 하지만 끝내 요한네스는 호수에 빠져 자살하고 만다.[24]

> 하늘을 쳐다보고 땅을 굽어보던 두 사람은 듣는지 마는지 무슨 똑같은 생각을 같이하는 듯이 정밀한 그들의 얼굴에는 조그만 잡미(雜味)도 섞여 보이지 않았다.
> 이때였다. 무엇인지 효순과 소련 사이가 가까워지고 은순과 소련 사이가 동떨어져 나간 듯이 생각된 지가……. 우리는 지금까지 이 세상에서 모든 붙었던 것들이 떨어지는 것을 보고 모든 떨어졌던 것들이 붙는 것을 본다.[25]

인용문은 소련과 효순이 『외로운 사람들』을 두고 진지하게 토론하며 어느 한순간 완벽한 정서적 일치와 정신적 일체감에 도달했음을 보여주고 있다. 그리고 두 사람의 정서적 일치는 하우푸트만의 작품을 읽고 같이 토론할 수 있는, 즉 구여성 은순에게는 없는 소련의 지적인 교양에서 가능했다. 그 결과 "소련과 효순은 모-든 행동을 서로 비추어 하게 되고, 모든 의심을 서로 물으며, 모-든 것을 또 명령적으로 대답하며 모-든 행동을 서로 복종하였다."처럼 완벽하게 정신적으로 소통한다.

하지만 효순은 『외로운 사람들』을 두고 토론할 때에 "소련 씨 사람은 절대로 누구와든지 꼭 육신으로 결합해야만 살겠다고 말 못 할 것입니다."라고 말함으로써 육신으로 결합하지 않아도 영적 사랑이 가

24) 노영돈, 「게르하르트 하우프트만의 자연주의 드라마의 특성」, 『뷔히너와 현대문학』12, 한국뷔히너학회, 1999, 69-71면.
25) 송명희 편역, 앞의 책, 94면.

능하다며 호수에 빠져 자살한 요한네스의 행동에 동의하지 않는다. 오히려 조선의 경우는 여자가 요한네스에 가까우리라고 말하는데, 실제로 김명순은 원작에서 여성인 소련이 자살하는 결말로 설정하였다.

그런데 두 사람이 며칠 간 느낀 정서적 일체감과 사랑은 은순의 질투와 의심, 고모의 감시, 적모의 어멈을 닮아 어찌될지 모른다는 행실타령을 불러옴으로써 오히려 소련으로 하여금 최병서와의 결혼을 서두르도록 작용한다.

> 여기 이르러 소련의 운명은 그 갈 곳을 확실히 작정했다. 효순이가 와 있는 며칠 동안을 은순은 질투와 의심으로 날을 보내고 애덕 여사는 혹독한 감시(監視)를 게으르지 않았으며 그중에 소련의 적모는 서울 구경을 핑계하고 올라와서 이 여러 사람들에 눈치에 덩달아
> "제 어멈을 닮아서 행실이 어떠할지 모르리라."
> 고 말전주를 했다. 효순은 난처한 듯이 동정 깊은 눈치를 소련에게 향할 뿐이요, 침묵을 지키게 되었다. 이보다 전에 소련과 효순은 모-든 행동을 서로 비추어 하게 되고, 모든 의심을 서로 물으며, 모-든 것을 또 명령적으로 대답하며 모-든 행동을 서로 복종하였다. 이러한 며칠 동안을 은순은 눈물을 말리지 못하고 애덕 여사에게 자주 무엇을 속삭였다.[26]

당초 소련을 최병서에게 결혼시키려 한다는 것을 알았을 때 효순은 고모 류애덕에게 "그런 인물들을 가정 안에 벌써부터 넣어버리면 이 사회운동은 누가 해놓을는지요."라고 하며 "좀 더 사회에 내놓아"[27]

---

26) 송명희 편역, 위의 책, 94-95면.
27) 송명희 편역, 위의 책, 85면.

보라고 만류한 바 있다. 하지만 정작 고모가 소련의 결혼을 서두르자 그는 "난처한 듯이 동정 깊은 눈치를 소련에게 향할 뿐이요, 침묵을 지키"는 우유부단한 태도를 취한다. 뿐만 아니라 "또 다시 안 체 만 체 한 행동을 했다. 그러고 속히 동경 갈 준비를" 서두르며 그의 부친을 따라 여관으로 가버렸다. 즉 소련에게 심정적인 동정을 보내지만 자신의 사랑에 대해 책임지려는 그 어떤 행동도 취하지 않았다.

따라서 소련은 그가 고모 집에 와 있는 동안 "꿈과 같이 그리운 사람과 며칠 동안을 가깝게 생활"했지만 "모-든 것은 꿈같이 지나가"버렸다는 것을 인정하고, 고모와 적모의 위협에 최병서와의 혼례를 허락하지 않을 수 없었던 것이다. 즉 은순의 투기와 의심, 고모의 지독한 감시와 적모의 행실 타령, 더 근본적으로는 효순이 침묵으로 일관하며 그녀를 안 체 만 체하며 떠나버린 상황에서 소련은 최병서와 결혼하는 것 이상의 그 어떤 행동도 취할 수 없었던 것이다.

효순은 "이제 우리는 서로 알았으니까 서로 의식하며 힘써서 같은 귀일점에서 만나도록 생활해나가는 것만 필요합니다."처럼 그가 앞서 말한 영적 결합 운운한 연장선상에서 기약 없는 미래를 소련에게 약속하고 유학을 떠났던 것이다. 즉 두 사람의 관계를 남매 관계로 설정하며 요한네스가 자살하는 파멸 대신 각자의 생활을 선택하기로 했던 것이다. 그 결과 효순은 동경으로 가서 학문에 힘써 박사학위를 따고 돌아온 후 학문에만 정진하며 아내를 멀리하고, 최병서와 결혼한 소련은 남편의 학대와 외도에도 "참고 일하고 공부하고 모든 것을 사랑하고, 사람들의 성격을 부드럽게 하며" 인내로 살아왔던 것이다.

서술상 현재의 시간인 제1장에서 소련은 평양 자신의 집 울타리 밖에서 그녀를 그리워하며 서성이는 효순의 목소리를 듣게 되자 그들이 사랑했던 지난 시간들을 회고하게 된다. 그리고 마지막 장에서 "이 밤이 새인 이 날에 그 회당까지 가서 효순의 강연을 들을 것"과 "힘써서 '때'를 기다리"며 "은순이가 없고 병서가 없고 애덕 여사도 없는", 즉 두 사람의 사랑에 장애가 되는 모든 존재들이 사라져 그들만의 세상이 올 날을 힘써서 기다리겠다고 새삼 다짐한다. 즉 효순이 떠나가며 한 말처럼 그들의 육체는 떨어져 있으나 영적 사랑을 확신하며, 언젠가 영육이 결합될 날을 기다리겠다는 것이다.

작품에서 담장 밖을 서성이는 효순의 존재를 의식한 후 소련의 간절한 욕망과 그 억압은 그녀의 방안에 대한 묘사에서 거듭 드러난다.

아랫목 벽에 걸린 로댕의 「다나이드」를 찍은 그림이며, 머리말에 롱펠로의 「삶과 노래」란 영시(英詩)를 흰 비단에 옥색으로 수놓은 족자며, 또 이름 모를 물새가 방망이에 붙들어 매여서 그 자유인 5촌(五寸)가량의 범위를 못 벗어나고 애쓰는 그림이 어느 것이나 자유를 안타깝게 바라는 소련의 취미가 아니랴. 이런 것들을 뒤돌아보는 소련의 마음이 어찌 대동강의 능라도(綾羅島)를 에두른 2류(二流)가 힙처지지 않기를 바라랴. 흐름은 제방을 깨트린다!

그러나 그런 때에 그 뒤로서는 유전(遺傳)이다 간음(姦淫)이다 할 것이다.[28]

로댕의 「다나이드」를 찍은 그림(사진), 롱펠로의 시 「삶과 노래」, 방망이에 붙들려 매인 물새 그림은 소련의 마음을 간접적으로 은유한다. 즉 로댕의 다나이드는 제자이자 연인이었던 까미유 끌로델을 모델로

28) 송명희 편역, 위의 책, 98면.

삼아 그리스 신화에 나오는 아버지 다나우스 왕의 명령에 따라 첫날밤
에 남편을 죽인 형벌로 지옥에서 고통받고 있는 딸의 모습을 형상화한
조각이다. 여기서 고통받고 있는 여인의 형상에 소련은 자신의 결혼생
활의 고통을 투사하고 있다. 롱펠로의 시를 통해서는 현재의 고통 속에
서도 끊임없이 일하고 기다리기를 힘쓰겠다는 자신의 내면의 목소리
를 담아내고 있다. 물새의 그림은 결혼의 부자유한 상태를 벗어나 자유
를 얻고자 하는 그녀의 절박한 마음을 나타낸다. 그리고 능라도의 2류
가 하나로 합쳐져 제방을 깨트린다는 것은 효순과의 결합을 방애하는
장애를 뛰어넘어 하나가 되고 싶은 소련의 간절한 욕망을 은유한다. 하
지만 소련은 이어서 "그러나 그런 때에 그 뒤로서는 유전(遺傳)이다 간
음(姦淫)이다 할 것이다."라는 데 생각이 미치자 지금 당장 어떤 결단
을 내리기보다는 "힘써서 '때'를 기다리는 것"으로 자신의 욕망을 유보
한다. 즉 두 사람의 결합을 방애하는 장애물을 뛰어넘어 합일하고 싶은
강력한 욕망은 이를 억제하도록 만드는 유전, 간음과 같은 주위의 비난
과 질시에 대한 두려움 속에서 미래로 유보된다.

　여기에서 소련에게 그나마 위안이 되는 것은 그녀만이 아니라 효순
도 그녀를 잊지 못하고 그녀의 집 담장 밖을 배회하며 그리워하고 있
다는 것이다. 방민호는 소련이 다른 인물들과의 갈등에 찬 싸움을 통
해서가 아니라 『외로운 사람들』을 두고 효순과 나누었던 대화에 대한
회상, 즉 성찰적 기억을 통해서 새로운 삶을 계획하게 해준다고[29] 파
악했지만 과연 두 사람이 각자의 생활에 힘을 쓰며 때를 기다린다고
해서 그들이 원하는 미래, 즉 영육일치의 사랑이 그들 앞에 다가올 수

---

29) 방민호, 앞의 논문, 49-51면.

있을 것인가?

한 소장파 여성학자는 소련이 지식인임에도 그녀의 지성은 효순과 대화를 나눌 때에만 사용될 뿐이라고 그녀의 수동성과 소극성을 비판했다.[30] 하지만 작중인물에 대한 비판은 소련에게 가해질 문제가 아니다. 오히려 정신적으로 소통되지 않는 구여성인 아내와의 사이에 갈등을 느끼면서도 이혼까지는 원하지 않는 효순의 이중적인 태도에 가해져야 하는 것이 아닐까. 효순이 아내와의 결혼관계를 유지하면서도 소련에게는 영적 사랑 운운한 이중적이고 타협적인 태도, 소련과 최병서를 결혼시키려는 상황 속에서도 침묵으로 일관한 것, 게다가 각자의 일을 하며 같은 귀일점에서 만나도록 생활하자는 불확실한 약속을 한 것 등 애매모호하고 우유부단한 태도야말로 비판의 초점이 되어야 할 것이다.

따라서 이 작품에서 비판의 대상은 주위를 모두 고려하여 최병서와의 결혼을 받아들인 소련이 아니라 우유부단하고 타협적인 태도를 취한 효순과 나쁜 혈통을 수시로 환기시키며 그녀에게 결혼을 강박한 고모와 적모에게 향해져야 마땅하다. 더욱이 소련은 원천적인 트라우마로 작용하는 첩의 소생이라는 출생의 원죄와 자기검열로 인해 결국 최병서와의 결혼을 받아들이고, 불행한 결혼생활을 인내할 수밖에 없었던 것이다.

아무튼 이 작품에서 하우푸트만의 희곡에서와 같은 남자주인공의 자살이나 파멸은 없었다.(원작에서는 소련의 자살로 결말되었다.) 대신 상대방과 영적으로 결합되어 있다는 것을 믿으면서 때를 기다리는

---

30) 조미숙, 앞의 논문, 171-172면.

타협적인 제3의 길이 제시되었다. 구여성과 이혼을 하지도, 그렇다고 신여성을 제2부인(첩)으로 맞아들이지도 않았다는 점에서 신남성 효순은 과연 윤리적인가? 영적 사랑을 신뢰하면서 힘써서 때를 기다리면 그들에게 영육일치의 사랑이 실현되는 미래가 과연 오기는 올 것인가? 작품 속 회상과는 달리 서사적 현재에서 유부남과 미혼여성의 사랑이 아니라 유부남과 유부녀의 혼외의 사랑이라는 문제로 넘겨지고 만 이 작품의 결말은 여러 생각을 갖게 한다.

> 조혼과 강제결혼을 부정하고 자유연애결혼을 통해 새로운 부부관계를 수립하고자 하였던 신지식층 남성은 이를 위해 부모의 강제로 결혼한 구여성 본처와 이혼해야 했다. 조강지처를 버릴 수 없다는 오래된 사회적 관념에 위배된 이러한 이혼은 곧 격렬한 사회적 논쟁을 야기하였다. (중략) 그러나 신지식층 남녀의 자유연애·결혼의 부산물로서 출현한 1920-30년대의 '자유이혼'은 구여성에게는 지난날의 '기처(棄妻)'와 다름없는 '강제이혼'으로 다가왔다. 애정 없는 학대받는 삶으로부터 벗어날 것인지, 본처라는 지위를 고수하고 남편의 회심을 기다릴 것인지, 딜레마적 상황을 구여성에게 안겨주었다. 따라서 구여성들에게 이혼이라는 문제는 당대 신지식층이 상정했듯이 단순히 '여성해방'의 구호로 치환될 수 없는 복잡한 문제를 내포한다. [31]

위의 인용문에서도 보았듯이 자유결혼과 자유이혼이 신남성과 신여성에게는 해방적인 것이었음에도 불구하고 '자유이혼'은 구여성에

---

31) 소현숙, 「강요된 '자유이혼', 식민지 시기 이혼문제와 '구여성'」, 『사학연구』104, 한국사학회, 2011, 126면.

게는 '강제이혼'으로 다가올 수밖에 없었다. 구여성들에게 이혼이라는 문제는 당대 신지식층이 상정했듯이 단순히 '여성해방'의 구호로 치환될 수 없는 복잡한 문제를 내포한다는 것을 김명순은 자신이 신여성임에도 불구하고 충분히 인식하고 있었다. 따라서 구여성의 입장을 동정하고, 거기에 신남성의 고뇌와 갈등까지 이해하기에 영적 결합이라는 어정쩡한 결말, 제3의 길이라는 타협적인 결말을 제시하였다고 생각한다.

소련의 그 얼굴은 해쓱하게 변했다. 그는 입술까지 남빛으로 변했다. 은순은 가만히 앉았다가 차를 따라 탁자 앞으로 가서 그 앞에 걸린 거울 속을 들여다보다가 자기 눈에 독기가 띤 것을 못 보고, 효순이가 소련이와 숨결을 어르듯이 하던 이야기를 그치고 모-든 것이 괴로운 듯이 뜰 앞을 내려다보는 것을 보았다.

이때 두 사람은 뒤에서 반사되어 비치는 시선을 깨달으면서 똑같이 뒤를 돌아다보았다. 이때다. 두 지식미를 가진 얼굴과 다만 무엇을 의심하고 투기하는 듯한 얼굴이 뾰족하게 삼각을 지을 듯이 거울 속에 모았었다.

이 한순간 후에 검은 보석을 단 듯이 해쓱해진 소련의 얼굴이 머리를 돌리며

"형님 그 찬장 안에 고구마 군 것이 있으니 내놓아 보세요. 내 손으로 아무렇게나 해서 맛이 되잖았지만……."

했다. (중략) 은순은 그 맛있어 보이는 것을 도로 들이밀어 버리려는 듯한 솜씨로

"이것 잡수세요?"

하고 목이 메어서 물었다. 효순은 말없이 미미히 웃으며 은순을 바라보

고 소련을 바라보고 고개를 돌려 하늘을 쳐다보았다. 소련은 은순의 불
쾌한 낯빛을 미안히 바라보고 숨결 고르지 못하게
　"그까짓 것 그만 넣어버리세요."
하고 말해버렸다. 은순은, 소련의 말대로 내놓던 것을 들이밀어 버리
고, 다시 앉았던 자리로 와 앉았다."[32]

　인용문처럼 소련의 얼굴이 해쓱해지고 입술까지 남빛으로 변한 것
은 효순과 소련이 숨결을 어르듯이 다정하게 이야기하다가 괴로운
듯 뜰 앞을 내려다보는 것을 목격하고 의심하고 투기하는 듯한 은순
의 독한 얼굴 표정을 보았기 때문이다. 더욱이 그것을 직접 보기보다
는 거울 속에 반사되어 비친 시선을 느끼는 것으로 설정했는데, 작가
는 그 거울이 소련의 내면을 향한 반사경이 되게 만든다. 거울은 태고
적부터 인식, 특히 자기인식의 수단이었다. 인간은 거울을 통해 자신
을 반성하고 성찰해왔다. 따라서 소련이 은순의 남편인 효순과 금지
된 사랑을 한다는 것에 대한 자기성찰을 불러오게 되고, 여기에서 은
순에 대한 미안한 감정, 즉 죄책감이 발생한다. 즉 효순과 자신의 사
랑은 은순에게는 의심과 투기를 불러올 수밖에 없는 미안한 일이라는
자의식이 발동한 것이다. 따라서 김복순이 "김명순의 모든 소설에는
유부남-처녀, 유부녀-미혼남, 유부남-유부녀의 사랑관계가 등장하지
만 그 어느 경우에도 죄의식이 보이지 않는"다며 그 이유를 그들이 자
유연애 내지 사랑만이 가장 합리적인 도덕률이라고 믿기 때문이라고
한 논평은[33] 옳지 않다. 오히려 김명순은 자신이 이해할 수 없는, 타인

32) 송명희 편역, 앞의 책, 92-93면.
33) 김복순, 「지배와 해방의 문학」, 한국여성소설연구회, 『페미니즘과 소설비평』, 한길

들의 행동에도 나름대로 진실이 있을 수 있다는 것을 인정하는[34] 인물들을 등장시켰다. 그것이 「돌아다볼 때」에서는 구여성인 은순의 입장을 고려한 소련의 미안함과 죄책감으로 나타나고 있다. 이 작품의 제목이 '돌아다볼 때'인 것은 단순히 과거를 회상한다는 의미, 즉 방민호가 말했듯이 성찰적인 기억만을 의미하는 것이 아니라 다른 사람의 처지까지도 고려하는 소련의 성찰적인 태도를 의미한다고 생각한다. 따라서 소련은 이 성찰적 지성으로 인해 결국 힘써서 때를 기다릴 뿐 자신의 사랑을 적극적으로 쟁취하지 못하는 것이다.

김명순은 이처럼 자신이 신여성이면서도 나혜석이나 김일엽처럼 전적으로 신여성의 입장에 서서 작품을 쓰지 않았다. 김명순은 끊임없이 자기를 검열하는 자기반영적 자의식이 매우 강한, 그리고 신여성과 구여성, 그리고 신남성의 입장을 모두 고려하는 지성을 소유한 작가였다.

2.3. 우유부단한 남성과 책임지는 남성-「외로운 사람들」

「외로운 사람들」은 (『조선일보』 1924.4.20-1924.5.31)에서는 순철과 순영의 연애 이야기와 순희와 정택의 연애 이야기가 대조적으로 그려진다.

22세의 청년 최순철은 14세 때 남매와도 같은 연상녀 '장복순'과 조모의 강권에 의해 결혼하게 된다. 그런데 순철이 16세 때 청국의 여

사, 1995, 56-57면.
34) 신지연, 앞의 논문, 347면.

순공대에 유학을 가게 되면서 청국의 왕녀 '이순영'을 그녀의 사촌오빠인 정대영으로부터 소개받고 처음으로 연애감정을 경험한다. 하지만 순철은 어린 나이에 결혼했다는 사실이 부끄러워 자신이 기혼자라는 사실을 차마 밝히지 못한다. 순철은 귀국한 이후로도 자신이 기혼자라는 사실을 말하지 못한 채 "저보다 위가 되는 무식한 처와 귀중한 몸으로 저를 연모하게 되어서, 그 궁궐이 무너지고 그 족속이 다 망한 후에 여간한 보물을 팔아가지고, 저를 은연히 바라고 조선까지 따라온 어린 왕녀" 사이에서 수차례에 걸쳐 거듭거듭 갈등을 노정한다.

이같이 순철은 좌우편으로 그 마음이 끌리는 것을 애써서 한편으로만 끌리도록 하려 한다. 저의 도덕적 관념이 순영은 자기가 손대지 않은 깨끗한 그릇일 뿐더러 그에게는 재물이 두 가지 세 가지로 있다. 첫째는 동정이고, 둘째는 지식이고, 셋째는 금전이다. 거기다 저의 처를 갖다 비기면 그는 세 가지 중에 하나도 못 가졌을 뿐 아니라 아름다운 용모조차 순영을 당하지 못한다. 하나 그 두 여자는 어느 편이든지 다 순철을 사랑한다. 순철은 그 두 사람의 사랑을 받으려 한다. 하지만 저의 정직한 양심은 그것을 한꺼번에 똑같이 받을 수는 없다고 생각한다. 반드시 순영의 사랑만을 받고 그 사랑에 봉사하려고 할 것 같으면 지금까지 외로운 몸이 몹쓸 고생을 다해오면서 7년 동안이나 자기를 지켜온 저의 처를 버려야 할 것이고, 그 처의 사랑을 받아서 모든 것을 거기 희생하면 순영이 역시 외로운 몸이다. 평민과도 달라서 현실에는 극히 어두운 몸으로 조선까지 와서 말은 분명히 못 하나 저만을 믿고 기다리고 참된 말 아름다운 말 한 마디 두 마디만 배울지라도 저와 자기 사이의 좋은 전조로 알아두는 순영을 버려야 할 것이다.

그러므로 순철은 그 유순한 인정이 어느 편이든지 차마 못 버릴 것으

로 생각할 때가 많다.[35]

이처럼 두 여성 사이에서 갈팡질팡 갈등하는 우유부단한 성격의 순철은 상사병에 걸린 순영이 노골적으로 자신을 데려가 달라고 요구한 순간에도 자신이 결혼한 처지라는 것을 밝히지 못한다. 또한 창경원 소풍에서 순영과 그의 가족들이 직접 마주쳤을 때 순영이 순철의 처를 가리키며 누구냐고 물었을 때조차 진실을 밝히기를 회피하고 "일 갓집 누이"라고 거짓말을 하고 만다.

순영에게 마음이 끌리면서도 차마 임신까지 한 처를 버릴 수는 없다고 생각을 정리한 순철은 마침내 중국에 있는 정대영에게 순영을 데려가라고 편지를 쓴다. 아내에 대한 의리를 지킬 것인지 순영의 사랑을 받아들일 것인지 두 여성 사이에서 계속 갈등하던 순철은 아내의 임신 사실을 인지하게 되자 아내에 대한 의리를 지키는 쪽으로 결단을 내린 것이다. 그는 서울에 도착한 친구 정대영에게 처음으로 자신이 결혼한 몸이라는 사실을 고백한다.

> "저는 그때부터 처가 있었습니다. 그러나 제가 여순 갔을 때는 겨우 16살이었으니 무슨 철이 있었겠습니까. 순영 씨의 마음을 저는 저버리는 것과도 같지만 한편으로 생각하면 저는 그의 행복을 지어드리는 셈이지요."[36]

이 사실은 신경쇠약과 심장병을 앓아 총독부 병원에 입원한 순영에

---

35) 송명희 편역, 앞의 책, 140면.
36) 송명희 편역, 위의 책, 198-199면.

게 정대영의 입을 통해 전달되는데, 순철이 기혼자라는 사실을 처음
으로 들은 순영은 충격을 받아 심장마비로 죽고 만다. 죽기 전 순영이
대영하게 한 원망은 "순영을 심히 사랑하지만, 그에게는 전부터 처가
있었다니까 옛날과 달라 일부일부(一夫一婦)주의가 온 세상을 지배
하는 때, 순영을 다시 부인으로 맞아올 수도 없는 것이지."라는 대영의
말, 즉 순철의 변명이 결코 위로가 되지 않는다는 것을 극명하게 보여
준다. 오히려 그 말은 순영을 격동시켜 심장마비를 일으키게 한 극약
으로 작용했다.

> "오빠가 지금 내 귀에 그런 말을 들리시오. 그가 독신이라고 말한 것
> 은 분명히 오빠의 입이었습니다. 저는 그때 그런 말을 들었을 것 같으
> 면 이렇게 내가 망하도록 심한 병도 들지 않았을 것이오. 다 오빠 입 때
> 문에 내가 망해요. 나는 인제 더 살 수가 없으니 원망이라도 한마디 하
> 게 순철 씨를 데려오세요."[37]

순영이 죽게 된 비극은 작품 속에서 조혼의 폐단이나 16살 어린 나
이의 거짓말, 일부일처주의의 결혼규범 등으로 변명될 문제가 아니었
던 것이다. 그것은 어디까지나 현재 22세가 된 우유부단한 남성 순철
의 이기심과 거짓말에서 비롯된 무책임이 문제였다.

반면, 순철은 순영에게 자신이 기혼자임을 밝힐 수 있는 기회가 여러
차례 있었음에도 고백하지 못하고 제3자를 통해 통보하게 된다. 순영
은 순철의 '거짓말'로 인해 깊이 상심하여 결국 죽게 되었으나, 순철은

---

37) 송명희 편역, 위의 책, 212면.

자신의 잘못보다는 '조혼의 폐'로 그 잘못을 전가시킨다. (중략) 이에 순철의 '연애'는 신성했다기보다 사회적 풍습의 잘못 때문이라고 변명하기에 급급했던 한 남성의 이기심의 발로로 생각될 수밖에 없는 면이 엿보인다.[38]

작가는 순철의 누나 순희와 그 연애 대상자였던 사회학 전공의 사회주의자 정택을 통해 사랑은 변할 수 있고, 그 변했다는 사실을 겸허히 받아들이고 희생을 감수하며 자신의 사랑에 대해서 책임져야 한다는 것을 말하고 있다. 순철과 정택이 동일한 상황에 놓인 것은 아니지만 정택은 사랑하는 여성을 위해서 갈등하지 않고 자신이 옳다고 여기는 대로 행동하는 사람이다.

"나는, 전영이와 같이 전 조선에 필요한 여자를 가시덩굴 속에 버려둘 수는 없습니다. 그는 조선과 우리 사회를 위하여, 라고 하면 물속에도 뛰어들고 불속에도 뛰어들 것입니다. 그리고 전일에 받은 상처를 잊기 위해서는 남이 하는 몇 백 배의 노력을 힘들다고 안 할 것입니다. 거기서 나는 순희 씨에게 맹세한 것을 거두어와야겠습니다."[39]

정택은 자신이 현재 사랑하는 여성을 위해 헌신하고 책임지겠다는 태도를 분명히 한다. 뿐만 아니라 사랑은 변할 수 있다는 것을 자신과 순희의 사랑이 어떻게 변화해 왔는가를 순철에게 말해주면서 인정한다.

순철의 누이 순희는 약혼자가 있는 몸으로서 친구인 장숙희의 정혼

38) 권선영, 앞의 논문, 173면.
39) 송명희 편역, 앞의 책, 189-190면.

자 정택과 동경으로 달아나 친구를 자살하게 만들었지만 정작 동경에
서는 어떤 예술가를 사랑함으로써 정택과는 멀어져 귀국하는 등 자유
연애의 난맥상을 보여준 인물이다.

  "그러면, 누님은 정택 군과 같이 달아나서 또 다른 사람과 관계를 맺
었습니까."
하고 묻지 않을 수 없었다.
  "순철 군, 당신이 교육자로서, 그런 것을 의심스럽게 묻는 것은 당연
한 일이겠지만, 그런 일은 전 우주에 그득 차 있습니다.
  사람은 누구든지 한 사람만 사랑할 듯이 또 그래야 옳은 듯이 말하지
만 그렇지 않고, 누구든지 그 중 자기 성격에 어울리고 이상에 맞는 사
람을 만나기 전에 그 다음으로 그러한 사람을 만나면 좀 이상과 틀리는
불만(不滿)을 깨달으면서도 결합이 될 것입니다.
  그런 뒤에 또 그보다 더 자기 이상에 맞는 사람을 만나면 새로이 마
음이 이끌릴 것이 아닙니까. 나도 이것을 안 것이 최근의 일이고, 또 순
희 씨가 동경서 만난 큰 예술가를 숨겨서 사랑하는 것도 이즈음의 그의
태도로 나 혼자 추측한 일이지만, 무엇이든지 순희 씨는 나를 따라서
우리 촌에 오신다고 하시고 헤어져 있을지라도 똑같은 정도로 생활하
자고 하고 약속하셨으나 조금도 나와 같은 일은 안 하셨습니다."[40]

  정택은 누구에게나 사랑은 변할 수 있다는 것을 인정하며, 자신의
사랑에 대해서 희생을 감수하며 책임을 지겠다는 태도를 확고히 천명
한다. 하지만 정택의 말은 조혼한 아내에 대한 의리를 지키기 위해서

---

40) 송명희 편역, 위의 책, 191-192면.

새로운 사랑의 대상이 나타났음에도 갈등하는 순철의 선택에 아무런 영향을 미치지 못한다.

작가는 정택과 순철을 대비시킴으로써 조강지처, 일부일처주의, 연애감정 사이를 왔다 갔다 하며 순영을 죽게 만든 나약하고 우유부단한 순철에 대해 비판적 태도를 취한다. 사랑은 서로에게 느끼는 친밀감과 끌리는 열정 이외에도 상대를 위해 헌신하겠다는 책임의식이 반드시 필요하다는 것을 정택이란 인물을 통해서 보여준 것이다. 그리고 결말에서 순영의 시체를 향해 "후세에는 아무런 방해들이 있더라도 물리치고 꼭 만납시다."라고 약속하는 순철이 병색에 형용이 초췌하여 피를 쏟는 아픔에 고통받고 있는 모습을 그려냄으로써 일부일처주의의 도덕률에 사로잡혀 우유부단하게 행동하는 것이 신남성의 행복에도 결코 도움이 되지 못한다는 것을 보여주었다.

이 작품에서 구여성인 순철의 처는 남편을 잃지 않게 되었지만 순영은 죽었고, 순철은 피를 토하는 고통 속에 남겨졌기 때문에 정신적으로 소통이 되지 않는 남녀의 불행한 결혼의 문제는 여전히 미해결의 장으로 남게 된다. 즉 불행한 결혼 때문에 하우푸트만의 희곡 『외로운 사람들』에서는 남자 주인공이 자살을 하고, 김명순의 「돌아다볼 때」의 원작에서는 여주인공이 자살을 하고, 개작에서는 영적 사랑으로 도피하며, 「외로운 사람들」의 여주인공은 심장마비로 죽었지만 결국은 상사병과 배신감으로 죽은 것이다. 이처럼 신여성을 가장 큰 피해자로 만드는 결말을 보여줌으로써 작가는 근대 우리나라의 가부장적 억압이 구여성이 아니라 신여성에게 더욱 가혹했던 현실을 리얼리스트로서 거듭 그려냈다. 그리고 무엇보다도 신남성의 우유부단하고 이중적인 태도야말로 신여성을 불행에 빠뜨린 중요한 원인으로 지목

했다.

김명순은 「돌아다볼 때」와 「외로운 사람들」에서 근대 조선 가정의 불행한 결혼의 비극을 반복해서 보여주었음에도 그 대안으로 이혼을 선뜻 제시하지는 않았다. 왜냐하면 당대에 불행한 결혼으로 인해 고통받는 남녀가 많았지만 이광수처럼 구여성과 이혼하고 신여성 허영숙과 정식으로 재혼한 경우는 드물었던 현실을 반영한 것이다. 즉 대부분의 신남성들이 구여성과 이혼도 하지 않은 채 신여성을 제2부인(첩)으로 들여 사는 이중생활을 하였던 것이 당대의 현실이었기 때문이다.

하지만 「나는 사랑한다」에서는 불행한 결혼의 대안으로 여성이 이혼을 요구하는 변화를 보여준다. 우유부단한 채 현실과 타협하고 마는 남성들의 변화를 기대할 수 없는 현실 속에서 여성이 적극적으로 변화하지 않는 한 불행한 결혼의 비극은 극복될 수 없다고 판단했던 것 같다.

2.4. 자유이혼이라는 대안-「나는 사랑한다」

「나는 사랑한다」(1926)에서 김명순은 기혼의 신남성과 미혼의 신여성의 사랑이 아니라 신여성인 유부녀와 상처한 독신남성 사이의 사랑을 다루었다는 점에서 기존의 작품들과는 차별성을 드러낸다. 이 작품에는 근대교육을 받지 못한 구여성은 등장하지 않는다. 결혼의 불행은 근대교육의 유무나 신·구 여성 사이의 갈등에서 야기되는 문제만이 아니라는 김명순의 작가의식이 작용한 결과일 것이다. 이 작품에서 아내 '영옥'과 남편 '서병호'는 모두 근대교육을 받은 사람들이

다. 그들은 누구의 강요에 의해서 결혼한 사이도 아니다. 그러면 무엇
이 문제인가. 다만 이 둘은 순수한 사랑이 결락된 채 돈이 매개가 되어
결혼을 했기 때문에 불행이 야기된 것으로 설정되었다.

> 두 사람 사이에 사랑이 부재하는 이유는 애당초 두 사람의 결혼이 연
> 애를 기초로 하여 성립되지 않았기 때문이다. 즉 교사였던 영옥이 구체
> 적인 사건이 무엇인지는 명확히 제시되지 않았지만 학교장의 더러운
> 음모를 입게 되는 곤경에 빠지게 되자 서 씨가 이를 금전적으로 해결해
> 줌으로써 8개월 전에 결혼하게 된 것이다. 즉 두 사람의 결혼에는 사랑
> 의 순수성이 전제되지 않았고 대신 돈이 매개로 작용하였다. 그리고 이
> 사실은 영옥에게 정신적으로 큰 부담이 되어 왔으며, 결혼과정에서 돈
> 이 들어간 사실을 늘 아까워하는 남편에 대해 영옥은 "더러운 것을 보
> 는 듯이 눈살을 찡그리"는 강한 혐오감을 나타낸다.[41]

즉 자유결혼의 전제조건인 연애감정이 결락된 채 결혼한 두 사람은
결혼한 지 8개월밖에 지나지 않았음에도 감정의 소통과 대화가 부재
하는, 다시 말해 사랑 없는 결혼생활을 해 왔던 것이다. 그 결과 둘의
결혼생활은 "평생 재미없이 사는" 것으로 행랑아범에 의해 관찰된다.
그리고 영옥의 얼굴에는 "지난날 백모란 같았던 화려한 얼굴이 초조
한 심사를 간신히 낯빛에만 올리지 않은 그는 불쌍한 정을 자아내도
록 여위고 수척한"[42] 그림자가 드리우게 된다. 이 작품에서 부부간의
갈등은 사랑의 순수성이 전제되지 않은 결혼 때문에 야기되며, 더욱

---

41) 송명희, 앞의 논문, 327면.
42) 송명희 편역, 앞의 책, 320면.

이 이로 인해 아내가 이혼을 요구한 데서 본격화된다.

주인공 영옥은 신교육을 받은 교사 경력을 가진 신여성이다. 그녀는 7년 전 스치듯이 만난 최종일에게 사랑의 감정을 느끼지만 재산가 서병호와 결혼하게 된다. 그런데 유학을 마치고 귀국한 최종일을 재회한 순간 그녀는 사랑의 감정에 사로잡혀 남편 서병호에게 이혼을 요구한다. 영옥이 고학생 시절에 우연히 만나 월사금의 도움을 받은 이후 늘 잊지 못하고 마음속으로 흠모해온 최종일을 재회하자마자 사랑의 감정에 빠져들게 된 것은 남편과의 사이에 사랑의 감정이 부재하기 때문이다.

이 작품에서 작가는 작중 영옥의 친구인 순희의 입을 통해서 "애정 없는 부부생활은 매음이 아니냐."라는 논리를 편다. 그리고 이에 따라 영옥은 남편 서병호에게 이혼을 요구한다. 즉 영옥은 순수한 사랑이 부재하는 불행한 결혼의 고통을 이혼이라는 대안을 통해 극복하고자 한다.

작품에서 이혼이라는 대안 제시가 가능했던 것은 김명순이 당시 유행하던 엘렌 케이의 연애론의 영향을 받았기 때문이다. 엘렌 케이의 연애론은 영육일치의 연애관, 연애와 결혼의 일치론, 자유이혼론, 우생학적 연애관으로 집약된다. 여기서 영육일치의 연애란 독립적 인격을 갖춘 자유로운 남녀의 정신적·육체적 결합을 의미한다.[43] 그리고 이러한 연애의 이상은 당연히 연애한 상대와 결혼한다는 자유결혼의 이상과 결부되어 있다. 따라서 어떠한 결혼을 막론하고 거기에 연애가 있으면 도덕적이며, 어떠한 법률적 절차를 거쳤을지라도 거기에

---

43) 유연실, 앞의 논문, 149면.

연애가 없으면 부도덕하다고 그녀는 주장하였다. 즉 사랑만이 결혼의 도덕성을 평가하는 유일한 기준으로서 결혼의 도덕적 근거인 사랑이 사라졌을 때는 도덕적으로든 법률적으로든 이혼의 권리를 승인해 주어야 한다는 것이 자유이혼론의 핵심이다.[44]

이 작품에서 아내 영옥과 남편 서병호는 자유의사에 의해 결혼한 사이이며, 일본여성들처럼 남편 성을 따라 '박영옥'이 '서영옥'이 되었음에도 두 사람 사이에는 사랑이 부재한다. 그 이유는 처음부터 둘 사이에 연애감정, 즉 자발적으로 넘쳐흐르는 사랑의 감정이 부재했기 때문이다. 더욱이 두 사람의 결혼에는 돈이 매개가 됨으로써 사랑의 순수성이 훼손된 것으로 작가는 설정하고 있다. 즉 자유연애가 전제된 이상적인 자유결혼과는 거리가 먼 결혼을 하였기 때문이다. 이와 같은 연애감정과 사랑이 부재하는 결혼은 엘렌 케이의 연애론에 의하면 법률적으로는 합법적일지라도 부도덕하다. 즉 연애감정을 느끼는 상대와 결혼하는 것이 자유결혼의 이상인바, 연애가 없는 결혼은 부도덕한 것으로 간주된다. 그리고 결혼의 도덕적 근거인 사랑이 부재하는 결혼은 이혼을 승인해야 한다는 엘렌 케이의 논리로 작가는 주인공 영옥의 이혼 요구를 정당화한다.

이 작품에는 앞의 두 작품처럼 무식한 구여성과 감정적으로 소통되는 신여성 사이에서 갈등을 겪는 신남성의 존재는 없다. 불행한 결혼에 고통을 받는 것은 신여성인 아내로 볼 수 있지만 관점 여하에 따라서는 아내가 결혼 전에 연애감정을 느끼던 남자와 결합하기 위해 이혼을 요구하자 남편이 당혹감을 느끼며 더욱 고통받는 것으로 파악할

---

44) 유연실, 위의 논문, 150-151면.

수도 있다.

이 작품은 앞의 두 작품과 달리 남녀 주인공 모두 자신이 연애감정을 느끼는 상대방과 사랑을 성취하려는 데에 매우 적극적이다. 특히 여주인공 영옥이 적극성을 발휘할 수 있었던 것은 최종일이 상처한 독신남이라는 점과 이혼으로 피해를 볼 구여성이 존재하지 않는다는 데서도 가능했다고 본다.

끝내 변심한 아내를 설득하지 못한 남편 서병호는 그들이 세 들어 살아온 산정에 불을 지름으로써 이혼을 요구한 아내와 아내가 사랑하는 남자를 응징한다. 따라서 이혼이라는 대안이 제시되었음에도 영옥과 최종일의 새로운 결합은 현실적으로 구현되지 않은 채 불더미 속에서 "나는 사랑한다."라는 두 사람의 절규를 듣는 열린 결말로 끝이 난다. 이 작품에서 불행한 결혼은 이혼이라는 대안을 통해서 해결해야 한다고 작가는 주장하고 있으나 근대의 현실에서 그와 같은 대안이 현실적으로 실현되기 어렵다는 것을 방화라는 결말을 통해서 동시에 제시했다고 생각한다.

김명순은 이 작품에서 남녀 사이의 진실한 사랑은 지적 정신적 소통과 더불어서 그 어떤 것도 개입되지 않은 순수한 사랑이 전제되어야 한다고 주장했다. 그리고 순수한 사랑이 부재할 때에는 자유이혼을 통해 불행한 결혼을 극복해야 한다는 논리를 폈다. 그리고 여성이 먼저 이혼을 요구하는 적극적인 신여성상을 제시하고 있다. 하지만 그 여성을 방화로써 응징하는 결말을 통해서 가부장제 사회는 자유이혼을 요구하는 신여성에 대해 여전히 가혹했던 당대 현실을 드러냈다.

3. 결론

이 글은 김명순이 '외로운 사람들' 모티프를 주제로서 형상화한 세 편의 소설을 분석하여 근대 남녀가 겪었던 자유연애의 이상과 결혼제도 사이의 갈등에 대한 작가의 태도를 고찰해보았다.

정신적으로 소통하고 대화가 가능한 이성과의 사랑이 구식 결혼제도(조혼)에 의해 차단된 근대는 「돌아다볼 때」나 「외로운 사람들」처럼 기혼남성과 그의 아내인 구여성, 그리고 기혼남성에게 연애감정을 느끼는 신여성 모두를 불행에 빠뜨린다. 작가는 「돌아다볼 때」에서는 미혼의 신여성을 내적 초점화하여, 「외로운 사람들」에서는 기혼의 신남성을 내적 초점화하여 불행한 결혼의 문제가 미혼의 신여성이나 기혼의 신남성 모두에게 어떤 내적 고통을 안겨주는가를 핍진하게 그려냈다. 그리고 「나는 사랑한다」에서는 유부녀가 된 신여성의 결단, 즉 자유이혼을 통해 불행한 결혼을 극복하고자 하는 대안을 제시했다. 하지만 이 대안은 남편의 방화라는 응징에 의해서 현실적으로 실현되지 못한다. 김명순은 엘렌 케이의 연애론의 영향으로 「돌이다볼 때」나 「외로운 사람들」과 달리 「나는 사랑한다」에서 자유이혼이라는 대안을 제시했다. 작가는 우유부단한 신남성들에 의해서는 불행한 결혼의 비극은 결코 극복될 수 없다고 판단하여 여성의 적극적 변화로 나아갔던 것 같다. 하지만 가부장제 사회는 자유이혼을 요구하는 신여성을 결코 용납하지 않는 현실을 방화라는 결말을 통해 보여주었다.

김명순이 이처럼 여러 작품들에서 '외로운 사람들' 모티프를 반복적으로 소설화한 것은 그것이 개인을 넘어서는 사회적 문제라는 인식을 드러낸 것이다. 근대라는 시기에 신여성은 억압적인 결혼제도하에서 다양한 방법으로 진실한 사랑을 구현하기 위해 몸부림치지만 결국은 가부장제 사회의 폭력을 뚫고 나아가지 못했다. 영적 사랑으로의 도피든, 자살과 다름없는 죽음이든, 타오르는 화염 속에서 '나는 사랑한다'를 외치든 결국 폭력적 세계의 억압에 굴복할 수밖에 없었던 신여성의 타자화된 모습에 다름 아니다.

근대는 신여성이 한 명의 인격적 주체로서 자유롭게 사랑을 성취할 수 없었던 폭력적인 시대라는 것을 김명순의 '외로운 사람들' 모티프 소설들은 반복해서 보여주었다. 김명순은 나혜석이나 김일엽처럼 신여성의 일방적 관점에 서서 신여성의 주체성 실현을 강력히 주창하기보다는 여성에게 가해져 오는 세계의 폭력과 억압을 핍진하게 그리는 데서 그 탁월성을 발휘하였다.

그리고 김명순은 신여성뿐만 아니라 신남성과 구여성도 정도의 차이는 있으나 근대라는 격변기의 피해자의 위치에 있었다는 사실도 함께 보여주었다고 생각한다. 그것은 김명순의 자기반영적 지성과 함께 그녀 자신이 가부장제 사회의 피해자로서 가장 민감하게 시대의 폭력을 온몸으로 감당할 수밖에 없었던 개인적 체험이 바탕이 되었을 것이다.

(『비평문학』59호, 한국비평문학회, 2016)

제3부

젠더지리학과 젠더 이미지

김명순 소설의 '집'과 젠더지리학
-「돌아다볼 때」·「나는 사랑한다」를 중심으로

1. 여성의 공간체험과 젠더지리학

버나드(Jessie Bernard)는 여성과 남성은 세상을 다르게 경험할 뿐만 아니라 여성이 경험하는 세상은 남성이 경험하는 세상과 놀랄 만큼 다르다고 했다.[1] 이때 '세상'을 '공간'으로 바꾸어보면 '여성과 남성은 공간을 다르게 경험할 뿐만 아니라 여성이 경험하는 공간은 남성이 경험하는 공간과 놀랄 만큼 다르다'라는 명제가 성립한다. 이때 공간은 고정적인 특성을 가진 객관적이고 물질적인 표면이 아니라 누가 경험하느냐에 따라 달라지는 주관적이고 심리적인 것이다. 남녀의 젠더에 따라 공간경험이 달라지는 것에 주목한 학문이 젠더지리학(gender geography)이다.

---

1) Jessie Bernard(1981), *The Female World*, New York : The Free Press : 신혜경, 「공간문화와 여성」, 『한국여성학』12-2, 한국여성학회, 1996, 231면에서 재인용.

인본주의 지리학(humanistic geography)은 공간 안에서 살아가는 인간의 주관적 경험에 따라 능동적으로 사회적 정체성을 구성하고 재생산하며, 사회적 정체성과 관계 또한 물질적 상징적 은유적 공간을 생산한다고 보았다. 에드워드 렐프(Edward Relph)는 장소를 인간 공동체로서 뿌리를 내리고, 그곳을 중심으로 세계를 바라보고 세계와 관계를 맺는 인간 실존의 근원적 중심으로 파악했다. 특히 집을 인간 실존의 근원적 중심이라고 보았다. 집은 어쩌다 우연히 살게 된 가옥이 아니라 개인으로서 그리고 한 공동체의 구성원으로서의 정체성의 토대, 즉 존재의 거주 장소로서 교환 불가능한, 그 무엇으로도 대체될 수 없는 의미의 중심이다.[2] 장소는 추상적 개념이 아니라 인간이 세계를 직접적으로 경험하는 의미 깊은 중심이자 생활세계가 직접 경험되는 현상이다. 그래서 장소는 의미, 실재, 사물, 계속적인 활동으로 가득 차 있다. 이것은 개인과 공동체 정체성의 중요한 원천이며, 때로는 사람들이 정서적 · 심리적으로 깊은 유대를 느끼는 인간 실존의 심오한 중심이 된다. 사실 장소와 인간의 관계는 사람들과의 관계와 마찬가지로 필수적이고, 다양하며, 때로는 불쾌하기조차 한 것이다.[3]

현상학적 공간이론가인 바슐라르(Gaston Bachelard)는 공간을 '안과 밖'으로 대칭적으로 분류하는 체계를 세우고, 문을 매개공간으로 하여 '안'을 친밀하고 보호되는 내밀의 공간으로, '밖'을 모험, 위험, 무방비의 적대적 공간으로 이분법적으로 구분했다. 그의 '공간의 시학'은 '밖'의 자유나 모험이 아니라 '안'의 내밀함과 모성성, 그리고 안정

---

2) 에드워드 렐프, 김덕현 외 역, 『장소와 장소상실』, 논형, 2005, 96-100면.
3) 에드워드 렐프, 위의 책, 287-288면.

의 무한에 바쳐지고 있다. 그에게 집은 위험한 세계로부터 인간을 지
켜주고 평화롭게 해주며, 도피할 수 있는 피난처로서, 보호받는 내밀
함의 이미지와 연결되어 있다.[4]

젠더지리학은 인본주의 지리학의 주관적 장소경험에다 젠더 개념
을 도입한다. 즉 여성과 남성이라는 젠더가 장소를 어떻게 다르게 경
험하고, 장소 경험의 차이가 어떻게 장소의 사회적 구성뿐 아니라 젠
더의 사회적 구성의 일부가 되는가를 탐구한다. 젠더지리학은 페미
니즘의 통찰력을 도입했다는 의미에서 페미니스트 지리학(feminist
geography)으로도 불린다.

젠더지리학의 궁극적인 목표는 젠더 구분과 공간 구분 간의 관계를
탐구하고 드러내며, 여기에 도전하는 것이다. 젠더와 공간 간의 상호
적인 구성을 밝히고 이러한 구성을 당연하게 생각하는 현상에 문제를
제기하며, 궁극적으로 공간의 이분법을 해체하는 것이 젠더지리학의
목표이다.[5] 즉 가부장제 사회가 그동안 통념화해 온 여성/남성, 가정/
일터, 재생산노동/생산노동, 몸/정신과 같은 모더니즘의 이분법을 젠
더지리학은 해체하고자 한다. 여성-가정-사적 영역-재생산-몸으로
이데올로기화된 장소성을 해체하는 것이야말로 젠더지리학의 핵심적
인 과제이다.

젠더지리학은 집(가정)이 가장 강력하게 젠더화된 장소라는 문제
의식에서 출발한다. 페미니스트 지리학자 질리언 로즈(Gillian Rose)
는 집을 이상화한 에드워드 렐프의 인본주의 지리학의 남성중심성을

---

4) 곽광수, 「바슐라르와 상징론사」, 바슐라르, 곽광수 역, 『공간의 시학』, 민음사, 1990,
    15면.
5) 린다 멕도웰, 김현미 외 역, 『젠더, 정체성, 장소』, 한울, 2010, 38-39면.

비판하며 가부장적 폭력에 시달리고 있는 여성에게 집은 감옥일 수 있다고 주장했다.[6] 질 발렌타인(Gill Valentine) 역시 페미니스트들은 여성이 가정 내에서 가사노동, 폭력, 억압을 겪는다고 지적해 왔다면서 집을 이상화(idealization)하는 것에 반대한다고 했다.[7]

젠더지리학의 관점에서 파악할 때에 집을 행복하고 보호되며 안정된 내밀한 공간으로 규정한 바슐라르의 현상학적 공간이론은 사회적 이데올로기와 전혀 무관하지 않을 뿐만 아니라 지극히 남성중심적인 이론이다.[8] 보호받는 '안'과 위험한 '밖'이라는 이분법적 도식과 내부/외부와 같은 공간적 은유는 사적 공간과 공적 공간과 같은 이분법을, 그리고 내부-여성, 외부-남성의 젠더공간을 구성해 왔다. 즉 가정과 같은 장소는 사적인 여성의 공간으로, 노동, 도시, 정치와 같은 장소는 공적인 남성의 공간과 같은 이분법이 통용되어 왔던 것이다.

격변의 근대를 살았던 신여성에게 내/외의 전통적인 공간의 이분법은 결코 고정적이고 절대적인 범주가 아니다. 그녀들에게 내부는 결코 보호받는 안정된 공간이 아니며, 외부 역시 위험으로 가득 차 있는 공간만도 아니다. 근대의 신여성들은 내/외의 공간 이분법에 도전하면서 내부에서 외부로 끊임없이 공간을 확장하고자 노력했다. 린다 맥도웰(Linda McDowell)은 "주택과 가정은 가장 강력하게 젠더화된 공간적 장소들 중 하나지만 중요한 것은 이러한 결합을 당연하게 여겨서도 안 되고 영구적이고 변치 않는 것으로 보아서도 안 된다."[9]라

---

6) 질리언 로즈, 정현주 역, 『페미니즘과 지리학』, 한울, 2014.
7) 질 발렌타인, 박경환 역, 『사회지리학』, 논형, 2009, 89면.
8) 송명희, 「여성과 공간-현상학적 공간이론과 젠더정치학」, 『배달말』43, 배달말학회, 2008, 25-26면.
9) 린다 맥도웰, 앞의 책, 168면.

고 했다. 젠더지리학의 통찰력이 보여주듯 장소에 관한 젠더 구분은
고정불변의 것이 아니라 시대와 사회에 따라 변화한다. 페미니즘 문
학은 내적 존재로 간주되는 여성이 내적 공간인 집에서 행복을 느끼
지 못하고 외적 공간으로 탈주함으로써 자유를 찾아가는 전형적인 모
티프를 갖고 있다.

본고는 젠더지리학의 관점에서 김명순의 소설 「돌아다볼 때」와 「나
는 사랑한다」를 분석하고자 한다.[10]

2. 집안에서 집밖을 동경하다-「돌아다볼 때」

「돌아다볼 때」는 『조선일보』(1924.3.29-4.19)에 처음 연재하였지
만 작품집 『생명의 과실』(한성도서주식회사, 1925)을 발간하면서 개
작한 작품이다. 『조선일보』에 발표한 원작은 구여성 윤은순이 남편 송
효순과 신여성 류소련의 사이를 질투하여 유부남인 최병서와 소련을
결혼시키도록 고모 류애덕을 속인 것으로 설정하였다. 뒤늦게 이 음
모를 알게 된 고모가 찾아와 사과하지만 소련은 자신의 나쁜 피를 저
주하며 자살한다.

하지만 개작에서는 류소련이 자살하는 결말 대신 송효순과의 미래
를 꿈꾸며 그들만의 세상이 올 날을 힘써서 기다리겠다고 새삼 다짐
하는 것으로 결말을 맺었다. 즉 효순이 유학을 떠나며 한 말처럼 그들
의 육체는 떨어져 있으나 영적 사랑을 확신하며, 언젠가 영육이 결합

---

10) 하지만 장소와 관련해서는 인본주의 지리학에서 사용하는 용어들을 사용하겠다.

될 날을 기다리겠다는 것이다. 그리고 개작은 류소련이 자살하는 원작의 결말을 수정함으로써 신여성을 극단적인 피해자로 몰고 가지도 않았으며, 신여성과 구여성의 극단적인 대립관계를 지양했고, 최병서를 유부남으로 설정하지도 않았다.[11]

본고는 개작에서 작가 김명순의 페미니스트로서의 주제의식이 보다 더 강렬하게 표현되었다고 보고 개작인 『생명의 과실』본을 텍스트로 하여 논의를 진행하겠다.

작품의 발단은 소련이 여름밤에 "음침히 조용한 최병서의 집"에서 잠들지 못하고 연못가를 배회하는 것으로 시작된다.

> 여름밤이다. 둥글어가는 열이틀의 달빛이 이슬 내리는 대기 속에서 은실같이 서리어서 연못가를 거니는 설움 많은 가슴속에 허덕여든다.
>
> 이슬을 머금은 풀밭에서 반딧불이 드나들어 달빛을 받은 이슬방울과 어리어서는 공중에 진주인지 풀밭에 불꽃인지 반짝반짝한다.
>
> 소련은 거닐던 발걸음을 멈추고 연못가에 조는 듯이 앉았다. 바람이 언덕으로부터 불어 내려서 연잎들이 소련을 향하여 굽실굽실 절을 하듯이 흐느적거렸다. 무엇인지 듣지도 못하는 남방(南邦)의 창자를 끊는 듯한 설움이 눈앞에 아련아련하다.
>
> 마치 그의 생각이 눈앞에 이름 지을 수 없는 일들을 과거인지 미래인지 분간치 못하게 함과 같다.
>
> 음침히 조용한 최병서 집 서편 울타리 밖에서는 아이들이 하늘을 쳐다보면서(후략)[12]

---

11) 송명희, 「김명순의 소설과 '외로운 사람들' 모티프 연구」, 『비평문학』59, 한국비평문학회, 2016, 98면.
12) 송명희 편역, 『김명순 소설집-외로운 사람들』, 한국문화사, 2011, 63-64면.

열이틀의 아름다운 달빛이 내리는 여름밤에 연못가를 배회하고 있는 주인공 소련은 "설움 많은 가슴속에 허덕여든다"나 "창자를 끊는 듯한 설움이 눈앞에 아련아련하다"와 같이 가슴을 짓누르고 창자를 끊는 듯한 설움의 감정에 깊게 지배되어 있다. 그녀가 살고 있는 집은 집안에 연못까지 갖추어진 부유함과 "이슬을 머금은 풀밭에서 반딧불이 드나들어 달빛을 받은 이슬방울과 어리어서는 공중에 진주인지 풀밭에 불꽃인지 반짝반짝한다."에서 보듯이 아름다운 밤풍경을 연출한다. 이처럼 그녀가 살고 있는 집의 객관적 외부성[13]은 부유하고 아름답지만 실존적 내부성[14]은 "음침히 조용한" 상태로서 늦은 시간임에도 남편 최병서는 귀가하지 않고 있다. 즉 소련에 대한 "믿음을 가지지 못한 병서는 소련을 공경은 할 수 있지만 사랑은 할 수 없노라고 하면서 마음 내키는 대로 계집을 상관하고 집을 비웠다"에서 드러나듯이 밤늦도록 외도를 즐기면서 집에 돌아오지 않고 있다. 거기에다 소련은 가끔씩 아들의 사랑을 며느리에게 빼앗겼다고 생각하는 시모의 들볶임을 당해야 하는 상황이다. 즉 그녀가 살고 있는 집은 부부간에 평등, 사랑, 신뢰가 부재하는 대신 가부장제 이데올로기가 지배하고 있다. 따라서 소련은 밤늦도록 잠들지 못하고 설움에 겨워 연못가를

13) 렐프는 장소의 정체성 구성요소로 내부성/외부성을 구분했으며, 외부성을 실존적 외부성/객관적 외부성/부수적 외부성으로, 내부성을 대리적 내부성/행동적 내부성/감정이입적 내부성/실존적 내부성으로 나누었다. 객관적 외부성은 장소를 그 위치, 혹은 물체와 인간활동이 위치하는 공간이라는 의미에서 감성적으로 분리된 논리, 이성, 효율성의 원리에 따라 규정하는 태도를 의미한다. ; 에드워드 렐프, 앞의 책, 120-121면.
14) 실존적 내부성은 장소를 경험하는 사람이 느끼는 장소에 자신이 받아들여질 때 나타나며, 자신과 동일시할 수 없는 장소가 없는 사람은 뿌리가 없는 사실상의 무거주자이다. ; 에드워드 렐프, 위의 책, 127-128면.

배회하고 있는 것이다. 집의 '아름다움과 부유함'으로 표현된 객관적 외부성과 대조되는 실존적 내부성은 '음침히 조용함'이다. 이러한 상반됨은 그녀가 자신이 속한 집에서 진정한 유대와 사랑을 느끼지 못하는 소외된 상황을 보여준다. 즉 소련은 최병서의 집에서 자신과 동일시할 수 있는 장소가 없는 뿌리 뽑힌 상태로서 사실상의 무거주자이다.[15] 이러한 사실은 그녀가 담장 밖에서 들려오는 송효순의 음성을 듣고 담장 밑에까지 버선발로 달려 나가 보지만 빗장을 지르고 자물쇠가 걸려 있어 문을 열지 못하는 상태가 상징적으로 보여준다. 자신의 집에서 담장문을 열지 못한다는 것은 그 자체로서 진정한 집의 주인이 되지 못하는 부자유한 상태와 소외를 단적으로 드러낸다.

한마디로 소련이 살고 있는 집은 부자유할 뿐만 아니라 사랑과 행복이 부재하는 장소상실의 공간이다. 그것은 그녀가 연애가 부재하는 결혼을 최병서와 했기 때문이다. 그 결과 남편은 외도를 하며 밖으로 나돌고, 그녀는 "참고 일하고 공부하고 모든 것을 사랑하고, 사람들의 성격을 부드럽게 하며 살아왔다."처럼 오직 인내로써 하루하루를 견디고 있다. 인내야말로 가부장제하에서 여성들의 미덕으로 받아들여야 할 생존의 덕목이었다. 소련은 근대교육을 받은 신여성임에도 그녀의 행동은 신여성의 주체성과 자유가 아니라 구여성과 다를 바 없는 비주체적이고 순종적인 인내를 덕목으로 여기며 불행한 현실을 견디고 있는 상황이다.

집은 바슐라르에 의하면 위험하고 무자비한 세계에서 분리된 안전한 보호처이고, 렐프에 의하면 인간실존의 근원적 중심이자 인간 존

---

15) 에드워드 렐프, 위의 책, 128면.

재의 토대이며, 모든 인간활동에 대한 맥락뿐만 아니라 개인과 집단에 대한 안전과 정체성을 제공하는 장소이다.[16] 하지만 소련에게 집은 결코 안전한 보호처나 사랑이 깃든 장소도 아니며, 주체적 존재로서의 정체성을 제공해주지도 못한다. 집은 그녀에게 인간적 정체성과 실존을 부정당하는 고독하고 음침하고 적막한 장소이자 부자유한 장소로서 경험될 뿐이다. 그리고 가부장적 폭력과 학대를 인내해야 하는 장소이다[17].

소련은 송효순의 처인 은순의 질투와 고모인 류애덕 여사의 의심을 받게 된 나머지 쫓기듯이 최병서와 결혼하여 사랑과 신뢰가 부재하는 공허한 결혼생활을 하고 있다. 더욱이 남편과 시모로부터 물리적 폭력은 아니지만 심리적 감정적 폭력과 학대를 받고 있다. 게다가 빗장이 채워진 벽돌담이 상징하듯이 밖으로 자유롭게 나갈 수도 없는 부자유한 상태에 놓여 있다. 즉 그녀는 독립된 주체로서의 정체성을 부정당하는 부자유한 집에서 진정한 장소경험을 하지 못한 채 장소상실에 빠져 있다. 장소감이란 인간과 장소의 관계 속에서 인간이 장소를 어떻게 지각하고 경험하고 의미화하는가를 말하는 것으로서 개인의 개별적 경험이 중시된다.[18] 장소감은 진정한 장소감과 비진정한 장소감으로 나뉘는데, 진정한 장소감은 무엇보다도 주체가 내부에 있다는 느낌이며, 개인으로서 그리고 공동체의 일원으로서 주체가 장소에 속해 있다는 느낌, 즉 소속감을 의미한다.[19] 반면 비진정한 장소감인 장

16) 에드워드 렐프, 위의 책, 98-100면.
17) 린다 맥도웰, 앞의 책, 159면.
18) 심승희, 「역자해제-장소의 진정성과 현대경관」, 에드워드 렐프, 앞의 책, 309면.
19) 에드워드 렐프, 위의 책, 150면.

소상실은 근본적으로 인간이 정서적 심리적으로 깊은 유대를 느끼지 못하고 소외되어 있는 상태를 의미한다. 극단적으로는 집이라는 거주 장소로부터의 소외가 만연해져 회복 불가능하게 된 단계를 의미한다.[20]

현재 소련은 자신이 살고 있는 집에서 진정한 장소감을 느끼지 못한 채 소외되어 있다. 즉 비진정한 장소감인 장소상실에 빠져 있다. 소련은 그녀가 살고 있는 집이라는 장소로부터 소외되었을 뿐만 아니라 그녀의 진정한 인격적 가치는 하찮은 것으로 취급되며 평가 절하된다.[21] 따라서 그녀는 집을 음침하고 적막한 장소로 느끼는가 하면 부자유하고 설움에 겨운 감정상태에 빠져 있다. 그녀로 하여금 진정한 장소감을 느끼지 못하게 하는 근원적 이유는 연애감정이 결락된 결혼, 사랑의 부재, 가부장제 이데올로기 등이라고 할 수 있다.

하지만 그녀를 짓누르는 설움이란 감정의 근원은 과거에 잠시나마 감정이 소통되었던 송효순과의 행복했던 순간을 상실한 데서 오는 슬픔, 그와 결합되지 못하고 분리되어 있는 데서 발생한다. 울타리 밖에서 들려오는 아이들의 노랫소리를 들으며 소련은 "그러나 아무도 우리를 못 만나게 할 사람은 없는 것이 아니냐, 같은 회당에 모일 몸이"라고 생각하며 내일 효순이 강연하는 회당에 나가 다시 그를 만날까 말까 갈등한다. 즉 그녀는 지금 밤늦도록 돌아오지 않는 남편을 기다리며 원망의 감정에 사로 잡혀 있는 것이 아니라 내일 그녀가 오랫동안 그리워해온 송효순의 강연을 들으러 회당, 즉 집밖에 나갈 것인가

---

20) 에드워드 렐프, 위의 책, 291면.
21) 에드워드 렐프, 위의 책, 184면.

말 것인가를 두고 번민하고 있다. 그러다가 담장 밖에서 들려오는 소
리를 듣고 급기야 소금 기둥이 된 듯 그 자리에 섰다. 왜냐하면 담장
밖에서 오매불망 그리워하던 송효순의 음성이 들려왔기 때문이다. 더
욱이 송효순과 그의 친구 사이에 나눈 대화의 내용은 그녀의 마음을
요동치게 만든다. 송효순도 그녀를 그리워하며 지금 그녀의 집 담장
밖을 배회하고 있기 때문이다.

> "송 군, 자- 언덕 위로라도 올라가서 잠깐이라도 보게그려, 그렇게
> 맑은 교제 사이였는데 못 만날 벌을 받을 죄가 왜 있단 말인가."
> "원! 그렇지 않더라도 생각해 보게. 남의 잠잠한 행복을 깨뜨릴 의리
> 가 어디 있겠나."
> "그럴 것이면 그 연연한 생각조차 씻은 듯이 없이하든지……"[22]

그녀는 버선발로 벽돌담 밑까지 뛰어 내려가서 뒷문을 열려고 하지
만 빗장을 지르고 있는 자물쇠를 열 열쇠가 없기 때문에 그 문을 밀치
고 밖으로 나갈 수가 없다. 그녀는 집안에 구속된 존재로서 빗장이 질
러진 견고한 벽돌담장은 집안과 집밖, 즉 부자유와 자유를 경계 짓는
상징이다.

소련은 또다시 소금 기둥이 된 듯이 그 자리에 섰다. 이 순간이 지나
자 그의 마음속은 급히 부르짖는다.
'오-송 씨의 음성이다. 그이가 아니면 어디서 그런 음성을 가진 사
람이 있으랴, 그렇다 그렇다' 하고 그는 버선발로 벽돌담 밑까지 뛰어

---

22) 송명회 편역, 앞의 책, 65면.

내려가서 뒷문을 열려고 하나, 빗장을 튼튼히 찌르고 자물쇠를 건 문이 열쇠 없이는 열려질 리가 없었다. 그는 허둥지둥 연못 앞으로 가서 석등용 주춧돌 위에 발돋움을 하고 서서 담 밖을 내어다보나 달밤에 넓은 신작로가 비인 듯이 환히 보일 뿐 저편 길 끝에 사람의 그림자 같은 것이 가물가물할지라도 긴가민가하다.[23]

이처럼 소련은 "발돋움을 하고 서서 담 밖을 내어다보"며 음침하고 적막한 집안을 벗어나 그리운 대상을 만나기 위해 집밖으로 탈주하고자 하는 강렬한 욕망에 휩싸여 있다. 집안에서 진정한 장소감을 느낄 수 없는 그녀로서는 지극히 당연한 탈주 욕망이다.

작품의 제2장에서 제8장에 이르기까지의 긴 회상의 시간, 즉 송효순을 만나 행복했지만 이별할 수밖에 없었던 과정을 돌아다보는 것을 통해 소련은 자신의 최병서와의 결혼 결정이 자신의 욕망을 소외시키는 지극히 타인지향적인 것이었을 뿐만 아니라 우울증에 걸릴 만큼 부당하고 잘못된 것이었음을 성찰한다. 소련의 결혼 결정에 고모는 효순에게 상냥한 태도를 보이고, 효순의 처는 낯빛이 편안해졌다. 다만 또 다른 당사자인 효순의 마음은 낯빛에 나타났듯 거슬림과 비웃음과 날카로움으로 충만한 상태임에도 이를 억누른 채 행동만큼은 모든 것을 받아들이는 듯 온화하게 하였다.

이런 때를 당하여 소련은 얼마나 난처하였으랴. 그 마음속에는 아직 송효순의 인상이 나날이 깊어가면 깊어갔지 조금도 덜어지지는 않는데 다른 사람과 결혼하지 않으면 안 될 경우! 그것을 누구에게 호소해야

---

23) 송명희 편역, 위의 책, 65-66면.

할지? 그는 심한 우울증에 걸렸다.[24]

소련은 그 고모와 적모의 위협에 급히도, 최병서와의 혼례를 허락하였다.
애덕 여사는 다시 효순에게 상냥한 태도를 보였다. 소련은 다시 나날이 수척하여졌다. 은순의 낯빛은 편안하여졌다. 그러나 효순의 낯빛은 거슬림과 비웃음과 날카로움으로 충만되어 있으면서도 제일 온화한 행동을 낙종하는 듯했다.[25]

작품의 제목인 '돌아다볼 때'는 바로 행복했던 지난날에 대한 회상의 시간을 의미한다. 그녀가 행복했던 순간은 송효순을 만나게 되어 정신적으로 소통하던 지난날로서 오로지 그 회상의 시간을 통하여서만 그녀는 현재의 불행을 견딜 수 있으며 간절하게 다시 행복해질 수 있는 때를 기다리는 에너지를 얻을 수 있다. 더욱이 효순은 독일의 회곡작가 하우푸트만의 『외로운 사람들』의 주인공 요한네스와 같은 파멸 대신 모호한 미래를 약속하며 일본으로 떠났던 것이다.

이 작품에는 두 개의 집이 등장한다. 하나는 남편 최병서의 집이며, 다른 하나는 결혼 전 소련이 기거하던 고모 류애덕의 집이다. 소련은 부친 류경환의 첩 소생으로, 어머니가 11세에 세상을 뜨고, 부친마저 1년 후에 세상을 떠나자 아버지의 손위 누나인 고모 류애덕의 보호 아래 성장하게 되었다.

---

24) 송명희 편역, 위의 책, 81면.
25) 송명희 편역, 위의 책, 95면.

그때부터 소련은 그 고모의 보호 아래, 잔뼈가 굵어진 듯이 몸과 마음이 나날이 자라는 갔으나, 그의 마음속 맨 밑에 빗 박힌 얼음장을 녹여버릴 기회는 쉽게 다시 오지 않았다. 류애덕이 소련을 기름은 소련의 얼굴에 쓸쓸한 그림자를 남기도록 흠점이 있었다. 비록 의복과 학비를 군색하게 하지 않을지라도 병이 났을 때, 약을 늦추 써줌이 아닐지라도 어딘지 모르게 데면데면하고 쓸쓸스러웠다. 그 데면데면하고 쓸쓸스러움은 소련이가 공부를 마치게 되었을 때 좀 감해가는 듯했으나, 어떠한 노여운 말끝에든지 혹은 혼인 말끝에든지 반드시

"너의 어머니를 닮아서 그렇지, 그러기에 혈통이 있는 것이야."
하고 불쾌한 말을 들리었다.

이러한 말을 듣고도 소련은 그 고모의 역설인 줄만 믿고, 자기의 혈통을 생각지 않았으나 온정을 못 받은 그는 반드시 쾌활한 인물이 되지 못하고, 그 성격에 어두운 그늘을 많이 박히게 되어서 공연한 눈물까지 흔하였다.

그러한 소련이가 인천서 송효순을 만났을 땐 무엇인지 온몸이 녹을 듯한 따뜻함을 알았다. 하나 그것은 꿈에 다시 꿈을 본 것같이 언젠가는 힘을 다해서 잊어버려 버리지 않으면 안 될 환영(幻影)일 것 같았다.[26]

소련은 인용문에서 보듯이 따뜻한 온정 속에서 자라지 못했을 뿐만 아니라 고모의 혈통 운운하는 혐오 발언을 듣고 마음의 불쾌함과 쓸쓸함을 지울 수 없는 성격으로 성장하였다. 고모의 따뜻하지 못한 성격과 소련의 어머니가 첩이라는 사실을 염두에 둔 혈통에 관한 혐오

---

26) 송명희 편역, 위의 책, 75면.

발언에 상처를 입은 나머지 그녀는 쾌활한 성격이 되지 못했던 것이다. 따라서 인천측후소에서 송효순이 보여준 작은 관심에도 그를 동경하고 거의 상사병에 걸릴 지경의 감정상태에 빠지게 되었던 것이다.

　　그 후로 그는, 도저히 잊지 못할 번민을 가지게 되었다. 그는 길거리에서라도 (그이가 자기를 찾아와 본다고 하였으므로) 혹여 넓은 가슴을 가진 준수한 남자의 쾌활한 걸음걸이를 볼 것 같으면 그이나 아닌가 하게 되었었다. 그럴 동안에 그는 점점 수척해 가고 모든 일에 고달픔을 깨닫게 되었었다. 그는 단 한 번이라도, 다시 효순을 만나고 싶었다. 그의 그리워하는 효순에게 대한 동경(憧憬)은 드디어 감성(感性)으로부터 영성에까지 믿게 되어 그는 새로이 과학에 대해서도 취미를 가지게 되었었고……. 영원한 길나들이에서라도 만나지라는 소원까지 품게 되었다. 그는 밤과 낮으로 그이를 다시 만나지라고 기도했다. 잠깐 동안이었을지라도 그 아름다운 순결(純潔)을 표시한 듯한 감성(感性)이 정결한 마음속에 잊지 못할 추억의 보금자리를 치게 하였던 것이다.[27]

　　결국 결혼 전 그녀가 얹혀살던 고모의 집도 남편 최병서의 집과 마찬가지로 따뜻한 온정, 사랑과 행복을 경험하지 못하는 장소상실의 공간이었다. 소련은 효순과의 삼각관계를 염려하는 은순의 질투와 고모와 적모의 위협으로 최병서와 결혼을 서둘러 고모의 집을 떠나오고 말았던 것이다.

　　따라서 최병서의 집이든 고모 류애덕의 집이든 소련은 집에서 소속

---

27) 송명희 편역, 위의 책, 69면.

감을 느끼며 진정한 자아정체성을 가질 수 없었다. 두 개의 집은 그녀에게 친밀성을 느낄 수 없는 공간일 뿐만 아니라 적대적인 공간이고 장소상실의 공간이다. 더욱이 그 집들은 가부장제 이데올로기가 작동하고, 남편과 시모, 그리고 고모나 적모로부터 언어적 폭력과 심리적 학대를 경험하는 공간이다. 즉 그녀가 살아온 두 개의 집은 물리적인 안전을 제공하는 보호처였는지는 몰라도 심리적 안정감, 사랑, 행복을 체험할 수 있는 공간과는 거리가 멀었다. 왜냐하면 그곳에서 그녀는 가족공동체의 일원으로서 진정한 소속감을 느낄 수 없었고, 그녀와 감정적으로 소통되고 진정한 사랑을 주고받을 수 있는 대상이 부재했기 때문이다.

집안에서 진정한 행복감, 안정감, 평화, 특히 사랑을 느낄 수 없었던 그녀는 작품이 발단될 당시(제1장)에는 집밖으로 송효순의 강연을 들으러 갈지 말지를 두고 갈등하는 상태였다. 하지만 그녀는 긴 회상의 시간을 통해 오로지 그녀가 행복감을 느낄 수 있었던 순간은 송효순과의 측후소에서의 만남, 그리고 고모의 집에서 송효순과 『외로운 사람들』에 대한 대화를 나누던 순간뿐이었음을 새삼 확인하게 된다. 작품에서 회상 장면은 소련과 효순이 하우푸트만의 『외로운 사람들』을 두고 진지하게 토론하며 어느 한순간 완벽한 정서적 일치와 정신적 일체감에 도달했음을 보여주고 있다. "소련과 효순은 모-든 행동을 서로 비추어 하게 되고, 모든 의심을 서로 물으며, 모-든 것을 또 명령적으로 대답하며 모-든 행동을 서로 복종하였다."처럼 완벽하게 정신적으로 소통할 수 있었던 것이다.[28]

---

28) 송명희, 「김명순의 소설과 '외로운 사람들' 모티프 연구」, 앞의 책, 98면.

"소련은 꿈과 같이 그리운 사람과 며칠 동안을 기껍게 생활했다. 하나 모-든 것은 꿈같이 지나가버렸다"처럼 고모의 집은 효순과의 만남이 이루어지고, 일치된 감정을 공유했던 장소로서의 의미를 갖는다. 하지만 그들이 공유했던 시간은 단지 며칠에 불과했다. 즉 고모의 집은 일시적인 체류지로서, 송효순과 류소련이 함께 거주할 집은 아니었던 것이다. 따라서 효순은 "이제 우리는 서로 알았으니까 서로 의식하며 힘써서 같은 귀일점에서 만나도록 생활해나가는 것만 필요합니다"처럼 기약 없는 미래를 소련에게 약속하고 유학을 떠났고, 소련은 병서와 결혼을 하여 고모의 집을 떠나왔던 것이다.

즉 효순과 소련은 둘의 관계를 남매관계로 설정하며 하우프트만의 『외로운 사람들』에 등장하는 주인공의 자살과 같은 파멸 대신 각자의 생활을 선택하기로 했던 것이다. 그 결과 효순은 동경으로 가서 학문에 힘써 박사학위를 따고 돌아온 후 학문에만 정진하며 아내를 멀리하고, 최병서와 서둘러 결혼한 소련은 남편의 학대와 외도에도 "참고 일하고 공부하고 모든 것을 사랑하고, 사람들의 성격을 부드럽게 하며 살아왔"던 것이다.[29]

작품의 마지막 장인 제8장에 오면 그녀는 더 이상 갈등하지 않고 효순을 만나러 그가 연설하는 회당에 갈 결심을 하는 것으로 마음이 변화하고 있다. 담장 밖을 서성이는 효순의 존재를 인지한 후 소련의 변화된, 효순과의 사랑을 성취하고 싶은 간절한 욕망은 그녀의 방안에 대한 묘사에서 거듭 드러난다.

---

29) 송명희, 위의 논문, 101면.

아랫목 벽에 걸린 로댕의 「다나이드」를 찍은 그림이며, 머리말에 롱
펠로의 「삶과 노래」란 영시(英詩)를 흰 비단에 옥색으로 수놓은 족자
며, 또 이름 모를 물새가 방망이에 붙들어 매여서 그 자유인 5촌(五寸)
가량의 범위를 못 벗어나고 애쓰는 그림이 어느 것이나 자유를 안타깝
게 바라는 소련의 취미가 아니랴. 이런 것들을 뒤돌아보는 소련의 마음
이 어찌 대동강의 능라도(綾羅島)를 에두른 2류(二流)가 합쳐지지 않
기를 바라랴. 흐름은 제방을 깨트린다!

그러나 그런 때에 그 뒤로서는 유전(遺傳)이다 간음(姦淫)이다 할
것이다.[30]

로댕의 「다나이드」를 찍은 그림(사진), 롱펠로의 시 「삶과 노래」, 방
망이에 붙들려 매인 물새 그림은 하나같이 소련의 마음을 간접적으로
은유한다. 즉 로댕의 「다나이드」는 제자이자 연인이었던 까미유 끌로
델을 모델로 삼아 그리스 신화에 나오는 아버지 다나우스 왕의 명령
에 따라 첫날밤에 남편을 죽인 형벌로 지옥에서 고통 받고 있는 딸의
모습을 형상화한 조각이다. 여기서 고통받고 있는 여인의 형상에 소
련은 자신의 결혼생활의 고통을 투사하고 있다. 롱펠로의 시를 통해
서는 현재의 고통 속에서도 끊임없이 일하고 기다리기를 힘쓰겠다는
자신의 내면의 목소리를 담아내고 있다. 물새의 그림은 결혼의 부자
유한 상태를 벗어나 자유를 얻고자 하는 그녀의 절박한 마음을 나타
낸다. 그리고 능라도의 2류가 하나로 합쳐져 제방을 깨트린다는 것은
효순과의 결합을 방해하는 장애를 뛰어넘어 하나가 되고 싶은 소련의
간절한 욕망을 은유한다.

---

30) 송명희 편역, 앞의 책, 98면.

하지만 소련은 이어서 "그러나 그런 때에 그 뒤로서는 유전(遺傳)이다 간음(姦淫)이다 할 것이다."라는 데 생각이 미치자 지금 당장 어떤 결단을 내리기보다는 "힘써서 '때'를 기다리는 것"으로 자신의 욕망을 유보한다. 즉 두 사람의 결합을 방해하는 장애물을 뛰어넘어 합일하고 싶은 강력한 욕망은 이를 억제하도록 만드는 유전, 간음과 같은 주위의 비난과 질시에 대한 두려움 속에서 다시 미래로 유보된다.[31]

결말에서 소련이 꿈꾸는 세계는 효순과의 결혼에 현실적 장애가 되는 구여성 은순(효순의 처), 소련을 학대하는 가부장적 남편 병서, 나쁜 피를 들먹이며 그녀를 반강제로 병서와 결혼시킨 고모 등이 없는 세계이다. 효순과의 사랑에 아무런 방애가 없는 새로운 세계, 즉 집 밖의 장소에 대한 욕망을 작가는 개작의 결말 수정을 통해서 나타냈다. 수정된 결말에는 그녀의 사랑을 방해해온 자들의 악의적 의도에 결코 굴복하지 않고 사랑의 성취를 위해 인내하겠다는 작가의식이 강하게 작용하였다고 할 수 있다.

> 소련이 이 밤이 새인 이 날에 그 회당까지 가서 효순의 강연을 들을 것과 감동할 것은 당연한 일이고 또 그렇든지 말든지 영원한 생명에 어울려 샘물이 흐르듯이 신선하게 살아나갈 것은 떳떳하겠다 보증된다.
> (중략)
> 그리고 힘써서 '때'를 기다리는 것은 생활해 나가는 사람의 본능(本能)이라 하겠다.
> 그들의 세상에는 은순이가 없고 병서가 없고 애덕 여사도 없을 것이

---

31) 송명희, 「김명순의 소설과 '외로운 사람들' 모티프 연구」, 앞의 책, 102-103면.

당연할 일이다.[32]

작품의 결말에서 효순의 강연을 들으러 회당에 갈지 말지에 대한 소련의 갈등은 이미 해소되어 있다. 그리고 집안에서 느껴온 설움에 겹던 감정도 해소되고, 영원한 생명에 어울려 신선하게 살아나가자는 마음의 상태로 감정의 변화가 일어나고 있다.

이처럼 「돌아다볼 때」에서 내적 공간인 집은 바슐라르가 말한 안온하고 보호되는 내밀한 공간, 행복과 사랑의 장소와는 거리가 먼 장소로 주인공 소련에게 받아들여지고 있다. 집에서 행복과 사랑을 느끼지 못하는 소련은 집밖의 공간을 동경하며 탈주를 꿈꾼다. 왜냐하면 그녀가 사랑하는 효순이 집밖에 있기 때문이다. 따라서 집밖은 결코 위험으로 가득 차 있는 공간이 아니다. 오히려 집안에서는 이룰 수 없는 사랑을 성취할 수 있는 가능성의 공간, 모험의 공간이다.

하지만 집밖으로의 탈주는 "유전(遺傳)이다 간음(姦淫)이다" 할 도덕적 윤리적 비난, 즉 위험을 감당해야만 한다. 개인적 행복과 사랑을 추구하기 위해 사회적 윤리적 비난을 감수해야 할 것인가, 아닌가? 지금껏 소련은 유부남을 사랑한다는 도덕적 비난이 두려워서 사랑하지도 않는 남성 최병서와 결혼하여 공허한 결혼생활을 인내로써 지속하여 왔다. 하지만 그 결혼생활은 전혀 그녀에게 행복을 주지 못했다. 따라서 더 이상의 인내는 의미가 없어졌다고 할 수 있다. 효순이 귀국하여 그녀의 담장 밖에서 그녀를 그리워하며 배회하고 있는 상황에서 그녀의 선택은 행복하지 않은 집이라는 공간을 떠나 사랑을 함께 나

---

32) 송명희 편역, 앞의 책, 99면.

눌 효순이 있는 집밖으로 탈주하는 선택만이 남았다고 할 수 있다.

3. 사랑이 부재하는 집을 불태우다―「나는 사랑한다」

「나는 사랑한다」(『동아일보』, 1926. 8. 17 9. 3)의 서두는 최종일의 산정에 대한 신선한 묘사로부터 시작한다.

> 반갑게 오던 비가 반갑게 그치었다.
> 숲속마다 생기가 넘쳐흐르는 듯이 푸른 그늘을 지어서 거기 우는 새 소리조차 새로이 좋았다.
> 7월 모일 아침에 동숭동 최종일 정자 지키는 돌이 할아범은 일찍 일어나서 앞뜰을 쓸어 놓고 후원을 쓸려고 수정정(水晶亭)이라는 육모로 생긴 다락모퉁이를 돌아서다가 후원으로부터 이상한 인기척을 들은 듯해 그 발걸음을 멈칫하였다.
> 때마침 청량한 대기 속에서 청청한 무량수의 나뭇가지들이 비 개인 아침 바람에 흔들리어서는 상쾌한 큰 소리를 냈다.[33]

비가 그친 숲속은 생기가 넘쳐흐르고 있다. 새소리, 나뭇가지들이 바람에 흔들리는 상쾌한 소리들…. 최종일의 산정이 자리한 아침 숲의 생명력 넘치는 풍경은 이처럼 상쾌하게 묘사된다.

아내의 독서하는 모양을 독한 눈빛으로 꿰뚫어지도록 바라보던 병

---

33) 송명회 편역, 위의 책, 315면.

호는 좀 노한 음성으로

"여보, 당신 아침 또 안 잡수쇼. 아이고 저 얼굴색 봐라. 세포 하나하나가 다 새파랗게 죽는 것 같구려. 제발 하루바니[34] 할께 그 책 좀 있다가 보아요."

하고 키 작은 통통한 몸집을 일으켜 윗목으로 올라오면서 까무잡잡한 얼굴에 약간 상냥한 빛을 올리고 달래었다. 아내는 그 말을 들었는지 말았는지 한참 가만있다가

"할멈, 밥상 들여오오! 내 수저는 내려놓고!"

하였다. 지난날의 백모란 같았던 화려한 얼굴에 초초한 심사를 간신히 낯빛에만 올리지 않은 그는 불쌍한 정을 자아내도록 여위고 수척한 여자였다.

"당신 또 아침 안 먹으려고?"

하고 주인은 퍽 근심스럽게 다시 물었다. 아내는 공연한 동정이라는 듯이[35]

반면에 영옥과 서병호 부부가 아침식사를 하는 방안 풍경은 생기가 넘쳐흐르는 밖과는 정반대의 상황이다. 아침 밥상이 들어오는데도 아내는 독서만을 하고 있고, 남편은 그런 아내를 걱정하며 식사할 것을 권한다. 하지만 아내는 아예 밥상에 자신의 수저를 내려놓고 들여오라고 할멈에게 말한다. 즉 부부가 겸상하여 아침식사를 할 의사가 영옥에겐 아예 없는 것이다. 게다가 어젯밤에는 영옥이 혼자 음악회에 다녀왔음이 밝혀진다. 사실 그 음악회에 동행했던 인물은 최종일이었다.

---

34) 할아버지.
35) 송명희 편역, 앞의 책, 319면.

이 소설의 주인공 영옥은 신교육을 받은 교사 경력을 가진 신여성이다. 그녀는 7년 전 스치듯이 만난 최종일에게 사랑의 감정을 느끼지만 재산가 서병호와 결혼하게 된다. 그런데 유학을 마치고 귀국한 최종일을 재회한 순간 그녀는 사랑의 감정에 사로잡혀 남편 서병호에게 이혼을 요구한다. 최종일은 영옥이 고학생 시절에 우연히 만나 월사금의 도움을 받은 이후 늘 잊지 못하고 마음속으로 흠모해온 인물이다.

즉 자유결혼의 전제조건인 연애감정이 결락된 채 돈이 매개가 되어 결혼한 영옥과 병호 두 사람은 친밀감과 감정의 소통이 부재하는, 다시 말해 사랑 없는 불행한 결혼생활을 8개월째 하고 있다. 따라서 식사도 같이하지 않고 음악회에도 함께 가지 않는다. 그 결과 둘의 결혼생활은 "평생 재미없이 사는" 것으로 행랑아범에 의해 관찰되는데, 그로 인해 영옥의 얼굴에는 "지난날의 백모란 같았던 화려한 얼굴이 초초한 심사를 간신히 낯빛에만 올리지 않은 그는 불쌍한 정을 자아내도록 여위고 수척한"[36] 그림자가 드리우게 된다.

이 작품에서 부부간의 갈등은 사랑의 순수성이 전제되지 않은 결혼 때문에 야기되며, 아내의 이혼 요구로 본격화된다. 그렇다고 남편 서병호가 「돌아다볼 때」의 소련의 남편 최병서처럼 외도를 하거나 아내를 감정적으로 학대하는 것은 아니다. 오히려 그는 아내가 아침밥도 먹지 않고 독서만을 하자 아내의 건강을 염려하며 식사할 것을 권하는 배려심이 있는 남성이다. 다만 그 부부는 감정이 소통되지 않고 사랑이 부재한다는 것이 문제이다.

---

36) 송명희 편역, 위의 책, 320면.

"원 그런 일이 어디요. 그 비 오는데 음악회에 간다고 나더러는 가잔
말도 없이 자기 혼자 갔다 오는구려. 그게 남의 아내 된 버릇입니까?
하고 지금에야 골을 내본다는 듯이 하였다.

"그런 아내는 쫓아내시지요."
하고 우습지도 않게 먼저 말하던 이가 대답하였다. 서 씨는 퉁명스럽게
"그도 내 돈 없이한 것이 아까워서 못 하겠쉐다."
하고 그 고향 어조로 본심(本心)을 토하였다.

"영옥이는 그렇게 당신에게 놓여나지 못하도록 당신의 빚을 졌습니
까. 호호"
하고 그이는 또 말하였다. 그리고 용서치 못하겠다는 듯이 입을 꼭 다
물었다. 영옥이는 더러운 것을 보는 듯이 눈살을 찡그리었다.[37]

인용문은 영옥의 친구와 영옥의 남편 병호 사이의 대화이다. 대화
는 영옥과 서병호 부부가 순수한 사랑 대신 돈이 매개가 되어 애정 없
는 결혼을 했음을 보여주는데, 이에 대해 영옥은 극도의 혐오감정을
갖고 있다. 작가 김명순은 영옥의 친구인 순희의 입을 통해서 "애정
없는 부부생활은 매음이 아니냐."라고 주장함으로써 사랑 없는 결혼
의 비도덕성을 비판한다.

김명순의 자유이혼론에 영향을 끼친 엘렌 케이((Ellen Karolina
Sofia Key)는 어떠한 결혼을 막론하고 거기에 연애가 있으면 도덕적이
며, 어떠한 법률적 절차를 거쳤을지라도 거기에 연애가 없으면 부도
덕하다고 주장하였다. 즉 사랑만이 결혼의 도덕성을 평가하는 유일한

---

37) 송명희 편역, 위의 책, 321면.

기준이 되었던 것이다.[38]

따라서 '영옥'은 순수한 사랑이 부재하는, 즉 도덕성이 결여된 불행한 결혼의 고통을 자유이혼이라는 대안을 통해 극복하고자 한다. 「돌아다볼 때」와는 사뭇 달라진 여주인공의 태도이다. 즉 미래를 기약하며 현재의 고통을 인내하는 '소련'과 같은 소극적 태도 대신 이혼을 통해 사랑 없는 결혼관계를 청산하고자 한다.

그리고 사랑은 노력만으로 이루어지는 것이 아니라는 것이 영옥의 생각이다. 즉 최종일과의 관계는 억제하려고 해도 순수한 사랑이 넘쳐흐르는 사이이다. 반면 "내가 이후에 더 어찌하면 좋으랴? 나는 서병호 씨를 퍽 사랑하려고 힘을 써왔다. 하지만 더 이상 나를 학대할 수가 없어졌다."[39]에서 보듯이 남편과의 관계는 아무리 노력해도 사랑의 감정이 생기지 않는 사이인 것이다.

> "여기 있는 할아범에게 들으니까 그이의 아내는 2년 전에 세상을 떠나고 그이는 본래 손 적은 집에 태어나서 친척도 많지 않으신 터인데 죽은 처가에서 그 재산을 정리하신다더라. 그렇지만 나는 할 수 있는 대로 그이를 모르는 체하려고 하는데 내 마음속 밑으로 솟아오르는 내 순정(純情)이 그이를 향하고 넘쳐흐르는 듯하다. 내가 이후에 더 어찌하면 좋으랴? 나는 서병호 씨를 퍽 사랑하려고 힘을 써왔다. 하지만 더 이상 나를 학대할 수가 없어졌다."[40]

---

38) 송명희, 「신여성의 사랑과 자유이혼- 김명순의 「나는 사랑한다」」, 『국어문학』56, 국어문학회, 2014, 324면

39) 송명희 편역, 앞의 책, 324면.

40) 송명희 편역, 위의 책, 325면.

　관계 외적인 모든 것을 배제하고 순수하게 감정적·인격적 유대에 의해서 이루어지는 열정적이고 친밀한 관계, 개인 간의 친밀성과 순수한 감정에 기초한 자아성찰적 사랑을 앤서니 기든스(Anthony Giddens)는 모든 외적 관계보다 우선시했다.[41]

　김명순이 이상화한 사랑도 기든스가 말한 관계 외적인 다른 것에 의존하지 않는, 순수하게 관계 그 자체의 내적인 속성에 따라 형성되고 지속되는 순수한 관계(pure relationship)의 사랑[42]이라고 할 수 있다. 그리고 이것은 제도로서의 결혼보다 더욱 중시된다. 제도로서의 결혼도 사랑이 결락되면 매음이 되고 마는 것이다. 사실 김명순은 가부장제의 억압에 대한 저항과 고발보다 순수한 사랑을 해치는 제도로서의 결혼에 대한 저항을 가장 중요한 주제로서 형상화하였다.

　따라서 「나는 사랑한다」에서 순수한 사랑이 부재하는 집은 그녀의 수척한 표정에서 드러나듯 전혀 행복을 주지 못한다. 뿐만 아니라 사랑이 부재하고 그녀로 하여금 장소에 대한 일체감을 주지 못하는 집, 진정한 장소감을 주지 못하는 거짓된 집은 불태워버려야 할 장소라는 좀 더 과격해진 작가 김명순의 태도가 작품에서 드러나고 있다. 여기서 불태운다는 것은 남성중심의 집을 해체한다는 의미이다. 그것은 다른 말로는 자유이혼에 대한 상징이라고 할 수 있다. 그런데 이처럼 이혼이라는 대안을 제시하는 급진적인 사고를 표출할 수 있었던 것도 최종일이 2년 전에 사별한 남성, 즉 아내가 없는 것으로 설정한 사실과 연관이 있을 것이다.

---

41) 앤서니 기든스, 배은경·황정미 역, 『현대사회의 성·사랑·에로티시즘』, 새물결, 2001, 103-104면.
42) 송명희, 「신여성의 사랑과 자유이혼- 김명순의 「나는 사랑한다」」, 앞의 책, 330면.

아무튼 영옥은 "저 이름도 모르던 처녀는 내 마음속에서 우러나는 가장 아름다운 말씀을 다 드려야 할 내 영원한 동경입니다."와 같은 사랑 고백을 최종일로부터 받았을 때 "지난날의 흰 목단 같았을 영옥의 얼굴이 여지없이 수척하여 흑요석 같은 눈을 달고 사랑 초초한 처녀의 얼굴이 분명하였다."처럼 수척하던 그녀의 얼굴은 예전의 흰 목단 같은 얼굴, 흑요석 같이 빛나던 눈, 사랑 초초한 얼굴로 다시 변화한다. 이때의 초초는 초초(楚楚), 즉 차림새나 모양이 말쑥하고 깨끗하다라는 의미일 것이다. 즉 결혼하기 이전의 처녀와도 같이 순결해진 얼굴로 돌아갔다는 의미이다. 서병호와의 결혼생활을 표현하는 "지난날의 백모란 같았던 화려한 얼굴이 초초한 심사를"에서의 '초초'는 초초(焦憔), 즉 애를 태우며 근심하다나 초초(稍稍), 즉 근심과 걱정으로 시름없다는 의미였을 것이다. 하지만 이제 최종일의 사랑 고백을 받은 영옥은 다시 처녀와도 같은 순결한 상태로 변화했다. 이와 같은 김명순의 순결에 대한 가치관은 김일엽이 육체적 순결을 비판하며 정신적 순결을 주장했던 것과 맞닿아 있다.

영옥과 서병호 부부가 살던 집은 마침내 큰불이 나 불탄다. 그리고 그 불더미 속에서 영옥과 최종일은 "나는 사랑한다!"를 거듭 외친다. 영옥과 최종일이 사랑으로 충만한, 그리고 감정적으로 소통되는 집을 다시 짓고자 한다면 사랑이 부재하는 공허한 집은 불태워버려야[43)

---

43) "끝내 변심한 아내를 설득하지 못한 남편 서병호는 그들이 세 들어 살아온 산정에 불을 지름으로써 이혼을 요구한 아내와 아내가 사랑하는 남자를 응징한다. 따라서 이혼이라는 대안이 제시되었음에도 영옥과 최종일의 새로운 결합은 현실적으로 구현되지 않은 채 불더미 속에서 "나는 사랑한다."라는 두 사람의 절규를 듣는 열린 결말로 끝이 난다. 이 작품에서 불행한 결혼은 이혼이라는 대안을 통해서 해결해야 한다고 작가는 주장하고 있으나 근대의 현실에서 그와 같은 대안이 현

하기 때문에 불이 나는 것은 필연적 귀결이라고 할 수 있다. 김명순은 「돌아다볼 때」에서 집안에서 집밖을 동경하였다면 「나는 사랑한다」에서는 사랑이 부재하는 집을 불태워버림으로써, 즉 해체(이혼)함으로써 새로운 사랑의 집을 다시 짓고자 하는 보다 강한 욕망을 암시하였다.

4. 마무리

김명순의 소설 「돌아다볼 때」와 「나는 사랑한다」에서 집은 결코 사랑과 행복의 장소는 아니었다. 여성인 주인공에게 집은 진정한 사랑과 행복, 그리고 자아정체성을 느낄 수 없는 음침하고 불행하고 적막한 공간에 불과했다. 따라서 「돌아다볼 때」의 주인공 소련은 감정이 소통되는 진정한 사랑을 성취하기 위해 집안에서 집밖을 동경하며 탈주를 꿈꾼다. 그리고 「나는 사랑한다」의 주인공 영옥은 애정 없는 부부생활을 매음으로 규정하며 진정한 자아정체성과 사랑을 찾기 위해 이혼을 요구한다.

김명순은 집에서 사랑을 경험하지 못하고 장소상실에 빠져 있는 불행한 여주인공들을 설정함으로써 남성중심의 집이 결코 행복의 공간이 되지 못한다는 것을 보여주었다. 「돌아다볼 때」의 주인공 소련이

실적으로 실현되기 어렵다는 것을 방화라는 결말을 통해서 동시에 제시했다고 생각한다."라고 필자는 이전의 논문(송명희, 「신여성의 사랑과 자유이혼- 김명순의 「나는 사랑한다」, 앞의 책, 116면)에서 해석하였다. 하지만 본고에서는 누가 불을 냈느냐보다 집이 불타는 현상 그 자체에 주목하였다.

집안에서 집밖을 동경하며 탈주를 꿈꾸었다면, 「나는 사랑한다」에서
는 사랑이 부재하는 집을 불태우는 상징, 즉 자유이혼을 대안으로 제
시함으로써 진정한 사랑의 집을 짓고자 하는 보다 강렬한 욕망을 나
타냈다. 남성중심의 집이 여성을 지배하는 불행한 장소라면 그 집을
해체하고 사랑으로 충만하고 감정이 소통되는 여성중심의 새로운 집
을 김명순은 짓고자 했던 것이다.

장소란 본질적으로 인간 실존의 근원적 중심이며, 의미 있는 장소
와 관련을 맺고자 하는 것은 인간의 뿌리 깊은 욕구이다. 만일 인간이
이런 욕구를 무시하면서 장소상실에 도전하지 않는다면 그 미래는 지
극히 삭막하고 불행한 것이 되고 말 것이다.

김명순은 사랑이 부재하고 가부장제 이데올로기가 지배하는 집의
비진정성과 무장소성에 도전하며 그곳을 사랑과 감정이 소통하는 진
정한 장소로 변화시키기를 열망하였다. 따라서 김명순의 소설은 집밖
을 동경하며 탈주의 욕망을 나타내는가 하면, 마침내 무장소성에 지
배된 집을 불태워버린다. 여성이 진정한 장소에 뿌리내리고 그곳을
중심으로 세계를 바라보고 세계와 정당한 방식의 관계를 맺기 위해서
는 사랑이 부재할 뿐만 아니라 가부장제 이데올로기가 지배하는 남성
중심의 집으로부터 탈주를 넘어서서 그 집을 불태워버려야 한다는 것
이 김명순의 생각이었던 것 같다.

사랑이 부재하는 가부장적 집은 결코 여성의 진정한 안주처나 행복
의 공간이 아니었음을 김명순은 두 작품에서 보여주었다. 따라서 여
성들은 행복과 사랑을 찾기 위해 집안에서 끊임없이 집밖을 동경하
며 탈주를 꿈꾸고, 나아가 사랑이 부재하는 허울뿐인 집을 해체(이혼)
함으로써 진정한 사랑을 성취하고자 한다. 이때 집밖은 위험한 장소

라기보다는 사랑의 성취를 가능하게 만드는 모험으로 가득 찬 희망의 장소이다.

여성작가 김명순의 소설에서 인본주의 지리학에서 집을 인간실존의 중심으로 파악했던 남성중심성과 바슐라르가 말했던 내외의 이분법적 공간 시학의 가설은 여지없이 깨어지고 만다. 따라서 젠더지리학은 바로 여성의 경험이 중심이 된 새로운 지리학을 세움으로써 기존의 지리학이 소외시켜온 여성의 경험을 복원하고자 했고, 김명순의 소설은 젠더지리학의 가설들이 결코 틀리지 않았음을 보여주었다. 젠더지리학의 관점에서 파악했을 때 김명순의 소설은 집으로부터의 탈주와 집의 해체를 보여줌으로써 젠더 이분법에 저항한 강력한 페미니즘 소설이다. 「돌아다볼 때」와 「나는 사랑한다」라는 두 편의 소설을 장소라는 관점에서 파악할 때에 김명순의 페미니스트로서의 사고가 온건한 상태에서 점차 급진적으로 변화해 나갔다는 것을 알 수 있다.

(『문예운동』2018년 여름호, 2018. 6)

김명순의 소설에 재현된 구여성의 이미지

1. 머리말

구여성은 근대를 살았던 여성의 절대다수를 차지하면서도 당대의 새로운 여성모델로 화려한 주목을 받았던 신여성 담론에 묻혀 제대로 담론조차 형성되지 못하였다. 그녀들은 수적으로 절대다수였지만 담론에서는 소수자에 불과한 근대의 아웃사이더였다. 뿐만 아니라 "구여성은 근대적 노동과의 연관성을 제외한다면, 여전히 근대적 변화와는 무관한 삶을 살았던 시대의 낙오자로서의 이미지를 벗어나지 못하고 있다."[1]

하지만 구여성은 1920년대의 새로운 현상으로 출현한 신여성과는 다른 처지에서 근대라는 시대적 변화에 직면해야 했던 존재들이다.

1) 소현숙, 「강요된 '자유이혼', 식민지 시기 이혼문제와 '구여성'」, 『사학연구』104, 한국사학회, 2011, 125면.

어떤 의미에서 신여성의 문제는 바로 구여성의 문제와 맞물려 있다. 따라서 신여성과 길항의 관계에 놓인 구여성의 존재성과 그 의미를 분석하는 일은 근대의 여성 연구에서 결코 빼어놓을 수 없는 학문적 과제이다. 그동안 연구대상에서마저 소외되어 왔던 구여성에 대해 최근에 조금씩 학문적 관심이 일고 있는 것은 늦었지만 다행스런 일이다.

구여성이 담론에서 밀려날 수밖에 없었던 이유는 급변하는 사회변화 속에서 그녀들이 자신의 삶을 담론화할 수 있는 지적 능력이 결여되었기 때문이다. 즉 구여성은 근대교육을 받지 못함으로써 자신의 주체적 시각과 목소리로 자신의 삶을 직접 담론화할 수 있는 능력이 없었다. 따라서 문학작품에서도 신남성인 작가가 그려낸 구여성이거나 신여성인 작가가 그려낸 구여성이 텍스트 분석의 대상이 될 수밖에 없다. 한마디로 구여성은 신남성 또는 신여성 작가의 시각과 시선에서 피관찰자로, 즉 관찰의 대상으로 그려질 수밖에 없는 한계를 지닌다.

그런데 시선(looking)이나 시각(sight)은 이미지 수용에서 간과할 수 없는 중요한 문제이다. 특히 여성주의 문화 분석은 성별(gender)과 시선의 관계를 매우 중요하게 여긴다. 이미지가 성별의 차이와 가부장적 권력관계에 의해 달리 구성되기 때문이다. 남성 텍스트에 재현된 여성에 대한 왜곡된 묘사는 남성들이 여성의 종속을 정당화하기 위해 사용했던 전통적인 수단들 중의 하나였다. 뿐만 아니라 제3세계 페미니즘에서 지적하고 있듯이 같은 여성이라고 해서 모두 동일집단은 아니다. 민족, 인종, 계급, 종교, 성적 지향, 지역, 능력의 관점에서 여성은 결코 동일한 집단이 아니기 때문에 단일한 관점에서 여성의 상황과 억압을 설명하는 것은 거의 불가능하다.[2]

구여성과 신여성을 결코 여성이라는 동일한 집단으로 범주화할 수 없다는 데서 신여성 작가의 텍스트에서 구여성이 얼마만큼 진정성 있게 실체를 드러낼 수 있으며, 그녀들이 경험한 삶의 억압이 제대로 재현될 수 있느냐 하는 문제가 제기될 수밖에 없다. 왜냐하면 신여성은 그녀 자신의 경험과 시각에서 여성의 삶과 경험을 보편화시키고 규범화할 것이기 때문이다. "남성적 근대화에서 타자화되었던 신여성 담론이 다시 타자화시키고 있는 '구여성'의 침묵당한 목소리에 귀를 기울일 필요"[3]성이 분명하게 제기되지만 침묵당한 그녀들의 목소리를 복원해낸 텍스트는 존재하는가? 남성 작가의 텍스트는 말할 필요도 없고, 동일한 젠더인 신여성 작가의 텍스트에서도 구여성은 객체화된 대상으로, 피관찰자로 타자화될 가능성은 매우 크다.

이러한 근본적 한계와 우려에도 불구하고 동시대를 살았던 남성작가 또는 신여성 작가의 시선과 시각에 의해 그려진 텍스트에 대한 비판적 다시 읽기를 통해서 구여성은 불완전하게나마 그 실체를 드러내게 될 것이라고 생각한다.

본고는 일본유학까지 한 엘리트 신여성 작가 김명순이 그녀의 소설에서 구여성을 어떤 이미지로 재현했는지를 살펴보고자 한다. 특히 자유연애와 자유이혼의 문제를 반복적으로 다루었던 그녀가 과연 어떤 시각으로 구여성을 그려냈을까는 매우 흥미로운 주제가 아닐 수 없다. 신여성에게도 결코 간과할 수 없이 중요한 존재였던 구여성, 때로 신여성의 상대역이기도 했던 구여성을 김명순은 과연 어떤 존재로 그려냈을까?

---

2) 송명희, 『페미니즘 비평』, 한국문화사, 2012, 23-24면.
3) 이상경, 「근대소설과 구여성-심훈의 『직녀성』을 중심으로」, 『민족문학사연구』19, 민족문학사학회, 2001, 180면.

2. 가부장제 결혼제도의 피해자로서의 구여성

김명순의 작품 가운데 구여성이 등장하는 소설에는 그녀의 등단작인 「의심의 소녀」(『청춘』, 1917.11)가 있다. 이 작품은 1917년에 발표되었지만 명확하게 시대적 배경이 설정되지 않았다. 하지만 '신사'니, '조 국장'이니 하는 어휘들로 보아서 이 작품의 시대적 배경은 근대로 이행해가는 1910년대의 어떤 시기로 추정할 수 있을 것이다.

「의심의 소녀」는 외할아버지를 따라 유랑하는 '가희(범네)'라는 신비에 싸인 소녀의 이야기이다. 하지만 그 근저에 가희 어머니의 자살 사건이 강력한 힘을 발휘하고 있는, 가부장제 결혼제도의 피해자인 구여성의 비극적 삶에 관한 이야기이기도 하다.

가희의 모씨는 평양성내에 그 당시 유명한 미인이기 때문에 피서차로 왔던 조 국장의 간절한 소망에 이끌리어 그 부인이 되었었다. 부인은 재산가 황 진사의 무남독녀이니 14세에 그 모친이 별세하매 그 부친 황 진사가 재취도 않고 금지옥엽같이 기른 터라. 누가 뜻하였을까. 그 옥여(玉輿)가 형극(荊棘)으로 얽은 것인 줄이야. 조 국장은 세세로 양반이라 농화(弄花)에 교(巧)하고 사적(射的)에 묘(妙)하다. 저는 세 번 처를 바꾸고 첩을 갈기도 10여 인이라. 화류에 놀고 촌백성의 계집까지 희롱하였고, 그의 별업(別業)에서는 주야를 전도하고 놀았다. 부인이 그에게 가(嫁)하여 그 딸 가희를 낳았다. 육의 미는 스러지지 않기가 어려운 것이매 남편의 난행은 부인의 불행과 같이 자랐다. 새로 들어온 첩은 남편의 사랑을 앗았다. 남편은 친척 간에도 끊었다. 전처의 딸은 매사에 틈을 타서 부인을 무함한다. 사랑을 원하여도 얻지 못하고, 자유를 원하여도 얻지 못하고, 이별을 청하여도 안 들어 의심받고, 학

대받고 갇혀 비관하던 나머지 병든 몸을 일으켜 평양의 별장에서 자살
하였다. 길바닥에 인마의 발에 밟힌 이름 없는 작은 풀까지 꽃 피는 4월
모 일에 인세의 끝일 24세의 젊은 부인은 단도로써 자처하였다. 가련한
부인의 서러운 죽음이 그때에는 원근에 전파되어 모든 사람이 느끼었
다. 고어에 "사람은 없어진 후 더 그립다"는 것같이 그 후 조 국장은 얼
마큼 정신을 차려 얼마큼 서러워도 하였다. 그러나 느꼈더라. 그 후 조
국장은 부인 생시보다도 가희를 사랑하였다. 그러나 그 외조부 황 진사
는 조 국장의 첩이 그 총애를 일신에 감으려고 하는 간책이 두려워 가
희와 함께 가여운 표랑의 객이 되었다.[4]

　가희 어머니는 작품의 마지막 장인 5장에 와서야 비로소 그 실체가
드러난다. 가희는 어머니의 자살 이후 아버지 조 국장을 피해서 외할아
버지와 함께 대동강가의 낯선 동네를 떠돌며 마을 사람들과의 교류도
끊고 의심에 싸인 채 살아가고 있었던 것이다. 미모가 출중했던 가히
모는 주색잡기에 능한 조 국장의 후처가 되지만 곧 "사랑을 원하여도
얻지 못하고, 자유를 원하여도 얻지 못하고, 이별을 청하여도 안 들어
의심받고, 학대받고 갇혀 비관하던 나머지 병든 몸을 일으켜 평양의 별
장에서 자살하였다." 그것도 불과 24세의 젊은 나이에 가부장제의 억
압과 폭력으로부터 벗어나지 못한 채 단도로써 자결하고 말았다.
　남성에게는 성적 자유를 포함하여 자유를 무제한으로 누리게 하는
반면 여성에게는 자유를 극도로 억압하는 가부장제 결혼에서 가희 모
는 남편으로부터 사랑은 고사하고, 자유를 얻을 수도, 이별조차 허용
이 안 되는 억압과 의심, 학대, 부자유의 폭력 속에서 고통받다 심신이

---

4) 송명희 편역,『김명순 소설집-외로운 사람들』, 한국문화사, 2011, 8-9면.

피폐해져 마침내 자살로써 생을 마쳤던 것이다. 가희가 모의 자살 이후 이름마저 '범네'로 바꾸고 외할아버지와 함께 표랑의 객이 된 이유는 조 국장의 총애를 일신에 감으려고 하는 첩의 간책이 두려웠기 때문이다.

가희 모가 불행하게 된 원인을 작가는 "그 당시 유명한 미인이기 때문에 피서차로 왔던 조 국장의 간절한 소망에 이끌리어 그 부인이 되었었다."에서 보듯이 그녀의 외모의 아름다움에서 찾는다. 김명순은 그녀의 소설에서 외모의 아름다움이 여성의 인생에 부정적으로 작용하는 것으로 파악한다. 즉 미인박명의 운명인 것으로 설정했다. "옥여(玉輿)가 형극(荊棘)"으로 뒤바뀐 가희 모의 인생역전은 "세 번 처를 바꾸고 첩을 갈기도 10여 인이라. 화류에 놀고 촌백성의 계집까지 희롱하였고, 그의 별업(別業)에서는 주야를 전도하고 놀았다."에서 보듯이 조 국장이 처첩을 갈아치우는 데 능한 전형적인 가부장적 호색한인 데서 비롯되었다.

하지만 그녀의 불행은 근본적으로 남성에게 일부다처를 허용했던 전통적인 가부장제 결혼제도로부터 발생한 것이다. 가부장제 결혼에서 여성의 성은 남자의 상속권과 가문 계승의 목적을 위한 생식의 기능만이 강조되며, 혈통의 순수성을 보장하기 위해 순결과 정절을 절대적 의무로 강요하였다. 반면에 남성에게는 혼외의 성적 자유와 함께 매춘이나 축첩을 허용하는 자유를 부여하는 이중적 성윤리의 규범을 가지고 있었다. 금지옥엽으로 귀하게 자란 가희 모는 가부장제 결혼제도의 불평등한 이중적 성규범을 받아들이지 못한 나머지 그 부당한 억압과 폭력으로부터 벗어나기 위해 자살을 선택한다.

이때 자살은 억압과 폭력에 대한 저항의 의미로 해석할 수 있다. 즉 가부장적 억압과 폭력에 시달리는 삶으로부터 벗어날 그 어떤 출구도 찾을 수 없었던 그녀가 선택한 유일한 길이 자살이었다. 사랑, 자유, 이별 그 어느 것도 출구가 보이지 않는 절망과 근본적으로는 가부장제 결혼제도하에서 남편 조 국장이 자신에게 가하는 부당한 대우에 대한 분노를 해소할 길이 없었던 그녀는 결국 타인이 아니라 자신을 향해 분노를 표출할 수밖에 없었고, 그것이 자살로 나타난 것이다. 그만큼 가부장제 결혼은 구여성의 삶을 공고하게 짓눌렀다. 따라서 자살은 가부장제 결혼의 억압과 폭력에 대항하는 수단으로 그 의미를 부여할 수 있다. 비록 가부장적 억압과 폭력에 대한 대항의 의미로 자살을 선택했을지라도 가희 모는 가부장제 결혼의 피해자임에 분명하다.

김명순은 「의심의 소녀」에 등장하는 구여성을 가부장제의 피해자로서 재현했다. 하지만 단순한 피해자가 아니라 가부장제의 억압과 폭력에 자살로써 항거한 여성으로 의미화했다는 점에서 작가는 초기부터 가부장제 결혼제도가 여성에게 가하는 억압과 폭력에 대해 비판적이었다고 할 수 있다.

3. 타자화된 대상으로서의 구여성

"1920년대 초부터 신남성과 구여성의 이혼문제는 뜨거운 논쟁거리가 되어 언론을 장식했다. 신문이나 잡지에는 이러한 이혼문제의 가부를 묻는 설문기사와 찬반 입장에 근거한 계몽적 논설, 그리고 독자투고란의 논쟁들이 자주 실렸다."[5] 이처럼 이혼은 1920년대 초의 전

---

5) 소현숙, 앞의 논문, 136면.

형적인 사회문제의 하나였다. 김명순은 1920년대 초의 전형적인 사회문제의 하나였던 자유연애에 따른 결혼의 위기를 주제로 한 소설을 『조선일보』에다 잇달아 연재하였다. 「돌아다볼 때」(『조선일보』 1924.3.29.-4.19)와 「외로운 사람들」(『조선일보』 1924.4.20.-5.31)이 그것이다.

두 소설에서 구여성은 신여성의 안타고니스트로 등장한다. 두 작품은 근대를 배경으로 기혼남성을 사이에 두고 처인 구여성과 감정이 소통되는 신여성이 삼각관계를 형성하고 있는 유사한 인물 설정을 보이고 있다. 두 작품에서 신남성인 남편은 어린 나이에 구여성과 결혼한 후 감정이 소통되는 신여성을 만나게 된다. 즉 「돌아다볼 때」에서 일본 동경에 유학한 신남성 송효순은 지적 대화가 가능하고 감정이 소통되는 신여성 류소련을 만남으로써 처인 은순과의 사이에서 갈등이 깊어진다. 「외로운 사람들」에서 중국 여순에 유학한 신남성 순철은 처인 구여성 장 씨와 신여성인 청국의 왕녀 순영 사이에서 갈등한다.

두 작품에서 남자 주인공의 성격은 우유부단하다. 기혼남성이 연애 감정을 느끼는 신여성과의 사랑을 성취하기 위해서는 구여성인 처와 이혼을 해야만 한다. 하지만 조강지처를 버릴 수 없다는 전통적 통념에서 벗어나지 못하고, 이혼에 대한 사회적 비난을 감당하기 어려운 남자주인공은 신여성과 결혼하기 위한 전제조건인 이혼을 선택하지 못한다.

김명순은 처의 자리를 보전한 구여성보다도 신여성을 더 큰 갈등에 휩싸이고, 더 큰 불행에 빠지는 것으로 그려냈다. 즉 「돌아다볼 때」의 류소련은 송효순의 처인 구여성 은순의 질투와 주위의 질시를 견디지 못해 마음에도 없는 최병서와 서둘러 결혼을 한 나머지 남편의 외도와 시모의 구박을 견디는 불행한 결혼생활을 하게 된다.[6] 그리고 「외로운 사람들」의 순영은 나라가 망한 상황에서 조선으로 도피유학을 왔지만 실은 사랑하는 남성 순철을 찾아온 것이다. 신경쇠약과 심장병으로 입원한 병석에서 순철이 유부남이라는 사실을 뒤늦게 듣게 된 순영은 그를 원망하며 심장마비로 죽게 된다. 그리고 순철은 피를 토하는 고통 속에 남겨진다. 즉 자유연애결혼이라는 근대의 새로운 풍속에서 갈등하는 신여성과 신남성의 고통을 김명순은 두 작품에서 집중적으로 그려냈다.

두 작품에 등장하는 구여성은 처의 자리를 보전하며 남편의 동정은 받지만 사랑은 얻지 못한다. 뿐만 아니라 자신의 목소리도 갖지 못하고, 주체가 아닌 관찰의 대상으로 그려졌을 뿐이다.

그는 본래부터 구 가정에 자라난 구식 여자로 어렸을 때 그 이른바 귀밑머리를 마주 푼 송효순의 처이다. 하나 지금에 이르러 그들은 각각 딴 경위에서 다른 것을 숭상하며 자랐으니 그들 사이에는 같은 아무런 지식도 없고 똑같을 아무런 생각과 감정의 동화도 없음으로 서로 도와서 영원히 같은 거리를 밟아 똑같이 나아갈 동무는 못 될 것이나, 사회의 조직이 아직도 자유를 요구하는 사람은 넘어뜨려 버리게만 되어 있는 고로 그의 발걸음을 이상(理想)의 목표(目標)인 자유의 길 위로만 바로 향하지 못하고 그 마음의 반분은 땅 위에서 위로 훨씬 높이고, 또 반분으로는 다만 한 가련한 여자를 동정하는 셈으로 이상에 불타오르는 감정을 누르는 듯이 은순을 여자 청년회가 경영하는 이문안 부인학교에 넣었다.

---

6) 본고의 논의는 작품집 『생명의 과실』(1925)에 실린 개작을 텍스트로 하였다.

저는 은순을 학교에 넣고 늦게 뿌린 씨가 먼저 뿌린 건땅 위에 나무
보다 속히 자라라는 기도로 복습할 것까지 염려해서(자기도 모르게는
소련을 만나보고 싶은 마음은 스스로 분간치 못하고) 류애덕 여사의 문
을 두드리게 되었었다.

그러나 언문밖에 모르는 윤은순은 소련이가 가르치기에도 너무 힘
이 없었으므로 어찌하면 그의 복습 같은 것은 등한(等閒)히 여겨지게
되고 의식주에만 상담하는 일이 많았었다.[7]

인용문을 통해 드러나는 것은 은순이 구식 가정에서 자라난 구여성
으로서 남편 효순과의 사이에 지식, 생각, 감정 그 어느 것도 공유하
는 것이 없다는 것이다. 즉 두 사람은 서로 같은 길을 나아갈 동무가
될 수 없는 관계이다. 그런데도 효순이 이혼을 하지 못하는 것은 이혼
에 대한 부정적인 사회통념이 두렵고, 아직 처에 대한 동정심이 남아
있기 때문이다. 따라서 효순은 처 은순을 이문안 부인학교에 넣어 근
대교육을 받게 함으로써 이상적 배우자로 성장시키고자 하지만 진척
이 없자 개인지도를 받게 하려고 류소련의 고모인 교육가 류애덕 여
사를 찾아가게 된다. 하지만 화자는 괄호 속에다 "자신도 모르게는 소
련을 만나보고 싶은 마음은 스스로 분간치 못하고"라고 적음으로써
효순이 류애덕의 집을 찾은 외적 동기는 처 은순의 교육을 부탁하려
는 것이지만 내적 동기는 그가 근무하는 인천측후소에 인솔교사로 방
문했던 소련을 다시 만나보고 싶은 무의식적 욕망이 작용한 것이라고
첨언한다.

어쨌거나 언문밖에 모르는 은순은 소련이 가르치기에도 지적인 능

---

7) 송명희 편역, 앞의 책, 81면.

력의 한계를 보일 뿐이다. 이는 여학교 영어교사라는 신식 직업을 가진 소련과 매우 대조되는 모습이다. 소련은 교사라는 직업을 가질 만큼의 외적 학력을 구비했을 뿐만 아니라 당대를 풍미했던 작가 하우푸트만의 희곡『외로운 사람들』을 두고 효순과 대여섯 페이지에 달하는 대화를 나눌 만큼의 지적 교양을 갖추고 있다. 이와 같은 소련의 지적 교양은 효순과의 사이에 정신적으로 소통하고 감정적으로 교감을 느끼며 친밀감을 증진시키는 결정적 요인으로 작용한다. 김명순은 자유연애의 전제조건으로 근대적 지식과 교양을 갖춘 대화를 매우 중요한 것으로 제시했다. 두 사람 사이의 일체감은 다음과 같이 표현된다.

> 하늘을 쳐다보고 땅을 굽어보던 두 사람은 듣는지 마는지 무슨 똑같은 생각을 같이하는 듯이 정밀한 그들의 얼굴에는 조그만 잡미(雜味)도 섞여 보이지 않았다.
> 이때였다. 무엇인지 효순과 소련 사이가 가까워지고 은순과 소련 사이가 동떨어져 나간 듯이 생각된 지가…… 우리는 지금까지 이 세상에서 모든 붙었던 것들이 떨어지는 것을 보고 모든 떨어졌던 것들이 붙는 것을 본다.[8]

잡미가 섞이지 않은 순수성, 모든 떨어졌던 것들이 붙는 것과 같은 두 사람의 혼연일체의 완벽한 일체감을 인용문은 표현하고 있다. 반면 이 순간이 은순에게는 효순과 소련 두 사람 사이에서 의심하고 투기하며, 불쾌하고 독한 얼굴 표정을 짓도록 작용한다.

---

8) 송명희 편역, 위의 책, 94면.

소련의 그 얼굴은 해쓱하게 변했다. 그는 입술까지 납빛으로 변했다. 은순은 가만히 앉았다가 차를 따라 탁자 앞으로 가서 그 앞에 걸린 거울 속을 들여다보다가 자기 눈에 독기가 띤 것을 못 보고, 효순이가 소련이와 숨결을 어르듯이 하던 이야기를 그치고 모-든 것이 괴로운 듯이 뜰 앞을 내려다보는 것을 보았다.

이때 두 사람은 뒤에서 반사되어 비치는 시선을 깨달으면서 똑같이 뒤를 돌아다보았다. 이때이다. 두 지식미를 가진 얼굴과 다만 무엇을 의심하고 투기하는 듯한 얼굴이 뾰족하게 삼각을 지을 듯이 거울 속에 모았었다.[9]

효순과 소련, 그리고 은순 사이의 삼각관계는 "두 지식미를 가진 얼굴과 다만 무엇을 의심하고 투기하는 듯한 얼굴이 뾰족하게 삼각을 지을 듯이 거울 속에 모았었다."라고 표현된다. 즉 효순과 소련 두 사람은 "지식미를 가진 얼굴"로, 은순은 "의심하고 투기하는 듯한 얼굴"로 대조된다. 더욱이 소련은 효순과 소련이 숨결을 어르듯이 다정하게 이야기하다가 괴로운 듯 뜰 앞을 내려다보는 것을 목격하고 의심하고 투기하는 듯한 은순의 독기 어린 얼굴 표정을 거울을 통해 보게 됨으로써 얼굴이 해쓱해지고 입술까지 납빛으로 변한다.

작가는 소련이 은순의 얼굴 표정을 직접 보기보다는 거울 속에 반사되어 비친 시선을 느끼도록 설정하였다. 그 거울은 소련의 내면을 향한 반사경으로, 태고 적부터 거울은 인식, 특히 자기인식의 수단이었다. 인간은 거울을 통해 자신을 반성하고 성찰해왔다. 따라서 소련은 거울을 통해 은순의 얼굴 표정을 봄으로써 효순과 금지된 사랑을

---

9) 송명회 편역, 위의 책, 92면.

한다는 것에 대한 자기성찰을 불러오게 되고, 은순에 대한 미안한 감정, 즉 죄책감이 발생한다. 즉 효순과 자신의 사랑은 은순에게는 의심과 투기를 불러올 수밖에 없는 미안한 일이라는 자의식이 발동한 것이다.[10] 이러한 소련의 자의식은 "신여성들의 근대적 지식이 일종의 권력으로 작용한 것은 사실이지만, 그것이 일정한 한계를 넘어서 현실의 가족제도에 정면으로 도전하는 경우 사회는 이들을 매도하고 처벌하는 것으로 답"[11]한다는 사회 현실을 잘 알고 있었기에 발생한 것이라 할 수 있다. 소련의 자의식은 작가 김명순의 자의식을 반영하는 것이자 리얼리스트로서 김명순이 당대 사회를 지배하고 있던 통념을 정확하게 파악한 것으로 볼 수 있다.

이처럼 자기성찰 능력을 갖춘 신여성과는 대조적으로 구여성은 거울 속의 자신의 독기 어린 표정을 볼 수 없을 만큼 두 사람을 의심하고 투기하는 절박한 마음이 되어 있다. 하지만 이혼을 당하게 될지도 모를 위기의 비참하고 복잡한 그녀의 심정은 작품에서 전혀 그려지지 않았다. 오히려 은순은 거울 속의 자기 얼굴을 보고도 질투심에 사로잡혀 "자기 눈에 독기가 띤 것을 못 보"는, 즉 자기성찰 능력이 결여된 존재이자 효순과 소련이 나누는 것과 같은 지적 대화를 나눌 수 없는 무지한 존재로 그려졌을 뿐이다.

그런데 처의 지위를 고수하기 위한 처절한 생존본능은 소련의 고모로 하여금 소련을 감시하게 하고, 적모로 하여금 소련의 혈통에 대한 혐오발언을 하게 만들며 소련의 결혼을 서두르도록 영향을 미친다.

---

10) 송명희, 「김명순의 소설과 '외로운 사람들' 모티프 연구」, 『비평문학』59, 한국비평문학회, 2016, 106면.
11) 김경일, 『여성의 근대, 근대의 여성』, 푸른역사, 2004, 48-49면.

효순이가 와 있는 며칠 동안을 은순은 투기와 의심으로 날을 보내고 애덕 여사는 혹독한 감시(監視)를 게으르지 않았으며 그중에 소련의 적모는 서울 구경을 핑계하고 올라와서 이 여러 사람들에 눈치에 덩달아 "제 어멈을 닮아서 행실이 어떠할지 모르리라."고 말전주를 했다.[12]

더욱이 원작(『조선일보』, 1924)에서 은순은 남편 효순과 소련의 관계를 질투한 나머지 그녀의 어머니와 공모하여 소련을 자식이 둘이나 있는 유부남 최병서의 첩이 되도록 고모 류애덕을 속인 것으로 설정하였다. 뒤늦게 은순의 음모를 알게 된 고모가 소련을 찾아가 사과하지만 그녀는 자신의 나쁜 피를 저주하며 자살한다. 이때 구여성은 자신의 결혼의 안정성을 위협하는 신여성에 대한 가해자로 설정되었다. 하지만 개작에서는 신여성 류소련과 구여성 윤은순의 극단적인 대립관계를 지양했고, 최병서를 유부남으로 설정하지도 않았으며, 소련이 자살하는 결말을 취하지도 않았다. 나쁜 피를 저주하며 자살하는 원작의 결말은 근대의 자유연애에 따른 결혼의 위기라는 주제를 희석시켜버린다. 뿐만 아니라 신여성과 구여성을 극단적인 대립관계로 몰고가 구여성을 가해자, 신여성을 피해자라는 이분법적 구도로 만들어버린다. 작가는 이를 원하지는 않았기에 개작을 한 것으로 보인다.

아무튼 구여성 은순은 남편의 배려로 근대교육을 받는데도 학업에 진전이 없다. 하지만 처의 자리를 보전하기 위해서는 신여성 소련을 질투하며, 그녀를 원하지도 않는 결혼으로 내모는 영향력을 발휘한다. 작품에서 그녀는 자신의 목소리를 크게 내지 못하지만 주위의 옹호를

---

12) 송명희 편역, 앞의 책, 94면.

받으며 처의 위치를 보전하는 데는 성공한다. 그만큼 당대 사회는 자유연애에 따른 이혼에 대해서 부정적이었다.

하지만 그녀는 여전히 남편과 전혀 소통되지 않는 공허한 결혼생활을 하는 존재로 그려졌다. 서둘러 일본으로 유학을 떠난 효순은 유학에서 돌아온 후에도 아내를 멀리하고 소련의 집 주위를 서성인다. 그리고 소련은 효순에 대한 그리움을 접지 못하고 다음날 효순의 연설회에 가서 그를 만날까 말까 갈등한다.

그러면 신남성인 효순에 대해서 작가는 어떤 시각을 취하고 있는가? 작품에서 소련은 처인 은순의 입장을 동정하고, 거기에 이혼도 하지 못하는 신남성 송효순의 고뇌와 갈등까지 이해하기에 서로 떨어져 살아가면서도 영적 결합이라는 어정쩡한 결말, 제3의 길이라는 타협적인 결말[13]을 받아들인다. 하지만 작가는 효순에 대해서 일정한 거리를 둔 비판적 태도를 취하고 있다. 고모 류애덕이 소련을 최병서와 결혼시키려 한다는 것을 알았을 때, 효순은 "그런 인물들을 가정 안에 벌써부터 넣어버리면 이 사회운동은 누가 해놓을는지요."라고 하며 "좀 더 사회에 내놓아" 보라고 소극적으로 만류한 바 있다. 하지만 고모가 소련의 결혼을 서두르자 그는 "난처한 듯이 동정 깊은 눈치를 소련에게 향할 뿐이요, 침묵을 지키"는 우유부단한 태도를 취한다. 뿐만 아니라 "또 다시 안 체 만 체한 행동을 했다. 그러고 속히 동경 갈 준비를" 서두르며 그의 부친을 따라 여관으로 가버렸다. 즉 소련에게 심정적인 동정은 보내지만 자신의 사랑에 대해 책임지려는 그 어떤 행동

---

13) 송명희, 앞의 논문, 105면.

도 취하지 않았다.[14]

따라서 소련은 그가 고모 집에 와 있는 동안 "꿈과 같이 그리운 사람과 며칠 동안을 가깝게 생활"했지만 "모-든 것은 꿈같이 지나가"버렸다는 것을 인정하고, 고모와 적모의 위협에 최병서와의 혼례를 허락하지 않을 수 없었던 것이다. 즉 은순의 투기와 의심, 고모의 지독한 감시와 적모의 행실 타령, 더 근본적으로는 효순이 침묵으로 일관하며 그녀를 안 체 만 체하며 떠나버린 상황에서 최병서와 결혼하는 것 이상의 그 어떤 행동도 소련이 취할 수 없었던 것[15]은 일정 부분 효순의 우유부단하며 어정쩡하고 이기적인 행동에서 기인한 것이었다. 1920년대에 이혼을 하고 신여성과 재혼을 하거나 신여성을 제2부인으로 둔 남성보다도 효순과 같은 남성이 더 많았던 것이 현실의 반영일지 모르지만 김명순은 우유부단하고 책임감이 부족한 남성인물을 비판적 이미지로 그려냈다.

그런데 연애감정을 느끼는 남성과 결혼을 하지 못하는 신여성 소련의 내적 갈등은 그녀를 내적 초점화함으로써 자세히 묘사된 반면 이혼의 위기에 내몰린 구여성 은순의 복잡한 내면은 전혀 그려지지 않았다. 비록 김명순이 어느 정도는 구여성의 입장과 처지를 고려하여 인물의 캐릭터를 형상화하였고, 신여성만을 규범화하여 작품을 쓴 것이 아니라는 것은 소련이 은순에 대해서 미안한 감정을 가지는 것을 통해서 알 수 있지만 구여성의 복잡한 내면적 갈등에 대해서는 전혀 그려내지 않은 비대칭성은 무엇을 말해주는가? 이는 신여성 김명순이

---

14) 송명희, 위의 논문 101면.
15) 송명희, 위의 논문, 101면.

「돌아다볼 때」에서 신여성의 경험과 시각을 취함으로써 어쩔 수 없이
구여성은 객체화되고 소외된 타자로, 주체가 아닌 피관찰자로 그려질
수밖에 없었던 한계를 드러낸 것이라고 하지 않을 수 없다.

한편 「외로운 사람들」에서 주인공 순철은 "어진 그는 일변으로 그
처의 가련한 신세에 이끌리면서, 일변으로는 우정과도 비슷하게 되어
진 그 귀엽고 아름다운 왕녀의 사랑에 이끌려서" 갈등한다.

> 하지만 저의 정직한 양심은 그것을 한꺼번에 똑같이 받을 수는 없다
> 고 생각한다. 반드시 순영의 사랑만을 받고 그 사랑에 봉사하려고 할
> 것 같으면 지금까지 외로운 몸이 몹쓸 고생을 다해오면서 7년 동안이
> 나 자기를 지켜온 저의 처를 버려야 할 것이고, 그 처의 사랑을 받아서
> 모든 것을 거기 희생하려 하면 순영이 역시 외로운 몸이다. 평민과도
> 달라서 현실에는 극히 어두운 몸으로 조선까지 와서 말은 분명히 못하
> 나 저만을 믿고 기다리고 참된 말 아름다운 말 한 마디 두 마디만 배울
> 지라도 저와 자기 사이의 좋은 전조로 알아두는 순영을 버려야 할 것이
> 다.[16]

그야말로 순철은 처와 순영 사이에서 이럴 수도 저럴 수도 없는 갈
등을 겪는다. 마음속으로는 순영을 사랑하고 싶지만 처의 처지가 동
정이 가고, 처와의 결혼관계를 계속 유지하자니 나라가 망하여 조선
으로 도피해온 순영의 처지가 너무 외로운 것에 동정심이 인다. 더구
나 일부일처주의가 확립된 상황에서 왕녀 순영을 첩으로 들일 수도
없다. 이처럼 두 여성 사이에서 갈팡질팡 갈등하는 우유부단한 성격

---

16) 송명희 편역, 앞의 책, 140면.

의 순철은 상사병에 걸린 순영이 노골적으로 자신을 데려가 달라고 요구한 순간에도 자신이 결혼한 처지라는 것을 밝히지 못한다. 또한 순영이 순철의 가족들과 창경원 소풍에서 직접 마주쳤을 때에 처인 장 씨를 가리키며 누구냐고 묻지만 진실을 밝히지 못하고 '일갓집 누이'라고 거짓말을 하고 만다. 순영이 죽게 된 비극은 조혼의 폐단이나 16살의 어린 나이의 거짓말, 일부일처주의의 결혼 규범 등으로 변명될 문제가 아니었다. 그것은 어디까지나 서사의 현재 22세가 된 우유부단한 남성 순철의 이기심과 거짓말에서 비롯된 문제였다.[17]

이 작품에서 순철은 '장 씨'라고 호명되는 두어 살 연상의 구여성과 할머니의 강권에 의해 결혼하게 된다. 이때 구여성은 자신의 목소리는커녕 이름조차 갖지 못한 채 장 씨라고 불릴 뿐이다. (이 작품에서 장복순이란 그녀의 이름은 단 한 번 호명될 뿐이다.)[18] 또한 그녀는 순철이 순영에게서 온 편지를 친구에게서 온 편지라고 속여도 이를 전혀 알 수 없는 지적으로 무식한 존재로 그려진다. 어디 그뿐인가? 두 여성 사이에서 갈등하는 순철의 마음, 순영의 죽음 이후 비통해 하는 순철의 마음은 그를 내적 초점화함으로써 구구절절 상세히 묘사된 반면 마음 떠난 남편에 대해 고민하는 임신한 아내의 복잡하기 짝이 없을 마음에 대해서는 일말의 묘사도 없다. 그녀는 이름이 호명되지 않은 것처럼 존재감이 없는 투명인간으로 그려졌다.

---

17) 송명희, 앞의 논문, 110면.
18) 작가는 "(이후부터는 복순이라고 하지 말고 장 씨라 존칭하자 사랑하는 부부간에는 서로 존경하는 것이 좋으니)"(송명희 편역, 앞의 책, 165면)라고 이름을 부르지 않는 이유를 부부간의 존경 때문이라고 한 순철의 마음을 괄호 속에 적어 놓고 있다. 따라서 단 한 번 '복순'이란 이름이 나오지만 그녀는 이름을 생략된 채 "장 씨"로 계속 호명되고 있다.

「외로운 사람들」에서 구여성의 존재감은 「돌아다볼 때」보다 훨씬 미약하다. 남편의 동정심과 우유부단한 성격, 그리고 결정적으로는 임신 때문에 겨우 처의 자리를 보전하고 있는 존재일 뿐이다. 곁에 있지만 마음은 다른 여성에게 떠난 남편의 옆자리가 얼마나 고통스러울지에 대해서 작가는 침묵한다.

작가는 자신의 사랑에 대해서 책임질 줄 아는 남성 정택을 등장시켜 순철과 대비시킴으로써 조강지처, 일부일처주의, 연애감정 사이를 왔다 갔다 하며 순영을 죽게 만든 나약하고 우유부단한 순철에 대해서 비판적 태도를 취한다. 사랑은 서로에게 느끼는 친밀감과 끌리는 열정 이외에도 상대를 위해 헌신하겠다는 책임의식이 반드시 필요하다는 것을 정택이란 인물을 통해서 보여주고 있다.[19]

그리고 순철이 순영의 시체를 향해 "후세에는 아무런 방해들이 있더라도 물리치고 꼭 만납시다."라고 약속하고, 그 후 병색에 형용이 초췌하여 피를 쏟는 아픔으로 고통받는 것으로 그려낸 것은 이혼에 대해 부정적인 사회통념을 따르는 길이 신남성의 행복에도 전혀 도움이 되지 못한다는 것을 보여준 것이다. 아무튼 이 작품에서 구여성인 장씨는 남편을 잃지 않게 되었지만 순영은 죽었고, 순철은 피를 토하는 고통 속에 남겨졌기 때문에 정신적으로 소통이 되지 않는 남녀의 불행한 결혼의 문제는 여전히 미해결의 장으로 남게 된다.

---

19) 송명희, 앞의 논문, 112면.

4. 맺음말

「의심의 소녀」에서 구여성은 전통적인 가부장제 결혼제도에서 가해자인 남성의 피해자로 설정되었지만 「돌아다볼 때」와 「외로운 사람들」에서 구여성은 신남성인 남편을 사이에 두고 신여성과 삼각관계를 형성한다. 이때 구여성은 근대교육을 받지 못함으로써 지적 능력이 결여된 무지한 존재로서 남편의 동정심에 기대어 처의 자리는 보전하지만 남편과 정신적으로나 감정적으로 전혀 소통하지 못하는 존재로 그려졌다. 「돌아다볼 때」에서 구여성은 결혼의 안정을 위협하는 신여성에 대해서 질투심을 내보이며 신여성 소련을 원하지도 않는 남성과 결혼하도록 주위의 분위기를 몰아가는 존재감을 일정 부분 과시함으로써 가해자의 역할을 행사한다. 한편 「외로운 사람들」에서 구여성은 자신의 목소리를 전혀 갖지 못할 뿐만 아니라 이름조차 갖지 못한 채 투명인간처럼 존재감이 희박하다.

구여성은 자유연애와 신여성의 출현이라는 근대의 변화 속에서 이혼이냐 애정 없는 결혼관계의 지속이냐라는 기로에 놓일 수밖에 없었다. 그럼에도 김명순의 작품에서 구여성이 처한 실존적 위기와 그에 따른 고뇌와 갈등은 제대로 그려지지 않았다. 이는 감정이 소통되는 기혼남성과 결혼할 수 없었던 신여성의 고통이나 조혼으로 인해 감정이 소통되는 신여성과 결혼할 없었던 신남성의 고통과 갈등이 상세히 드러났던 것과는 비교되는, 구여성에 대한 타자화이자 객체화라고 할 수 있다.

결국 김명순은 신여성(또는 신남성)의 시선과 시각에서 인물들을 형상화함으로써 구여성이 겪어야 했던 결혼의 위기에 따른 실존적 고통과 갈등을 제대로 그려내지 못했던 것이다. 구여성은 일정부분 신여성에 대한 가해자의 역할을 담당하기도 하지만 대체로 자기 목소리를 낼 수 없는 무지한 존재이거나 투명인간처럼 존재감이 희박한 존재로, 그리고 처의 자리는 겨우 보전하지만 남편의 사랑은 얻지 못하고, 자유연애라는 근대적 가치와 신여성과 신남성의 행복을 가로막는 봉건적 아이콘으로 재현되었다.

(『문예운동』2019년 봄호, 2019. 3)

였다. 그리고 이 사실은 영옥에게 정신적으로 큰 부담이 되어 왔으며, 결혼과정에서 돈이 들어간 사실을 늘 아까워하는 남편에 대해 영옥은 "더러운 것을 보는 듯이 눈살을 찡그리"는 강한 혐오감을 나타낸다.

"이 댁에 또 부부싸움 하셨습니까. 서 선생님—어젯밤에 영옥이가 저 혼자만 음악회에 갔었지요? 그 일이 지금 불화한 원인이 아닙니까? 호 호."

하고 비웃는지 말하였다. 서 씨는 아주 승세한 듯이

"원 그런 일이 어디요. 그 비 오는데 음악회에 간다고 나더러는 가잔 말도 없이 자기 혼자 갔다 오는구려. 그게 남의 아내 된 버릇입니까."

하고 지금에야 골을 내본다는 듯이 하였다.

"그런 아내는 쫓아내시지요."

하고 우습지도 않게 먼저 말하던 이가 대답하였다. 서 씨는 통명스럽게

"그도 내 돈 없이한 것이 아까워서 못 하겠쉐다."

하고 그 고향 어조로 본심(本心)을 토하였다.

"영옥이는 그렇게 당신에게 놓여나지 못하도록 당신의 빚을 졌습니까. 호호."

하고 그이는 또 말하였다. 그리고 용서치 못하겠다는 듯이 입을 꼭 다물었다. 영옥이는 더러운 것을 보는 듯이 눈살을 찡그리었다. 다른 이들은 눈치로 만류하려 하였다. 이때에 바깥엄이 건넌방에 밥상을 차려놓고 주인을 부르러 갔다.[35]

즉 순수하지 못한 동기에 의해서 이루어진 결혼은 엘렌 케이에 의

35) 송명회 편역, 앞의 책, 321-322면.

하면 그것이 아무리 합법적인 것이라 해도 바람직하지 않는 것으로 간주된다. 결혼에서 중요한 것은 합법성의 여부가 아니라 사랑의 순수성이 존재하느냐의 여부이다. 한마디로 영옥과 서 씨의 합법적인 결혼에는 사랑의 순수성이 훼손되어 있었던 것이다. 결혼 이후 영옥은 남편을 사랑하려고 노력하였으나 뜻대로 되지 않았다고 토로한다. 그녀의 무미건조한 결혼생활은 "독한 청혼에 속아서 몸을 팔고 그 종이 된" 것으로 친구 순희에 의해 평가된다. 그들 부부는 행랑 할아범에 의해서 "평생 재미없이 사는" 부부로 관찰된다. 따라서 돈에 팔려 사랑 없는 결혼을 한 영옥의 얼굴은 "지난날 백모란 같았던 화려한 얼굴이 초조한 심사를 간신히 낯빛에만 올리지 않은 그는 불쌍한 정을 자아내도록 여위고 수척한"[36] 그림자가 드리운다.

반면 최종일을 다시 만났을 때, 영옥은 "나는 할 수 있을 대로 그이를 모르는 체하려고 하는데 내 마음속 밑으로 솟아오르는 내 순정(純情)이 그이를 향하고 넘쳐흐르는 듯하다"[37]와 같이 솟구쳐 오르는 순수한 연애감정에 충일하게 사로잡힌다. 최종일 역시 영옥이 누구인지 알아보기 전부터도 "물고기 같이 생기 찬 처녀"가 기혼자라는 사실에 실망감을 감추지 못한다. 그러다가 영옥이 7년 전 남대문 역에서 보았던 바로 그 여자임을 알아보고 "좌우 손을 맞잡고 기쁨과 두려움이 서로 어우러지는 듯이 손을 비비"는가 하면 "얼마나 오래 고생하셨습니까."라고 위로한다. 그리고 "당신을 사랑합니다.", "저 이름도 모르던 처녀는 내 마음속에서 우러나는 가장 아름다운 말씀들을 다 드려야

---

36) 송명희 편역, 위의 책, 320면.
37) 송명희 편역, 위의 책, 325면.

불안한 자아를 통찰하는 심리주의 소설
-김명순의 「칠면조」를 중심으로

1. 머리말

김명순의 단편소설 「칠면조」(1921)는 일종의 서간체소설로서 주인공 '순일'이 니-나 슐츠 선생에게 보내는 편지 형식으로 되어 있다. 하지만 중간중간 "선생이여"라고 부르는 것만 제외한다면 이 단편소설이 과연 서간체 소설인가에 대해서는 쉽게 수긍하기 어렵다. 이 작품은 김명순의 여러 미완의 소설들 중의 하나로서 결말을 확인할 수 없다.

일본유학생인 주인공 순일은 서울로 돌아와서 고국인 독일로 돌아가고 있는 스승 니-나 슐츠 선생(아마 순일이 다녔던 TS교의 교사였을 것으로 추측된다)에게 편지를 쓴다. 추측건대 두 사람은 일본의 K부에서 사제지간으로 만났으며, 주인공은 독일로 유학을 가고 싶은 간절한 열망을 갖고 있다.

이 작품은 최혜실[1]과 이태숙[2]의 글에서 다른 작품들과 함께 부분적으로 언급되었을 뿐 지금까지 제대로 연구된 바 없는 소설이다.

주인공은 서울에 돌아온 심회를 예전에 비해 인민의 헌옷에 때가 덜 묻었고, 조선 안에는 남녀교제가 드문 일 같으며, 이를 외면에 나타내지 않는 경향이 있고, 누구나 자못 자기의 행동을 맑게 비추어 볼 거울을 가슴에 품지 않았는가 한다고 조선의 변화에 대한 소감을 피력한다. 그리고 지금까지 사교술을 등한히 한 결과 사교계에 나서려는 한 처녀(본인)가 실패한바 쓴 경험을 고백하며 얼마나 큰 실책인가 비평하여 주시고 마땅하시면 채찍도 내려달라고 슐츠 선생에게 요청한다. 그러니까 이 작품은 사교술에 능하지 못한 유학생 순일의 일본 K부에서의 사교계 활동에 대한 실패담을 적은 것이라고 할 수 있다.

김명순은 「의심의 소녀」(1917)를 통해 등단한 후 「조모(祖母)의 묘전(墓前)에」(1920), 「영희(英姬)의 일생」(1920)를 거쳐 비로소 「칠면조」(『개벽』18-19호, 1921.12-1922.1)에 와서 근대소설로서의 작품성을 제대로 갖춘 소설을 선보이고 있다. 더욱이 이 작품은 「의심의 소녀」에서부터 보여준 바 있는 심리소설적 경향을 보다 확연하게 드러내고 있다.

이 작품의 연구는 왜 '칠면조'라는 제목을 붙였을까라는 질문으로부터 시작되어야 한다. 칠면조라는 새는 몸빛은 청동색, 검은색, 흰색 따위가 있고 꼬리가 부채 모양으로 퍼져 있다. 머리에서 목에 걸쳐 피부

---

1) 최혜실, 「나쁜 피와 타자화의 과정-김명순의 고백」, 최혜실, 『신여성들은 무엇을 꿈꾸었는가』, 생각의 나무, 2000, 327-379면.
2) 이태숙, 「고백체 문학과 여성주체: 김명순을 중심으로」, 『우리말글』26, 우리말글학회, 2002, 1-22면.

가 드러나 있고 살이 늘어졌는데, 그 빛이 붉은색이나 파란색 등 여러 가지로 변하여 칠면조라는 이름이 붙었다.

제목인 '칠면조'는 바로 칠면조처럼 시시각각으로 변화하는 주인공 순일의 감정상태에 대한 상징으로 보인다. 어쩌면 주인공은 칠면조처럼 시시각각 변화하는 감정 때문에 그녀의 사교계에서의 활동이 실패에 이르렀다고 자평하는 듯도 하다.

2. 시시각각 변화하는 감정

조선유학생인 순일은 일본 N군에서 기차를 타고 K부를 향하여 출발한다. 이유는 K부에 있는 TS교의 전문부 가정과에 입학하기 위해서이다. 동경에서부터 피아노를 쳤고, K부에 와서도 피아노 치기에 열성을 보이는 그녀가 왜 가정과를 전공하려고 하는지 이유는 밝혀져 있지 않다. 기차를 탄 그녀는 "K부에 이르러서는 여관에 들려면 돈주머니가 가볍고, 동무를 찾아가려면 어두운 밤일 것이라 길을 잘 모르겠"[3])기에 다소 근심스럽고 불안한 감정에 사로잡힌다. 왜냐하면 그녀는 아버지가 학비를 제대로 보내주지 않아 돈 문제로 늘 불안한 상황이기 때문이다. 어쩌면 그녀의 시시각각으로 변화하는 불안정한 감정상태는 근본적으로 그녀가 학자금이 부족한 유학생 신분이라는 데서 발생하는 것이라고 할 수 있다. 아버지로부터 학비 지원을 제대로 받지 못하는 주인공이 처한 상황은 학비 없이 일본유학을 떠났던 실제

---

3) 송명희 편역, 『김명순 소설집-외로운 사람들』, 한국문화사, 2011, 33면.

작가 김명순의 자전적 현실을 반영하고 있다.

하지만 기차를 타고 가는 동안 차창 밖으로 전개되는 새로운 풍경은 그녀의 불안감을 불식시키며 감정상태를 유쾌하게 변화시킨다. 더욱이 기차 안에서 그녀가 찾아가려고 하는 S기숙사 부근에 산다는 승객들로부터 우연히 길을 안내받음으로써 불안감은 다소 감소된다. 어쨌거나 그녀는 기차를 타고 가는 동안 불안감과 유쾌함이 교차되는 감정상태에 놓인다. 주인공의 불안정한 감정상태는 이후 그녀가 만나게 되는 사람들과의 관계에서 더욱 더 심화되어 나타난다.

K부에 도착한 그녀는 우여곡절 끝에 Y여사 집을 찾아 하룻밤을 자고나서 다음날 M여사 집에서 그녀가 어젯밤에 길 안내를 받기 위해 만나려고 했지만 만나지 못했던 D와 동경에서 온 H를 만나게 된다. 그녀는 다음과 같은 심정으로 그녀의 사교술의 실패가 "반도 전체에 선생이라는 존칭을 받을 터인"[4] H에 대한 그녀의 실책에서 비롯되었음을 고백한다.

순일은 M여사와 Y여사, 그리고 D와 H 등과 대화를 나누는 도중에 "왜 피아노 안 치셨어요?"라는 H의 질문을 받는다. 그녀가 동경에 있을 때 크리스마스에는 피아노를 쳤지만 망년회에서는 치지 않은 이유를 H가 물은 것이다. 그녀는 "언제요"라는 당돌한 음성으로 반문을 하는가 하면 "몇이나 쳐야 다 쳐요?"라고 날카롭게 반응함으로써 H로 하여금 그만 머리를 숙이고 낯을 붉히게 만든다. 마음속으로 존경하는 나머지 H선생이라 호명하던 그녀가 왜 그처럼 예민한 반응을 보였는지 알 수 없는 감정상태를 노정한 것이다. 즉 그녀의 내면에서는 H

---

4) 송명회 편역, 위의 책, 38면.

를 선생이라 부를 정도의 존경심을 가지고 있었음에도 겉으로는 정반대로 예의에 어긋난 행동을 했던 것이다.

그것은 일종의 반동형성(reaction formation)의 방어기제이다. 반동형성이란 겉으로 나타나는 태도나 언행이 마음속의 욕구와 반대인 경우를 말한다.[5] 당황한 H가 "그럼 안녕히 계시오."라고 인사하고 대문 밖으로 나가버리자 그녀는 곧바로 후회하는 마음으로 바뀐다.

(전략) 들으매 그날 저녁에 H선생은 동경으로 돌아가신다는 고로, 저는 속으로 '아이고 나같이 못난 것은 없다. 어찌하여 평시에 존경하는 선생에게 그와 같이 실례의 언행을 하였을까. 내가 남자가 되었더라면 늘 H선생과 같이 분명해 뵈고 학구적 태도를 잃지 않는 선생을 놓지 않고 따라 다닐 터인데 불행히 여자가 되어서……. 그러나 나는 아까 H선생이 인사를 하실 때 인사도 여쭙지 못하지 않았나. 어찌 그같이 하였을까? 아아 답답한 일이다. 또 마음에도 없는 실책을 하였구나.(후략)[6]

그녀는 M여사에게 H가 가시는데 정거장에 안 가느냐고 말했다가 핀잔을 듣고 "감상적 수치(羞恥)"를 깨닫는가 하면 "그날 저녁에 저는 잠들지 못하고 커다란 지렁이가 우물우물 기어가다가 무엇의 발끝에 밟히어서 구물구물 애쓰는 것을 자신의 위에 깨달으며 번민"[7]하고 밤 잠조차 설친다.

---

5) 이무석,『정신분석에로의 초대』, 이유, 2003, 165면.
6) 송명희 편역, 앞의 책, 41면.
7) 송명희 편역, 위의 책, 43면.

이처럼 전전반측하며 괴로워하는 순일은 자신을 커다란 지렁이로, 그것도 우물우물 기어가다가 무엇의 발끝에 밟히어서 구물구물 애쓰는 존재로 비체화한다. 스스로의 존재를 무엇의 발끝에 밟히어 구물거리는 지렁이와 같은 존재로 비체화하는 것은 그녀가 심각한 자기혐오에 빠져 있다는 것을 보여준 것이다. 즉 주체에 대한 존엄성을 느끼지 못하는 자기소외와 타자화, 그리고 무엇의 발끝에 밟히는 존재라는 피해의식과 무력감에 사로잡혀 있음을 보여준다. 무릇 자기혐오는 피해의식으로부터 발생한다. 즉 권리를 침해당하거나 공정하게 대우받지 못하는 원인을 타인에게 돌리면 분노가 되지만 자신에게 돌리면 자기혐오에 사로잡히게 된다. 그리고 분노 감정을 제대로 표현하지 못하고 자아 내부를 공격하면 우울증이 된다.

누스바움은 배설물, 타액, 혈액, 체취, 벌레와 같은 것들이 우리가 실제로 혐오감을 느끼는 1차적 대상이라 하였다. 그리고 투사적 혐오(projective disgust)는 혐오의 1차적 대상물과 관련성이 없는 자들에 대해 혐오의 1차적 대상물의 성질을 투사함으로써 그들을 혐오하는 것을 말한다.[8] 그런데 순일은 투사적 혐오의 대상을 타자가 아니라 자신으로 설정하였던 것이다.

> 저는 가입학 수속일망정 해놓고 보증인도 세우지 않고 학교에 통학은 하지만 월사를 못 낸 것보다도 보증인을 세우지 못한 것보다도 본가에서 돈을 안 보내는 것보다도 번민되는 것은 그때 H 선생에게 실례의 언행을 함이었습니다. 저는 매우 고통이 심함으로 M여사에게

---

8) 게이법조회, 「대한민국에서 성수자에 대한 인류애를 기대하며」, 마사 C. 누스바움, 강동혁 역, 『혐오에서 인류애로』, 뿌리와이파리, 2016, 292면.

"형님, 나는 괴로워요. 어찌할까요. 내 그때 H선생에게 몇 번이나 쳐야 다 쳐요 하고 심술부린 것이 아무리 생각해도 실책이니 어찌할까요. 사죄의 편지를 할까요?"[9]

그녀의 H에 대한 좌불안석에 대해 M여사는 신경쇠약으로 치부하지만 순일은 자신이 H에게 그처럼 신경을 쓰는 이유를 그를 존경하기 때문이라고 변명한다. 그녀는 성공을 속히 기약하며 학업에 대한 맹렬한 결의를 보이는 가운데 가입학한 학교에 학비도 내지 못하고 보증인도 세우지 못한 상황에서 학교로부터 월사금 재촉을 받고 있다. 게다가 고향의 부친에게 곤궁한 처지를 써 보내고 답장이 오기를 기다려도 가망이 끊어진 상태이다. 이러한 가운데 순일이 처한 가장 큰 근심걱정은 H에 대한 실례가 아닐 것이다. 그럼에도 불구하고 그녀는 H에 대한 그녀의 결례를 전전긍긍 걱정하는 불균형한 감정상태를 보여주고 있다. 그 이유는 그녀가 H에게 보낸 편지에서 밝혀진다.

선생님께서 동경에 가실 때 저는 인사도 여쭙지 못하고 또 선생께서 제게
"왜 피아노 안 치셨어요?"
하고 물으실 때 저는 무엇이라 실례의 말씀을 여쭈었겠습니까. 그야 제가 평시에 동경에 머무는 조선 유학생들에게 하고 싶은 말이었습니다. 동경에는 저보다 오래 피아노 공부하시고 또 자유로 학비를 얻어 쓰면서 저를 보면 외면하는 이들이 많은데 왜 무슨 때가 오면 꼭 저더러 피아노를 치라는지 그것이 참으로 불쾌해서 앙앙하다가 선생에게 그런

---

9) 송명희 편역, 앞의 책, 46면.

실례를 함이올시다. 거듭거듭 용서하여 주소서……. 여불비례[10]

H에 대한 그녀의 예민하고 신경질적인 반응은 사실 H를 향한 것이
라기보다는 동경의 조선 유학생들을 향한 것이었음을 그녀는 편지에
서 고백한다. 즉 동경에는 자신보다 피아노를 더 오래 공부하고 다른
유학생들에게 자유로 학비를 얻어 쓰면서도 그녀를 보면 외면하고 따
돌리던 이들, 그러면서도 무슨 때가 오면 꼭 그녀더러 피아노를 치라
고 하던 이들에 대한 분노가 H를 향해 전치(displacement)된 나머지
그처럼 퉁명스럽고 신경질적인 반응을 했다는 것이다. 즉 동경에서
학비를 구걸해야 하는 그녀를 무시하고 따돌리면서도 정작 그녀에게
피아노를 치라고 요구하던 자들에 대해 느꼈던, 즉 공개적으로 무시
당하고 모욕을 당하는 부당한 상황 속에서 느꼈던 분노 감정을 엉뚱
하게도 H에게 전치시킴으로써 H를 당황하게 만들었다는 것을 편지를
통해 사과한 것이다. 이 대목에 대해서 최혜실은 다음과 같은 해석을
내놓는다.

당시 동경 유학생들은 부유하고 가문 좋은 집안에서 자란 사람들이
많았고 당연히 가난하고 서출인 화자를 따돌렸다. 그러나 여흥이 필요
할 때는 그 대상으로 탄실을 떠올렸고 유난히 민감한 그녀는 다른 유학
생들이 자신을 쾌락의 시선으로 본다는 사실을 간파하고 있었다. 이때
H선생이 지나가는 말로 화자가 왜 피아노 치기를 거부했는가를 물었
을 때 불쾌하게 반응한다.[11]

---

10) 송명희 편역, 위의 책, 47면.
11) 최혜실, 앞의 책, 369-370면.

즉 순일의 H에 대한 예민한 반응은 동경의 조선 유학생들이 가난하여 학비를 얻어 쓰는 그녀에 대해 외면하고 따돌리면서도 정작 그녀더러 피아노를 치라고 요구하던 것에 대한 항의의 성격을 띠고 있다는 것이다. 여기서 드러나는 것은 그녀가 동경에서도 다른 유학생들로부터 학비를 얻어 쓰던 처지라는 것, 그로 인해 외면을 당했다는 사실, 또 자주 피아노를 치라고 요구받아왔으며, 그에 대해 부당함을 느꼈다는 것 등이다. 그런데 최혜실은 여기서 한걸음 더 나아가 그녀가 서출이라는 것, 다른 유학생들이 자신을 쾌락의 시선으로 본다는 사실을 간파하고 있었다는 것까지 언급한다. 하지만 이는 실제작가 김명순(탄실)과 작중의 인물 순일을 동일시한 결과로서의 과잉해석으로 생각된다.

심리학자 쉐러(K.R. Scherer)와 월보트(H.G. Wallbott)에 의하면 분노는 다른 사람에 의해 고의적으로 유발된 불쾌하고 공정하지 못한 상황에서 경험하는 감정으로서, 자신이 공정하게 대우받지 못하거나 무시당한다는 느낌이 분노를 일으키는 주요 원인이다.[12] 즉 내가 옳다고 믿는 가치에 반하는 행위나 사건이 태연하게 일어나고 있는 데 대한 노여움이 바로 분노이다. 분노는 대개 자기 자신의 존엄성이 손상되었다고 느껴질 때 외부의 공격자에게 위협적이거나 방해하는 행동을 중단하라고 경고하기 위해 표현하는 감정이다.[13] 말하자면 순일의 H에 대한 과잉반응은 동경에서 조선 유학생들로부터 받았던 따돌림에 대한 분노감정이 그에게 전치된 것이다.

---

12) 최현석, 『인간의 모든 감정』, 서해문집, 2011, 114-115면.
13) 송명희, 「김명순 시에 나타난 분노 감정」, 『여성문학연구』39, 한국여성문학학회, 2016, 158면.

동경에서 그녀가 학업을 달성하기 위해서는 조선 유학생들의 지원과 따돌림을 동시에 받아들일 수밖에 없었던 데서 그녀의 분노와 수치심은 발생했다. 여기서 분노는 타인, 즉 그녀를 외면하고 따돌리던 유학생들을 향한 것이며, 수치심은 그녀 자신을 향한 것이다. 수치심이란 누스바움에 의하면 어떤 이상적인 상태에 도달하지 못한다는 생각에 반응하는 고통스러운 감정이다.[14] 작중 순일의 수치심은 다름 아닌 그녀가 부친으로부터 제대로 학비를 지원받지 못해 다른 유학생에게 학비를 얻어서 공부를 해야 하는 곤궁한 처지에서 발생한 것이다.

단편소설 「칠면조」를 관통하고 있는 불안한 주체의 불편한 감정은 바로 부유한 처지의 다른 조선 유학생들과 달리 그녀가 학비를 구걸해야 되는 가난한 유학생이라는 데서 발생하는 것이다. 그것은 그녀로 하여금 자존심을 갖고 당당하게 대인관계를 형성하지 못하게 만들 뿐만 아니라 그녀로 하여금 자신을 부족하고 불완전하게 느끼도록 만드는 수치심 중독(toxic shame)에 빠뜨린다.[15] H를 존경하면서도 퉁명스럽고 신경질적으로 대한 것, 또한 과민반응한 자신의 실수에 전전긍긍하며 편지를 보낸 것도 다 수치심 중독으로부터 발생한 것이라고 볼 수 있다. 수치심 중독은 자신이 무엇인가 잘못된 존재라는 것이고, 그것에 대해 자신이 할 수 있는 것이란 아무것도 없다는 것이다. 그저 부족해보이고 불완전할 뿐인 감정이 수치심이다.

그녀의 편지에 대한 답장으로 H는 "K부는 숭고아담한 취미를 양성

---

14) 마사 C. 누스바움, 조계원 역, 『혐오와 수치심』, 민음사, 2015, 338면.
15) 마사 C. 누스바움, 위의 책, 86-87면.

하기에 적당한 줄 압니다"라는 짧고도 무심한 글을 보내온다. 그 후 그녀는 H에 대한 불편한 감정을 접고 학비와 보증인 문제와 같은 현실적인 고민에 본격적으로 대처해나가기 시작한다. 작품에서 H와의 에피소드는 지난날 동경에서의 그녀의 처지와 감정을 간접적으로 알려주는 기능을 했다고 할 수 있다.

그녀는 보증인을 주선하여 달라고 부탁하기 위해 기숙사에서 나와 조선인의 집으로 이사한 Y여사를 찾아간다. 그곳에서 그녀는 집주인인 박홍국으로부터 보증인과 학비의 도움을 받게 되지만 친절한 박 부인과 달리 나이가 40세나 되는 박홍국에 대해서는 흥미를 못 느낄뿐만 아니라 혐오의 감정에 사로잡힌다. 그녀는 박 부인이 얌전한 조선 부인의 전형으로 조금도 야매하거나 편협하여 보이지 않는 데 반해 노동현장에서 조선인 노동자를 돕는다는 박홍국은 "얼굴이 거무튀튀하고 좀 얽은 구멍이 있는 것 같으며 말소리는 불쾌하도록 낮고 쉰 목소리"[16]를 가진 너무 빈약하고 때가 못 벗어 보일 뿐 아니라 신뢰도 가지 않아 그의 도움을 받을 것인지에 대해 고민하며 전전반측한다.

'박 씨 댁 주인은 내 보증인이 되고 학비도 부족되는 것을 담당할 만치 말하였다. 나는 사귄 첫날에 그 사람에게 이와 같은 흉허물 없는 친절을 받게 되도록 사람들과 친해 보기는 처음이다…… 그들은 정녕 내 보증인이 된다고 내게 안심을 시켰다……. 그러나? 그러나"[17]

16) 송명희 편역, 앞의 책, 52면.
17) 송명희 편역, 위의 책, 51면.

달리 도움을 청할 곳이 없는 순일은 결국 박 씨의 호의로 보증인을
세우고, 자취를 하지만 그에 대한 참을 수 없는 불쾌감으로부터 벗어
나지 못한다. 그 이유는 박흥국이 심히 친절하지만 흥미를 일으키지
않고 피하고 싶은 인물일 뿐만 아니라 외모와 행동이 너무 빈약하고
때가 못 벗어 보이며 교양 없는 태도를 가진 인물이기 때문이다. 더욱
이 시간이 지날수록 너무 잦게 그녀를 찾아와 사려 깊지 못한 말을 함
부로 내뱉는 불쾌한 행동을 하는 데서 발생한다.

박흥국을 극도로 혐오하면서도 그의 학비 도움을 받아들일 수밖에
없는 처지에서 순일은 그에 대해 혐오감을 표출할 수도 없다. 그의 도
움은 고맙지만 그가 아무 때나 빈번하게 찾아와 불쾌한 말을 함부로
해대는 부당한 처사에 대해 그녀는 마음속으로 분노를 느낀다. 그럼
에도 그의 경제적 지원을 받는 입장에서 분노 감정을 제대로 표출할
수도 없기 때문에 분노가 그녀의 자아 내부를 공격할 때 우울증에 빠
지게 되고,[18] 그에 대한 혐오가 더욱 심각해지면 우울증을 넘어서서
신체화(somatization) 증세를 일으켜 병석에까지 눕게 된다.

저는 드디어 우울증을 이뤄 박 씨들의 일언일구를 회의하게 되었습
니다. 어떤 때 공원에 산보 갔을 때 박 부인은 저에게 가정이 재미없다
고 하였습니다. 그 전에 한번은 박흥국이라는 이가 자기는 장가를 들면
천한 데서 나서 훌륭히 된 여자하고 결혼하겠다고 보기 싫게 짧은 체
통과 검은 얼굴로 부끄러워하지도 않고 사려 없이 말하였습니다. 또 어
떤 때는 십분 활발한 저에게 아직도 여자답고 활발치 못한 데가 있다고
무엇을 풀어버리라는 듯이 말하였습니다. 이런 일들이 다 참을 수 없는

18) 최현석, 앞의 책, 145-147면.

노염을 제 가슴에 일으켜 저의 병세는 날이 오래짐을 따라 진(進)여도 때를 정치 않고 식었다 더웠다 하는 체온 때문에 자주 병석에 눕게 되었습니다.[19)]

동경에서부터 남의 도움을 받을 수밖에 없었고, 그로 인해 사람들로부터 외면당하고 따돌림을 당해야 했던 곤궁한 처지는 K부에 와서도 달라지지 않았다. 다만 도움을 주는 대상이 박홍국으로 바뀌었을 뿐이다. 그녀의 딜레마는 혐오를 불러일으키는 박홍국의 경제적 지원을 받아야만 그녀가 학업을 계속할 수 있다는 사실이다. 그녀의 마음속에서 일어나는 우울증과 몸에서 나타나는 신체화 증세는 바로 이 벗어날 수 없는 딜레마로부터 발생하는 것이다.

박홍국은 순일의 혐오와 분노의 대상이지만, 동시에 현재 그는 그녀의 학업에 대한 욕망을 채워줄 수 있는 유일무이한 존재다. 순일의 박 씨에 대한 혐오감은 그녀의 경제적 궁핍과 학업에 대한 욕망, 그리고 대인관계의 분노와 좌절을 함께 고려해야만 하는 복잡한 감정이다.

역사적으로 혐오는 힘 있는 다수가 소수자에 대한 비하 및 차별의 수단으로 사용해 왔다. 그런데 이 작품에서 주인공은 경제적 사회적 약자이기 때문에 박홍국에 대해 혐오의 감정을 직접적으로 표출할 수 없는 나머지 우울증에 빠지게 된 것이다. 두 사람의 관계에서 힘 있는 자는 박홍국이다. 그는 그녀를 경제적으로 지원하는 우월한 입장으로 그녀를 빈번하게 찾아와 함부로 대한다. 박홍국은 경제적으로 우월한

---

19) 송명희 편역, 앞의 책, 53-54면.

입장의 남성으로서 경제적으로 그에게 의존하고 있는 여성인 순일을 열등한 존재로 취급하며 객체화하고 타자화한 데서 그녀의 혐오감은 발생한다.

하지만 그녀는 혐오의 감정과 분노를 겉으로 표출할 수도, 그의 부당한 처사에 거부의 의사를 표현할 수도 없는 처지이기 때문에 우울증이라는 자기에로의 전향(turning against self)[20], 즉 자기 자신을 향한 공격을 하게 되고, 심리적 갈등이 몸져눕게 되는 신체화[21] 증세가 나타났다.

우에노 치즈코에 의하면 여성 혐오는 '여성을 혐오하고 증오하는 감정적 측면뿐만 아니라 여성을 남성보다 열등한 존재로 여기고 타자화하는 전반적 양태'이다. 여성 혐오는 여성에 대한 멸시를 나타내며, 여성을 성적 도구로 생각하고, 여성을 나타내는 기호에만 반응하는 것이라고 규정했다. 즉 여성을 남성과 대등한 성적 주체로 인정하지 않고 객체화하고 타자화하는 데서 여성을 멸시하는 여성 혐오가 나타났다는 것이다.[22] 박홍국이 보여주는 언행이야말로 순일에 대한 일종의 여성 혐오라고 할 수 있다. 그의 "아직도 여자답고 활발치 못한 데가 있다고 무엇을 풀어버리라는 듯이 말하"는 것과 같은 혐오발언이야말로 경제적으로 우월한 입장과 젠더 위계 서열의 계급사회에서 그녀를 열등하고 종속적인 위치로 전락시킨다. 그것은 그녀에게 모욕이 되고 위협이 되고 상처가 된다. 그의 부당한 처사에 항의할 수도, 분노를 표출할 수도 없는 그녀는 우울과 노염을 거쳐 병석에까지 눕게 되

---

20) 이무석, 앞의 책, 175면.
21) 이무석, 위의 책, 190면.
22) 우에노 치즈코, 나일등 역, 『여성 혐오를 혐오한다』, 은행나무, 2012, 12-13면.

고 만다.

이와 같은 상황에서 순일의 첫 번째 대응은 맹렬하게 다시 공부를 시작하여 밤 11시까지 복습하고 새벽 5시에 일어나 다시 책을 보고 부실하게 식사를 한 후 일찍 학교에 가서 또는 저녁에 정해진 시간 외에 피아노를 치는 등 열심히 공부하는 것이다. 그렇게 공부하여 조속히 성공하는 길이야말로 그녀를 타자화하고 무시하고 혐오하는 자들에 대한 가장 훌륭한 복수가 될 것이기 때문이다. 하지만 그 결과 순일은 몸이 허약해지고 우울증에 빠지고 참을 수 없는 노염을 일으켜 병석에까지 눕게 된다.

이처럼 심신이 피폐하고 위로가 필요해진 순일의 두 번째 대응은 조선 유학생 D를 찾아가는 것이다.

그러한 때 제 가슴은 무엇일까 무엇일까? 묻기 시작하였습니다. 가슴은 지명치 않았습니다. 그러나 얼마 후에 저는 조선말로 이야기할 벗이 부러웠습니다. 물론 제게는 동성의 벗보다 성을 초월한다 하더라도 이성의 벗이 감흥을 일으키리라고 뜻하였습니다.[23]

그녀는 조선말로 이야기할 벗이 필요하다는 욕망을 느끼게 되어 충동적으로 D를 찾아가 피아노를 얻어 칠 수 있을지를 묻는다. 그날 이후 순일은 공부에 대한 열망도 식어 게으른 학생이 되고 만다. 즉 공부에 대한 맹렬한 의욕마저 꺾이고 만다. 그리고 같은 조선인 유학생 신분인 D, 이성인 그를 그녀는 위로의 도피처로 삼고자 한다.

---

23) 송명희 편역, 앞의 책, 54면.

선생이여, 정녕 그날 저녁부터……. 저는 게을러졌습니다. 그리고 홀로 눈을 막막히 뜨고 비 오는 소리를 들으면서 멀리서 들리는 바이올린의 애끊는 소야곡을 들으면서 한없이 느끼었습니다.

한 올 두 올 내 애달픈 정서는 풀리어 어떤 얼굴을 수놓듯이 짰습니다. 맨 첨에 눈만 커졌다가 그 후에는 웃는 입만 보이다가 나중에는 D 씨의 미소하던-흰 얼굴에-시원한 눈이 애교 있는 입이 기꺼운 해조를 외우려는 듯한……. 내 유시(幼時)에 이름도 잊어버렸던 벗의 얼굴 같기도 하다고 환상이 일어납니다.[24]

학업에 대한 의욕이 꺾이고 불안정한 감정 상태에서 학교도 결석하고 누워 있던 그녀가 목욕탕에 다녀오는 사이 D가 찾아와 일본 여성에게 조선말을 가르쳐보겠느냐고 권하지만 그녀는 마음에도 없이 일녀는 외국어를 배울 줄 모른다는 쓸데없는 험담을 하게 된다. 아마 D는 순일의 경제적 어려움을 감안하여 그녀를 경제적으로 돕고자 아르바이트를 권했을 것이다. 그런데도 엉뚱한 말로 이를 거절하자 D는 "아이 아직도 어린애 같구면"이라고 독백한다. 그리고 둘은 밤이 늦도록 놀다가 책도 같이 읽고 비평도 같이하고 하였으나 그녀가 매일 듣는 바이올린 소야곡 소리가 가장 아름답게 우러날 때 오히려 D는 그 귀를 꼭 막고 10분가량 앉았다가 참을 수 없다는 듯이 후다닥 일어나서 돌아간다. 이때의 D의 행동은 정확하게 해석되지 않는다. 바이올린의 선율이 슬퍼서 참을 수 없다는 것인지, 유치한 순일을 참을 수가 없다는 뜻인지, 더 이상 함께 있다가는 순일에 대한 그의 이성으로서의 감정을 억제할 수 없겠다는 뜻인지 알 수 없다. 어쨌거나 이 소설은 순

---

24) 송명희 편역, 위의 책, 55면.

일의 사교계 진출의 실패담을 적었다고 했기에 결국 그도 그녀의 완벽한 도피처가 되지 못했던 것으로 해석하는 것이 옳을 것이다.

결국 순일이 해를 넘기지 않고 귀국한 것으로 보아 박홍국에 대한 혐오감을 견딜 수 없어 학업을 그만두었을 것이고, D도 그녀에게 진정한 위로를 주지 못했을 것으로 추측하는 것이 타당해 보인다. 어쩌면 순일은 K부에서 경험했던 대인관계에서 입었던 상처와 분노, 침해당한 권리, 맹렬했던 학업에 대한 욕망이 좌절되었던 마음의 고통을 니-나 슐츠 선생에게 고백하고 싶었을 것이라고 생각된다.「칠면조」는 사교계 진출의 실패담이라기보다는 대인관계를 실패하게 만든 순일의 경제적으로 곤궁한 처지로부터 발생하는 감정의 불안정을 고백한 이야기로 읽힌다.

사실 왜 그녀가 그처럼 어려운 처지에서도 그토록 공부를 하고 싶어 했는지 이 소설에서 이유를 밝히기는 어렵다. 오히려 그 이유는 김명순의 자전적 소설「탄실이와 주영이」(1924)에서 찾는 것이 빠를 것이다. 작중의 탄실은 자신이 "정숙한 부인의 딸이란 팔자가 아니니 그 대신 공부만을 잘해서 그 결점을 감추지 않으면 안 되겠다."[25]는 일념으로 일본으로 유학을 떠났고, 기생첩 소생이란 신분을 벗어나기 위해 누구보다 열심히 공부하고자 했다.「칠면조」에서는 "소위 성공을 속히 기약하려는 저는 '병을 앓지 않으리라', '어떠한 일이 있어도 하루도 결석은 하지 않으리라'고 다시 굳게 결심"을 하는 데서 보듯이 속히 성공하기 위해서 공부를 맹렬히 하는 의지만이 나타나 있다. 아무튼 성공이야말로 세상에 대한 그녀의 분노에 대한 가장 확실한 처

---

25) 송명희 편역, 위의 책, 264면.

방이며, 불안한 자아의 성장과 변화를 위한 가장 강력한 수단이 될 것이다. 하지만 주인공은 결국 학업을 중단하고 귀국하였다

이 글에서 논의하지 못했지만 동성인 M여사와 Y여사는 그녀에게 도움을 주면서도 다른 한편에서 그녀를 무시하는 이중성을 보이고 있다. 그녀들은 순일처럼 경제적으로 곤궁한 처지가 아니라는 데서 친절과 퉁명스러움, 칭찬과 빈정댐을 교차하며 순일을 대했고, 순일은 그녀들의 말과 태도에 때로 상처입고 불쾌감을 느끼지만 항의하지 못하고 참아야만 했다. 그것은 돈 없이 공부를 해야 하는 자가 견뎌야 할 처절한 생존의 몸부림이었다.

3. 맺음말

이 작품은 니-나 슐츠 선생에게 보내는 편지라는 고백체의 양식을 통해 표면적으로는 사교계에 나서려는 한 처녀의 실패담을 그린 것으로 설정하였다. 하지만 작품을 심층 분석해 볼 때에 「칠면조」는 부친으로부터 경제적 지원을 받지 못한 채로 유학을 떠난 여자 유학생의 곤궁한 처지로부터 대인관계에서 발생하는 분노, 자기혐오, 수치심 중독, 우울증, 신체화 증세 등을 경험하는 불안한 주체를 형상화하고 있다. 사교계 진출의 실패는 사교술의 문제가 아니라 결국 그녀의 궁핍한 경제적 토대로부터 발생하는 문제임이 밝혀진 것이다.

이 소설은 일기와 같은 자기고백이 아니라 타인에게 전달하는 편지의 형식으로서 주관적인 자신의 이야기가 어느 정도 객관적으로 전달되는 측면을 지닌다. 자신의 시선에 의해서 자신의 주관적인 이야기

를 하면서도 다른 사람의 시선에 의해 객관적으로 자신을 바라보고자 하는 태도야말로 이 작품을 심리주의적인 소설로 성공하게 만드는 중요한 요인으로 작용한다.

존 버거(John Berger)의 말대로 여성은 자신 속에 관찰자와 피관찰자의 두 가지 성분과 요소를 생각하지 않을 수 없다. 여성이 타인에게 어떻게 보이는가는 결국 그녀가 남성에게 어떻게 비치는가 하는 것이며, 그것이 여성의 인생의 성공 여부에 결정적인 역할을 하기 때문이다. 게다가 여성이 자신이라고 믿고 있는 것은 실은 타인이 그녀라고 생각하는 관점과 동일할 수 있다. 관찰자로서의 여성은 피관찰자로서의 여성을 타인에게 평가받을 수 있도록 보여준다. 여성은 보여지고 있는 자기 자신을 본다. 이것은 남녀 간의 관계를 결정할 뿐만 아니라 여성의 자신에 대한 관계도 결정해버린다. 그녀의 내부 관찰자는 결국 남성이다. 그리고 피관찰자는 여성이다. 여성은 자기 자신을 대상으로 전화시킨다.[26] 존 버거는 남녀의 권력이 불평등한 가부장제 문화와 사회가 여성을 남성 관객과 관음자의 시선의 대상으로 만들고 있다고 주장했다.

「칠면조」는 남녀의 권력관계보다는 경제적으로 우월한 자와 그렇지 못한 자 사이의 권력관계에서 발생하는 복잡한 심리를 그려냈다. 어쨌거나 경제적으로 열등한 자는 여성 주인공이며, 경제적으로 우월한 자가 반드시 남성은 아니지만 둘 사이에는 가시적 불가시적 권력관계가 작용한다. 이 가시적 불가시적 권력관계에서 주인공은 상처를 입고 분노를 느끼고 자기혐오와 수치심 중독에 빠진다. 나아가 우울

26) 존 버거, 『이미지-시각과 미디어』, 동문선, 2002, 82-85면.

증과 신체화 증세를 경험하기도 한다.

이 작품을 썼을 때 김명순은 아직 이십대 중반에 불과한 나이였다. 그 나이에 인간의 심리를 이처럼 탁월하게 그릴 수 있었던 힘은 무엇이었을까? 경제적 사회적으로 열등한 타자의 위치에서 공부를 하겠다는 맹렬한 욕망을 지닌 여성이 처한 복잡미묘한 심리적 상황을 이처럼 탁월하게 형상화할 수 있었던 것은 실제작가 김명순의 자전적 경험이 큰 바탕이 되었을 것이라는 설명만으로는 부족하다. 그만큼 김명순은 인간에 대한, 인간의 심리에 대한 탁월한 통찰력과 지식을 갖추고 있었다고밖에는 볼 수 없다. 인간의 시시각각으로 변화하는 복잡미묘한 심리에 대한 섬세한 분석이 1921년에 쓴 「칠면조」에서 이루어졌다는 것은 심리주의 소설가로서 김명순에 대한 문학사적인 또 다른 평가를 가능하게 한다.

(『문예운동』2018년 가을호, 2018. 9)

1920년대 신여성에 대한 양가적 성차별주의
─김명순의 「손님」을 중심으로

1. 머리말

김명순의 단편소설 「손님」(『조선문단』, 1926.4)은 여러 모로 김명순의 여타의 소설들과 그 궤를 달리한다. 「돌아다볼 때」, 「외로운 사람들」, 「나는 사랑한다」와 같은 대표적 소설들이 결혼한 여성(남성)의 입장에서 구식결혼제도의 불합리성을 비판하며 자유연애혼 또는 자유이혼을 대안으로 제시했던 것과 판이하게 다르다.

「손님」의 여주인공은 동경유학생 '삼순'으로서 학교를 졸업하면 결혼이 아니라 직조공장에 가서 여공이 되겠다고 생각하는 스물셋의 미혼여성이다. 이러한 여성 모델은 당대 나혜석이나 김일엽의 소설에서는 등장한 바 없는 신여성상이다.

3.1운동 이후 일제가 무단정책을 문화정책으로 전환하게 되자 언론의 자유가 확보되고 이에 따라 노동문제, 인종문제(민족문제)와 함께 활발하게 논의의 대상이 된 것은 바로 '여성문제'였다. 1920년 3월에

창간된 『신여자』는 지식인 사회를 자극하며 여성과 관련된 활발한 담론의 장을 마련하였다. 편집주간 김일엽을 비롯한 일군의 신여성들은 여성도 한 명의 독립된 주체이며 평등한 인간이라는 신여성관을 확립하였다. 당연히 당대의 봉건적인 조선사회는 신여성 담론과 이를 주장하는 신여성들에 대해 거센 비난을 퍼부었다. 이처럼 '신여성'은 자아각성과 여성해방사상의 형성이라는 점에서 역사적으로 커다란 의의를 가지면서도 당대에 정당한 평가를 받지 못했던 것이다.[1]

그동안 김명순의 소설에 대한 연구는 「돌아다볼 때」, 「외로운 사람들」, 「나는 사랑한다」, 「탄실이와 주영이」와 같은 몇몇 작품들에 한정되어 왔다. 따라서 「손님」에 대한 연구는 이미화[2]가 김명순의 다른 소설들과 함께 탈식민적 페미니즘의 관점에서 접근한 논문이 거의 유일하다.

김명순은 동시대의 나혜석이나 김일엽과는 달리 당대의 여성해방에 관한 토픽들에 대해서 직접적으로 언술할 수 있는 논설을 아주 드물게 썼다. 대신 그녀는 당대의 중요한 이슈였던 연애, 결혼, 이혼과 같은 문제에 대해서 시나 소설을 통한 문학적 형상화를 통해 발언하고자 했다. 때문에 그녀가 신여성에 대해 어떤 젠더의식을 가졌는가에 대해서도 그녀가 쓴 작품에 대한 면밀한 해석과 정치한 분석을 할 때에야 비로소 파악이 가능하다.

본고는 「손님」이라는 소설에 나타난 1920년대 우리 사회의 핵심적

---

1) 이노우에 가즈에, 「조선 '신여성'의 연애관과 결혼관의 변혁」, 문옥표 외, 『신여성』, 청년사, 2003, 156-158면.
2) 이미화, 「김명순 소설의 탈식민적 페미니즘 연구」, 『한국문학논총』66, 한국문학회, 2014, 111-142면.

담론의 하나였던 '신여성'에 대한 양가적 성차별주의에 대해 분석하고자 한다. 이러한 분석은 근대사회가 신여성에 대해서 갖고 있었던 적대와 온정의 양가적 성차별주의를 살펴볼 수 있는 한 계기가 될 것이다.

2. 신여성의 두 타입과 양가적 성차별주의

여성이 남성의 권위나 영역을 침범하는 데 대한 적대적 감정인 적대적 성차별주의(hostile sexism)와 전통적인 역할에 부합되는 여성들을 온정주의에 입각하여 애정과 보호의 대상으로 보는 호의적 감정인 온정적 성차별주의(benevolent sexism)로 구성되는 개념이 양가적 성차별주의이다.[3] 글리크와 피스케(Glick & Fiske)는 성차별주의가 적대적이고 온정적인 양가성을 지닌 편견임을 지적하였다. 즉 여자에 대한 편견은 일방적인 적대감에 기초한 편견이라기보다는 온정적이고 긍정적인 감정을 동시에 지닌 양가적 특성을 갖고 있다는 것이다. 그런데 여성이 남성의 권위나 영역을 침범하는 것에 대한 적대적 성차별주의는 쉽게 파악할 수 있지만 온정적 성차별주의는 여성들

---

3) 글리크와 피스케(Glick & Fiske)는 적대적 성차별주의와 온정적 성차별주의가 함께 공존하는 성차별주의를 양가적 성차별주의라고 불렀다. 남녀는 그 어떤 집단보다도 친하게 연결되어 있다. 더 나아가 과거부터 현재까지 여자를 묘사하는 문화적 이미지 역시 부정적인 것만은 아니다. 여자는 비난을 받는 존재이지만 동시에 외경적인 존재이기도 하다. 그런 연유로 인하여 여자에 대한 편견은 일방적인 적대감에 기초한 편견이라기보다는 양가적 특성을 갖고 있다. ; 이미나, 「수도권 고교생들의 양가적 성차별주의 실태조사」, 『시민교육연구』48-4, 한국사회과교육학회, 2016, 111면.

을 애정과 보호, 환대의 대상으로 보는 우호적인 감정에 기초하기 때문에 사람들이 온정적 성차별주의의 문제점을 인식하지 못하는 경우가 많다.[4] 하지만 온정적 성차별주의 역시 우호적인 피상적 태도와 달리 기존의 성역할 및 지위체계를 유지하도록 만드는 또 다른 형태의 성차별주의이다.

2.1. 자유분방한 신여성에 대한 양가적 성차별주의

김명순은 「손님」에서 자매관계인 스물 댓쯤의 '을순'이라는 개방적이고 적극적이며 남녀교제가 활발한 여성과 스물셋쯤의 '삼순'이라는 동경유학생인 엘리트 신여성을 대비시킨다. 소설은 언니 을순이 동생 삼순에게 주인성이라는 남자를 집으로 초청하여 소개시키려는 상황이다. 그런데 이 상황에 대해서 당사자인 삼순이나 큰언니 갑순이 별로 긍정적이지 않고 세 자매 사이에는 미묘한 갈등이 존재한다. 자매지간의 불편한 관계는 자주 묘사된 비바람이 치는 날씨를 통해서 간접적으로 드러나고 있다.

작품은 날씨에 대한 묘사로부터 서두를 시작한다. "단속적으로 비 많이 오던 작년 7월 13일 누구든지 이 해에 서울 살던 이들은 그 사납게 바람 비 부딪치던 무서운 날을 잊지 못할 것이다."[5]와 같은 악천후 속에서도 삼순은 손님을 맞이하기 위해 유리창을 닦고 청소를 열심히 한다. 그러는 삼순에 대해 을순은 "애, 아주 대열성이로구나. 암만 생

---

4) 김재은 · 김지현, 「성별에 따른 남성중심집단과 여성중심집단의 양가적 성차별주의와 강간통념의 관계」, 『상담학연구』19-4(106), 한국상담학회, 2018, 189면.
5) 송명희 편역, 『김명순 소설집-외로운 사람들』, 한국문화사, 2011, 293면.

각해도 그 많은 정열을 그 찬키-위에는 못다 쏟아놓겠니. 그래서 이제 부터는 사람의 하-트를 하-프를 흔들어놓자는 작정이지. 그래 마음껏 해보아라. 사람은 내 불러다주마. 그렇지만 이 바람 이 비풍에 어디 누구를 오라겠니. 더군다나 그 변화 있는 손님이 올지 말지."라며 놀려댄 다. 이어 "하늘은 점점 검푸르게 탁해졌다. 바람은 점점 사나워졌다" 라고 묘사되는데, 이는 불길한 징조라고 화자에 의해서 서술된다. 이 와 같은 사나운 날씨는 삼순이 주인성을 만나려는 자신에 대한 내적 갈등, 나아가 주인성이라는 인물에 대한 불편한 감정을 간접적으로 드러낸 것이다. 그런데 오후로 가면서 비는 그치고 "가을날같이 서늘 한 이 흐린 일기를 무거운 기분으로 불쾌히 생각하는 듯하나 그 한편 으로는 유쾌한 기분을 감출 수 없어 하는 것 같다."[6]라고 주인성의 내 면에서 일어나고 있는 을순의 집을 방문하는 데 따른 기대감으로 바 뀌고 있다.

"아아, 이 오실 손님은 나를 아주 살려놓든지 나를 죽여 놓든지, 끝을 볼 것 같다. 이렇게 나를 움직여 놓는 사람이 소로민같이 나를 지배할 사람인지 아닌지도, 또 나를 민중(民衆)의 앞에 내놓아서 인도해 줄 사 람인지 아닌지도 나는 모르고, 그이가 귀족이면서도 민중의 설움을 알 고 시인이면서 시를 안 쓰고, 다만 천지는 사라져도 사람의 속에 자유 를 구하는 마음은 안 없어진다는 칸트의 말을 번역한 것 같은 말 한마 디에, 퍽 성질이 너그러워서 그 공장 사람들을 잘 지도한다는 칭찬 한 마디에 조선의 소로민인 것 같아서 이러는 것 아닐까. 아니다. 딱히 무

---

6) 송명희 편역, 위의 책, 305면.

슨 조건을 가진 것 같지도 않다. 아 아 내가 타락되는 것 아닌가.[7]

그날의 손님으로 초청된 주인성이란 남성은 직조공장을 운영하는 평양 제일의 사업가에다 사회주의자로 설정되었다. 삼순은 그가 조선의 소로민과 같은 인물일지도 모른다는 기대, 그녀를 민중(民衆)의 앞에 내놓아서 인도해 줄 사람일지도 모른다는 기대를 갖고 그를 만나보려고 결심하였다. 하지만 아직 그에 대한 어떠한 확신도 없는 상태다.

'소로민'은 러시아 작가 투르게네프의 소설『처녀지』에 러시아 혁명운동기의 견실한 점진주의자로 그려진 인물이다. 삼순은 주인성에 대한 주변의 칭찬을 듣고 그가 조선의 소로민일지도 모른다는 기대를 안고 그를 만나보려 하지만 남자를 만나보려 한다는 사실만으로도 그녀는 자신이 타락한 것은 아닌지 회의한다.

이반 세르게예비치 투르게네프(Иван Сергеевич Тургенев, 1818~1883)는 러시아의 부유한 지주 가정에서 태어나 러시아 귀족 가정의 전형적인 교육을 받았다. 그는 모스크바대학 문학부와 페테르부르크대학 철학부에서 공부한 후 독일의 베를린대학에서 수학함으로써 유럽 사상의 영향을 받게 된다. 독일 유학 후 러시아로 돌아온 투르게네프는 러시아의 후진성, 특히 농노제의 참상을 비판적으로 바라보게 된다.[8] 그는『처녀지』(1877)에서 농민의 지도자는 농민들의 실상을 알지 못하는 귀족이 아니라 그들과 함께 숨 쉬는 소로민과 같은

---

7) 송명희 편역, 위의 책, 295면.
8) 투르게네프 [Иван Сергеевич Тургенев, Ivan Sergeevich Turgenev] :『해외저자 사전』, 교보문고, 2014.

천민이 되어야 한다고 보았다. 향락을 추구하는 귀족, 잠을 자고 있는
러시아의 서민들, 다만 그들의 틈 속에서 잠을 깨우려는 혁명가들이
조용한 혁명을 위해 고군분투한다는 것이 『처녀지』의 내용이다.

　삼순이 주인성을 소로민과 같은 남성으로 상상하며 만나보려 한다
는 것은 김명순이 투르게네프의 소설에 등장하는 점진적 사회주의자
소로민이 추구했던 사회개혁에 관심을 가진 작가라는 추측을 갖게 한
다. 즉 「손님」에서 사회주의자 주인성을 등장시켰다는 것[9], 더욱이 민
족을 위해 일해 보겠다는 결심을 가진 삼순이 주인성에 대해 인간적
호의와 존경심을 갖고 있으며, 졸업 후 그의 직조공장에 취직하여 여
공의 동무가 되겠다고 결심한 점 등에서 김명순이 점진적인 사회주의
적 사회개혁에 동조한 인물이라는 것을 짐작할 수 있다. 1925년에 우
리나라에 결성된 카프(KAPF)처럼 무산계급에 의한 혁명을 꿈꾸는 사
회개혁이 아니라 체제 자체를 변혁하지 않은 채 점진적으로 사회를
개량하려는 입장에 김명순이 동조했을 것이라는 추측을 이 작품은 가
능하게 만든다. 작중의 삼순은 "지금은 벌써 소로민의 시대가 아니고
훨씬 앞서서 직접 행동할 시대인데"라고 소로민 식의 점진적 사회주
의보다는 당대가 혁명적 사회주의가 필요한 시대라는 것까지 파악할
만큼 사회학적 통찰력이 뛰어난 인물임에도 소로민 식의 점진적 사회
개혁에 찬동한다.

　「손님」에는 을순과 삼순이라는 두 가지 타입의 신여성이 등장한다.
우리나라에서 신여성이라는 말은 1910년대부터 쓰이기 시작했으나
전형적인 신여성은 1920년대에 처음으로 출현하였다. 1920년 3월에

---

9) 사회주의자는 이미 「외로운 사람들」에서도 '정택'이란 인물이 등장한 바 있다.

『신여자』란 잡지가 창간되고, 1923년 10월에는 『신여성』이 창간됨으로써 도시의 지식인 사회에서 '신여성'은 대중적인 용어가 되었으며, 새 시대의 유일한 선구자, 창작자로 숭배되고, 찬미되었다. 신여성에 대한 찬미는 이 시기에 나타났던 근대에 대한 열렬한 동경 및 추구와 흐름을 함께하는 것이었다.[10]

하지만 신여성이 단순히 찬미와 숭배의 대상이 되었던 것만은 아니었다. 그것은 보수적인 당대 사회의 그들을 향한 부정적인 시선과 평가 속에서 고스란히 드러난다. 김명순의 「손님」에는 당대의 신여성에 대한 긍정과 부정, 선망과 혐오의 양가적 태도가 잘 드러나고 있다. 큰언니 갑순은 교사 경력이 있는 이십팔 세의 기혼여성이다. 을순에 대한 그녀의 논평에서 신여성에 대해 당대 사회가 가졌던 부정과 혐오의 태도를 발견할 수 있다. 을순이 삼순에게 주인성을 소개하려는 일을 두고 갑순은 다음과 같이 힐책한다.

> 가) "너는 그 못된 것들하고 놀아서 배운 버릇이 웃고 떠들 줄밖에 모르니 그 소위 귀족 계급들하고 다니며 대감이니 영감이니 하구 네 자신을 그것들의 놀림감을 만들고, 또 나머지로 좀 놀려보고 그래서 네 온몸에 밴 것이 그런 유희적 기분뿐이냐. 좀 사람질 좀 해요. 삼순이가 그렇게 밤새워 공부하고 나와서는 아이고 돼서, 돼서 하고 피곤해하는 것이 뉘 탓이냐. 다 네가 방탕 하노라고 학비 많이 갔다 쓰고 난 결과로, 그 애가 부모 봉양하려고 그러지."[11]

10) 김경일, 『여성의 근대, 근대의 여성』, 푸른역사, 2004, 45-47면.
11) 송명희 편역, 앞의 책, 299면.

나) "망했으면 너 혼자 망하지 왜 또 삼순이에게 남자 교제를 시키려
고 드니. 그래서 그 애가 오늘 그 소제하노라고 법석하던 모양을 못 보
니 시험 치르고 나왔노라고, 아이구 언니 돼서 아무것도 못 하겠어요,
못 하겠어요 하던 애가……. 오늘 그 소제하노라고 덤비고 돌아가던 것
은 네가 시킨 것이나 다를 것이 무엇이냐. 나는 주인성이라는 사회주의
자인 또 사업가를 겸했다는 사람을 모르지만 남의 말에도 장하긴 한가
보더라마는, 아무쪼록 삼순이는 바람 내지 않도록 늙은 부모님 봉양시
키는 것이 옳지 않으냐." [12]

위의 인용문을 보면 을순은 남자교제가 매우 활발한 여성이다. 그
녀는 소위 대감이니 영감이니 하는 귀족 계급의 남성들과 어울리며
노는 것이 몸에 밴 인물이다. 갑순은 그것을 온몸에 유희적 기분이 몸
에 밴, 사람질을 하지 못하는 것으로 비판한다. 또한 "망했으면 넌 혼
자 망하지 왜 또 삼순에게 남자 교제를 시키려고 드니."라고 하면서
삼순에게 남자(주인성)를 소개시키려는 데 대해서도 부정적 입장을
피력한다. 갑순의 말 속에서 자유롭게 남성들과 교제하는 을순의 자
유분방한 성격이 드러날 뿐만 아니라 남자 교제가 활발한 신여성에
대한 당대 사회의 부정적 평가도 같이 드러난다. 즉 자유분방한 신여
성을 사람답지 못하고 방탕한 여성으로 취급하는 부정적 의식이 갑순
의 말 속에 반영되고 있다. 「손님」은 당대 신여성들이 추구하는 외양
의 변화와 삶의 양식의 변화를 용납할 수 없었던 보수적인 사회 분위
기[13], 특히 남자 교제가 활발한 신여성에 대해 부정적이었던 분위기

12) 송명희 편역, 위의 책, 298면.
13) 박용옥, 「신여성에 대한 사회적 수용과 비판」, 문옥표 외, 앞의 책, 59면.

를 가감 없이 전달하고 있다.

"동경서 음악학교를 다니다가 졸업도 못 받고 나와서 제물 음악가로 거드럭거리"는 것으로 서술된 을순은 정신적으로 자각한 신여성이라기보다는 행동이 자유로운 모던 걸에 해당된다. 인간적 주체성에 대한 자각이 없이 단지 자신의 욕망에 따라 자유롭게 행동하는 여성이 모던 걸이다. 작품에서 을순은 여러 면에서 모던 걸의 행동 양태를 보여주고 있다. 그녀는 단지 신여성의 외양만을 갖추었을 뿐이다.

이 남자 저 남자를 한꺼번에 친해서 여기저기 시기를 일으켜서는 그 자신의 미운 얼굴과 없는 재주를 가리고 거기 또 하나 수단은 일 잘한다는 자랑이다. 그것은 허물이 아니지만 3년이나 음악학교 문을 드나든 위인으로 배운 피아노는 게으름으로 못 하고, 제물 독창(자기류로 아무렇게나 하는 것)과 소위 일 잘한다는 것은 그 게으름을 말하는 것인 줄을 스스로 모른다.

그러므로 그의 제1 직업은 이 남자 저 남자 만나는 것이고, 제2 직업은 자기보다 얼굴 곱고 재주 있는 사람의 흉을 지어서 선전하기고, 제3 직업은 유탕한 남자들의 썩어진 심리(心理) 연구다. 그러고 나서 그의 종국(終局)의 생활 의식이 모두 다 우스워지고 모두 다 협잡꾼의 노름같이 보였다. 그러나 그렇다고 그는 자기가 이 서울 안에서 몰린 사람으로 못난 사람으로 잡히지 않는 것은 서울 사회와 같이 공평히 아는 일이라고 생각 못할 리 없었다. 그러나 집에서 그 부모와 갑순이에게 멸시받을 때는 서어치 않은 것이 아니지만 그 대신에 품는 생각은 '돈 있는 사람에게 시집가지 그때도' 하는 껑충 뛰었다가 떨어질 결심이다.

그러나 을순은 때때로, 그 부모나 동무들의 심사를 피워놓는 듯한,

즉 웃음의 술법과 잠깐 손심부름 되는 재주를 가졌다.[14]

위의 인용문은 다분히 작가의 가치관을 반영한 화자의 신여성에 대한 비판적인 논평이다. 전지적 작가시점을 취하고 있는 「손님」은 빈번하게 화자의 인물에 대한 분석적 논평을 통해서 작가의식을 전달하고 있다. 을순이 제일 잘하는 일은 동시에 여러 남자를 교제하며 시기를 일으켜 자신의 미운 얼굴과 없는 재주를 가리는 일이다. 그녀는 동경에 유학하여 음악학교를 3년이나 다녔지만 정작 피아노나 성악도 제대로 할 줄 모르는 채 말로만 잘 한다고 떠들어대는 인물이다. 또 유탕한 남자들의 심리를 잘 연구하여 남자를 잘 조종하는 인물이기도 하다. 그것을 화자는 "그의 종국(終局)의 생활 의식이 모두 다 우스워지고 모두 다 협잡꾼의 노름같이 보였다."라고 혹평한다. 특히 을순이 자유롭게 남자 교제를 하다가 '돈 있는 사람에게 시집가지' 하는 독립적이지 못하고 남자에게 의존하려는 생각을 가진 여성인 것에 대해서 부정적 의식을 표명한다. 그러나 을순은 갑순의 힐책도 우습게 여기며, 제물에 작천가가 되어 사람을 웃기고 놀리는데 심지어 어떤 남자에게 "여보시오 우리, 부인의 승낙 맡고 나하고 석 달만 삽시다그려."와 같은 농담도 거침없이 던지는, 자유분방을 넘어서서 호방하기까지 한 인물이다.

을순은 당시 신여성에 대한 세간의 평가가 일본에 유학한 경험이 있는 엘리트 여성으로서 남녀평등과 성의 자유를 표방한 여성을 지칭한 것이라면[15] 그 외양에 잘 부합되는 인물이다. 하지만 신여성을 근

---

14) 송명희 편역, 앞의 책, 300면.
15) 김경일, 앞의 책, 23면.

대를 배경으로 신교육을 받아 전문적인 일을 갖고 자아실현을 추구하며, 봉건적 가족제도와 결혼제도에 저항하는, 주체적이고 자유롭게 살고자 하는 여성이란 개념으로[16] 정의할 때는 이에 부분적으로만 부합될 뿐이다. 즉 그녀는 자유롭게 남자 교제를 하다가 부유한 남성과 결혼하기를 꿈꾸는 외양만의 신여성, 부정적이고 통속적인 모던 걸의 한 전형이라고 할 수 있을 것이다. 바로 그와 같은 점에서 당대 사회가 신여성에 대해 부정적 시선을 보내며 비판했다는 것을 김명순은 잘 인식하고 있었고, 그녀 역시 그와 같은 신여성에 대해서 별로 긍정적 시선을 보내지 않았다는 것을 알 수 있다. 따라서 을순을 통해 신여성의 부정적 한 측면을 그려냄으로써 근대사회가 신여성에 대해 가졌던 적대적이고 부정적인 태도, 즉 적대적 성차별주의의 실상을 보여주고자 한 것으로 보인다. 그리고 신여성에 대한 적대적 성차별주의는 비단 남성뿐만 아니라 작중의 갑순의 태도에서 드러난 것처럼 여성들 속에도 존재했다는 것을 알 수 있다.

하지만 근대사회는 신여성에 대해 적대적 성차별주의만이 존재했던 것은 아니었다. 주인성의 다음과 같은 30분간의 을순에 대한 얼크러진 생각 속에는 근대사회가 가졌던 신여성에 대한 선호와 혐오의 양가적 태도가 여지없이 드러난다.

> 대청에 걸린 큰 시계가 여섯 시 반을 땡하고 쳤다. 주 씨는 나머지 30
> 분을 얼크러진 생각 속에 들어서 담배를 태운다.
> "무엇인지."

---

16) 송명희, 「근대소설에 나타난 신여성 모티프」, 『인문사회과학연구』11-2, 부경대학교 인문사회과학연구소, 2010, 2면.

하고 알 수 없는 듯이 생각되었던-아-얼마나 분망하게 사람의 가슴을 흔들어놓는 여잘까. 내가 영국서나 일본서나 여자들을 많이 보았지만 을순이와 같이 천격으로 된 여자가 이렇게 내 맘을 끌어가는 것을 일찍이 본 일이 없었다. 확실히 얼굴 미운 을순의 능력(能力)뿐이 아니고 무엇이 확실히 이 사회에 오뇌가 그 반면으로 그를 요구하게 된 것이다. 누구든지 그 생활이 귀찮으니까 그 마음이 답답하니까, 모든 것을 다 잊어버리고 무엇이든지 웃겨놓고야 마는 을순이가 반갑게 생각될 것이다. 그러나 그것은 일시적일 것이다. 괴로운 생활을 잊자고 아편을 빨듯이 그의 부르는 노래는 그의 소위 요릿집에 점이 다 남은 고기는…? 내가 이러다가는 이 컴컴한 서울에 이끌리지? 확실히 서울은 어두운 기분을 일으킨다. 본래 내 고향이지만 그 어두움이 어쩔 수 없이 나를 평양으로 쫓았다. 오오, 이 어두움-이 도회 안에는 이상야릇한 여자들이 다-모여들었지. 그래서 그것들이 거의 다-남자의 힘들을 시선들을 집 앞에서 그 얼굴들 위에 초점(焦點)을 박자는 즉 광을 박자는 것이지. 지혜 없는 거짓으로 된 장난이었지마는 사람은 너나 할 것 없이 그 유혹을 피치 못하고 이끌리면서, 간신히 생활을 유지하고 이 사회 제도와 도덕적 관념에 타협하는 광고판을 그 얼굴들 위에 붙인다.(중략)

아아, 역시 을순이는 미련한 여자는 아니다. 그는 이 기회를 타서 자신을 이 서울 안에 덩굴 뻗게 하였다. 누가 청년치고 그의 이름을 안 부르는 사람이 있을까. 그가 부른 노래를 다시 안 부르는 청년이 있을까. 농락으로 찬 사회, 모든 것을 웃어버리지 않고는 못 살 것 같다는 사회, 무엇이 이 가운데 생겨나지 않나. 새빨간 구슬 같은 생명의 정기(精氣)로 뭉겨진 무엇이, 나와 너를 또 사회를 깨트려 못 줄까?[17]

---

17) 송명희 편역, 앞의 책, 305-307면.

주인성은 활달한 을순의 매력에 강하게 이끌리고 있음을 토로한다. 그가 파악하는 을순은 답답함을 잊게 만들어주고 웃게 만들어주는 쾌활한 여성이다. 그녀는 미인은 아니지만 남성들로 하여금 벗어날 수 없게 만드는 치명적인 매력을 지닌 팜파탈의 이미지를 지녔다. 주인성의 마음을 분석하는 전지적 화자는 을순의 매력이 일시적인 것일지는 몰라도 서울에서 그녀에게 끌리지 않는 청년은 없을 것이고, 주인성도 그와 같은 청년 가운데 한 명이라고 논평한다. 그리고 오뇌에 찬 서울의 사회에서 괴로움을 잊자고 아편에 빨려들어 가듯이 을순에게 끌리는 것이라고 세상을 탓하고 변명하는 주인성의 내면을 분석한다. 작가는 을순을 '천격'으로 표현하면서도 그녀에게 매혹되는 양가적 태도를 지닌 주인성을 통해서 남성들의 성적 접근을 용이하게 만드는 자유분방한 신여성에 대한 근대 남성들의 선호와 혐오를 동시적으로 읽어내고 있다. 즉 을순과 같은 신여성에 대해서 가졌던 남성들의 양가적 성차별주의를 주인성에게서 찾아볼 수 있는 것이다.

이상경은 조혼한 남성작가들의 입장에서 보면, 신여성은 연애의 대상이자 금기의 대상이었기에 동경과 멸시의 이중적 감정을 가질 수밖에 없어 남성작가들이 신여성의 진면목을 제대로 그려낼 수 없었다고 했다.[18] 동경과 멸시는 선호와 혐오의 다른 말일 것이며, 이 긍정과 부정의 양가감정은 당대의 신여성을 향한 신남성들의 보편적인 감정의 한 형태였을 것으로 생각된다.

동경과 멸시든, 선호와 혐오든 이 모순적이고 양립할 수 없는 감정

---

18) 이상경, 「신여성의 자화상-여성작가와 작품을 중심으로」, 문옥표 외, 앞의 책, 188면.

은 조혼한 남성작가뿐만 아니라 작중의 주인성이나 윤 변호사와 같은 지식인 남성들을 지배하고 있는 일반적인 통념이었다. 그리고 그것은 적대감과 우호적 감정이 공존하는 양가적 성차별주의라고 명명할 수 있는 태도이다. 여성작가 김명순은 남성작가들과 달리 신여성의 자유분방함에 대한 당대 사회의 분위기를 가감 없이 전달할 뿐만 아니라 신여성에 대해 선호와 혐오를 느끼는 남성들의 양가적 성차별주의도 예리하게 그려냈던 것이다.

2.2. 지적인 신여성에 대한 양가적 성차별주의

반면 삼순과 같은 여성에 대해서 근대사회는 어떤 태도를 취했는가? 삼순은 "동경여자대학 인문과 2년급에서 피아노 잘 치기는 바로 음악학교 선생보다 낫다는 칭찬을 듣던 재주꾼"으로 설정되었다. 즉 그녀는 인문과를 전공한 여성이고, 음악 전공이 아님에도 피아노도 잘 치는 여성이다. 김명순은 전공 여부를 떠나서 여성이 피아노를 잘 치는 것을 기본적 소양으로 생각했던 듯하다. 단편소설 「칠면조」의 주인공 '순일'도 가정과를 전공하면서 피아노를 잘 치는 여성으로 그려지고 있다. 이는 김명순이 일본유학에서 음악을 전공했다는 설을 뒷받침하기도 한다.

작가는 삼순의 성격을 매우 다면적인 것으로 설정하고 있다.

하고 싶은 일은 기어이 해보고야마는 몹쓸 열정가였다. 그러나 그의 아름다운 동근 얼굴은 그 지독한 열정을 감추고 때때로 연약한 표정을 한다. 그러므로 어떤 사람은 그를 모르고 약한 편으로 돌리나, 어떤 사람(그 학우들 중에서)은 그 애는 고운 얼굴을 가진 이리라고 별명을 지었다. 또 어떤 사람은 말 못할 독종이라고 무서워했다. 그것은 그가 과도한 공부로 해서 선생들의 놀라워하는 것을 보고, 건성 별명 지은 데 지나지 않을 것이지 아무도 삼순의 열정을 부리나케 스치고 달아나고 휩쓸고 쓰다듬던 피아노 소리 외에는 본 일이 없었다.[19]

인용문에 의하면 삼순은 하고 싶은 일은 반드시 해내고 마는 열정가지만 그녀의 아름답고 동근 얼굴은 그 열정을 감추고 때로 연약한 듯한 표정을 지어 혹자는 그녀를 약한 편으로 돌리나, 혹자는 고운 얼굴을 가진 이리라는 별명을 짓고, 혹자는 말 못 할 독종으로 평가하기도 한다. 즉 그녀는 연약한 표정과 고운 얼굴 속에 내적으로 치열한 열정을 감추고 있는 여성이다. 한편 그녀는 지금껏 남자 교제도 제대로 해보지 못한 순진한 여성이기도 하다. 을순이 삼순에게 주인성을 소개시키려는 것도 삼순이 남자 교제를 전혀 안 한 나머지 남자를 제대로 분간할 수 없게 될지도 모른다는 우려 때문이다.

작가는 진정한 남녀교제는 을순처럼 여러 남자들과 자유롭고 분방한 교제를 하는 것이 아니라 삼순과 주인성이 나누는 대화처럼 민족이나 사회개혁에 대한 의제를 두고 진지하게 지적인 토론이 가능한 관계에서 이루어질 수 있다고 보는 것 같다. 두 사람은 윌슨의 민족자결론이나 우리 민족의 처지에 대해 대화를 나누는가 하면, "세밀한 데서부터 생활의식을 고쳐야 하겠다는 생각이 들어요."라고 사회개혁에 대한 입장을 두고 진지하게 토론한다. 근대에 신남성들이 구여성인

19) 송명희 편역, 앞의 책, 296-297면.

아내를 두고 근대교육을 받은 신여성들과 연애를 했던 것은 지적인
대화가 가능한 파트너를 원했던 것이 한 이유였다.

삼순과 주인성의 대화는 「돌아다볼 때」에서 하우프트만의 희곡작
품 『외로운 사람들』을 두고 류소련과 송효순이 나누던 대화를 연상시
킨다. 작가는 「돌아다볼 때」와 「손님」 두 작품에서 남녀 사이의 진정
한 연애는 지적 대화가 가능하고 감정적으로 소통되는 관계라야 한다
고 제시했다. 그런데 을순은 "아이고, 그 장황한 이야기에 하품 나-."
라고 말함으로써 삼순과 주인성의 대화에 끼어들 수 없는 자신의 지
적 능력의 부재를 드러냈고, 이에 대해 주인성은 "형제분이 아주 다르
시구려. 의초가 좋으신 형제인데 어찌 그리 다를까."라는 반응을 보인
다. 작가는 지적 대화가 가능한 삼순과 이것이 불가능한 을순의 대조
적 모습을 그려내며 이에 대한 남성 주인성의 반응까지도 그려냈다.

 "거기에 번민이 있다는 것이지."
하고, 을순은 비로소 입을 열고 빈정거리는 듯도 하게 쾌활히 웃었다.
 "그렇지요."
하고 주 씨는 긴장했던 기분을 잠깐 느끼는 듯이 을순을 보고 쾌활히
웃어 보였다.
 이 찰나에 삼순은 무엇을 '앗' 하고 놀라는 듯이, 그 날쌘 눈치로 주
씨를 살폈다. 주 씨는 그것을 알자 '아차' 하는 듯이 눈을 크게 뜰 뻔했
었으나
 "삼순 씨 더 이야기 안 하십니까?"
하고 미안히 말했다. 그것은 직각적(直覺的)으로 삼순에게 표정상(表
情上) 술책(術策)이로구나! 하는 의심을 일으키었으나 그의 얼굴에 활

기가 드넘치는 듯해지는 것으로 의심을 풀었다.[20]

두 사람의 대화에 끼어들지 못하고 지루함을 느끼는 을순, 지루함을 토로하는 을순에게 동조하듯 웃어주다가 아차 하며 삼순의 눈치를 살피는 주인성, 그리고 그것을 예민하게 알아차리는 삼순 사이의 미묘한 감정의 흐름을 작가는 예리하게 포착해내고 있다. 즉 주인성은 지나치게 지적이고 토론적인 삼순에 대해서 선호와 지루함을 동시에 느끼고 있다. 주인성이 느끼는 지루함을 혐오라고까지 표현하기에는 지나친 감이 있지만 그렇다고 선호라고 할 수도 없는 애매한 감정이다. 그것에 대해 화자는 "삼순에게는 너무 긴장미가 있어 보였다. 그러나 그 자신은 초면이니까 하고 삼감을 가졌으니까 그럴 것이라고 단순히 생각하는 듯하였다."라고 분석한다. 주인성이 삼순에 대해서 느낀 '긴장미'는 바로 선호와 혐오, 어느 쪽으로도 결코 통일될 수 없는 불편한 양가감정일 것이다. 그는 삼순 같은 지적인 여성에 대해서 경이감을 느끼면서도 그것이 결코 즐거움과 편안함을 주지는 않는, 양가적 감정을 '긴장미'라는 단어로 무의식중에 노정한 것이다. 이것은 오늘날까지도 지적인 여성에 대해 가지는 남성들의 양가적이고 이중적인 통념을 반영한다. 오랫동안 남성들은 자신을 지적이며 분석력이나 창의력 면에서 여성보다 뛰어나다고 인식해 왔다. 남성은 지적이고, 여성은 감정적이라는 이분법이 통용되어 온 것이다. 따라서 남성은 자신의 지적인 우월감이 손상될 때에 상처를 받고 열등감을 느낀다. 삼순과의 대화 중에 주인성이 무의식적으로 드러내는 지루함이나

20) 송명희 편역, 위의 책, 311-312면.

삼순의 지적 능력에 경이를 느끼면서도 다른 한편에서 긴장미를 느낀다는 것은 지적 우월성을 지닌 여성에 대한 남성들의 불편함을 드러내준다. 지적인 여성에 대해서 적대적인 감정과 온정적인 감정을 동시에 가지는 양가적 성차별주의를 삼순에 대한 주인성의 태도에서 발견하지 않을 수 없는 것이다.

남성들은 여성이 지적 능력이 있어도 토론적이기보다는 다소곳한 태도를 보이는 것을 더 선호해 왔다. 이러한 양가적 태도는 주인성이 머무는 여관에서 그의 지인들인 윤 변호사와 신문기자, 그리고 교육가가 나누는 대화에서도 찾아볼 수 있다. 주인성이 을순의 전화를 받기 위해 방을 나가자 "뭐니뭐니 하고 뒤떠드는 여자들보다는 공부를 해도 꼭 숨어서 하는 얌전이가 나은 법이야."라고 을순과 삼순을 비교하는 윤 변호사의 말이나 그에 반대의견을 내는 친구들 간의 설왕설래는 신여성의 두 가지 타입에 대한 당대 남성들의 입장을 대변한다고 볼 수 있다.

그런데 「돌아다볼 때」에서 남성인 송효순이 소련과의 대화를 적극적으로 주도해 나갔다면, 「손님」에서는 대화를 주도하는 사람이 주인성이 아니라 삼순이다. 작가는 여성도 남성과의 대화에서 토론을 주도할 수 있는 지적인 능력이 있다는 것을 보여주었을 뿐만 아니라 대화를 주도해 나가는 여성에 대해 남성들이 느끼는 불편한 감정, 즉 선호와 혐오의 양가감정까지 그려냈다.

삼순을 만나기 전까지 을순에 대해서 매혹을 느끼던 주인성은 다음과 같이 마음이 변하여 간다.

가) 그 빛난 눈과 뺨을 가진 참되고 지혜스러운 삼순을 보았다.[21]

나) 주 씨는 일일이 그의 말을 옳게 듣는 듯이 그의 정밀한, 일찍이 을순에게는 보여 본 일 없는 듯한 웃음으로 그 잡미(雜味) 없는 얼굴을 빛내고 듣는다.[22]

다) 주 씨는 오늘 낭패한 듯이 을순의 태도에, 당연한 일이라고 마음은 먹었건만 한편으로 가여운 동정도 안 일으킬 수 없어 하는 듯했다. 그러나 을순에게 대하는 행동이 훨씬 자유로운 것은 사실이었다. 그 반면으로 삼순에게는 너무 긴장미가 있어 보였다. 그러나 그 자신은 초면이니까 하고 삼감을 가졌으니까 그럴 것이라고 단순히 생각하는 듯하였다.[23]

처럼 주인성은 가)와 나)에서 을순에게서는 찾을 수 없는 지혜스러운 삼순의 얼굴을 경이롭게 바라보며, 그녀의 말을 깊게 경청한다. 다)에서는 지적인 능력이 결여된 을순에 대해 낭패한 듯이 동정심을 갖지만 한편에서는 을순이 삼순보다 대하는 것이 자유롭다고 느낀다. 반면에 초면인 삼순에 대해서는 아직 긴장미를 느끼지 않을 수 없다는데 대해 화자는 주인성이 자신의 감정을 단순히 초면이나 삼감 때문이라고 단순하게 생각하는 듯하다고 논평한다. 그것은 실로 지적인여성에 대해서 동경과 선망을 보내면서도 불편한 긴장감을 갖는 남성

21) 송명희 편역, 위의 책, 310면.
22) 송명희 편역, 위의 책, 310면.
23) 송명희 편역, 위의 책, 313면.

들의 양가적 태도일 것이다. 전지적 화자는 당대의 지식인 신남성들에게서 나타나는 지적인 여자에 대한 양가적 감정을 예리하게 포착해 냈던 것이다.

주인성이 삼순에 대해서 갖는 감정은 을순처럼 자유분방한 여성에 대해서 매혹과 자유로움을 느끼면서도 동시에 지적 능력의 결핍에 대해서는 경멸하는 것과 다를 바 없는 양가적 감정이다. 근대의 지식인 남성은 전통적인 구여성에게서는 발견할 수 없는 두 가지 타입의 신여성 모두에 대해서 적대와 온정, 선호와 혐오의 양가적 태도를 나타냈다는 것을 작가는 예리하게 포착해내 이를 주인성의 두 여성에 대한 태도를 통해 그려냈던 것이다.

즉「손님」은 근대의 자각한 신남성들이 가지고 있던, 남녀교제가 자유로운 신여성과 지적 능력이 뛰어난 자각한 신여성 두 가지 타입에 대해서 매혹과 혐오라는 양립하기 어려운, 호의적이면서도 적대적인 양가적 성차별주의(ambivalent sexism)에 대해 김명순이 얼마나 예민하게 느끼고 있었는가를 알 수 있게 해준다.

김명순이야말로 양가적 성차별주의, 아니 적대적 성차별주의의 가장 큰 피해자였다. 1920년대 초중반에 유독 김명순에 대해서 쏟아졌던 남성문인들의 집중된 비난의 근저에는 우리나라에서 첫 번째로 정식 등단하여 문인이 되었고, 일본유학을 경험했으며, 『조선일보』와 『동아일보』에 연속하여 작품을 연재하는 등 문학적 능력이 탁월했던 김명순에 대한 남성들의 적대적 성차별주의가 작용했던 것이라고 할 수 있다.

문단의 동료였던 신남성들은 김명순이 남성들의 전유물이 되어야 할 문학의 영역을 침범하는 지적이고 문학적인 능력을 갖추었다는 데

대해 멸시, 편견, 혐오에서 적대적 혐오를 나타냈다고 생각한다. 신남
성들이 신여성들에게 바랐던 것은 어디까지나 그들의 자유연애의 대
상, 즉 대화가 통하는 성적 타자가 필요했을 뿐이다. 그들은 여성이 주
체가 되는 자유롭고 평등한 섹슈얼리티를 원했던 것은 결코 아니었
다.[24] 「김연실전」을 통해 신여성에 대한 혐오감을 그토록 강하게 표출
했던 김동인이 어떤 글에서 작가로서 능력을 지녔던 유일한 여성작가
가 김명순이라고 인정한 바 있듯이 지적으로 남성을 압도하는 여성은
남성으로 하여금 적대감을 불러일으키는데, 그것이 바로 적대적 성차
별주의이다.

근대 신남성들에게 만연되어 있던 신여성에 대한 호의적이면서도
적대적인 양가적 성차별주의를 여성들로부터 긍정적 평가를 받고 있
는 주인성에게서도 발견하지 않을 수 없다. 주인성의 경우는 뚜렷하
게 적대적 성차별주의라고는 부를 만큼 그 태도가 강한 것은 아니지
만 델리킷하게 적대와 온정이 혼합된 양가적 성차별주의를 갖고 있는
것은 분명해 보인다.

그럼에도 불구하고 작가는 주인성을 어느 정도는 긍정적으로 그려
냈다. 결말단계에서 삼순으로 하여금 주인성에 대해서 "이렇게 나를
많이 깨우치는 사람을 나는 전엔 본 일이 없어."라고 존경심을 표명하
며, 을순이 "졸업하고 주 씨의 직조공장에 가서 여공감독 노릇을 하겠
니?"라고 하자 "그보다 여공으로 그들의 동무가 될 테야."라고 답변하
도록 설정했기 때문이다. 그리고 을순과 삼순 두 타입의 여성 가운데

---

24) 송명희, 「김명순, 여성 혐오를 혐오하다」, 『인문사회과학연구』18-1, 부경대학교
인문사회과학연구소, 2017, 125-126면.

는 삼순을 보다 긍정적으로 그려냈다는 것은 췌언을 필요로 하지 않는다. 작품의 결말에서 을순은 너무나 말을 잘하는 삼순에게 "얘. 너 어쩌면 그렇게 이야기를 잘하니. 나는 네 덕에 깨달은 것이 있다. 인제 나는 생활을 고치겠다."라고 하는 내적 변화가 일어나도록 한 점에서 그러하다. 즉 을순은 이 남자 저 남자를 섭렵하던 자유분방한 행동을 고치겠다고 결심하고, 삼순도 을순에게 윤 변호사[25]와의 관계를 회복할 것을 충고한다.

3. 결론

김명순은 나혜석이나 김일엽과 같은 동시대의 여성작가들과 비교할 때에 젠더의식에서 단성성 대신 다성성을 드러냈다. 「손님」은 단성적인 젠더의식을 주장하기보다는 을순과 삼순이라는 두 명의 여성인물의 차이를 통해 근대의 신여성 담론에 대해 독자로 하여금 사유하게 만드는가 하면, 두 가지 타입의 신여성에 대해 근대 신남성들이 갖고 있었던 양가적 성차별주의에 대해 주목하게 만든다.

작가는 인물들 간의 대화뿐만 아니라 전지적 화자를 통한 서술과 논평, 묘사 등을 활용함으로써 여러 관점과 의식, 그리고 목소리가 공존하도록 만들고 있다. 즉 신여성에 대해서 서로 다른 가치들이 만나 대화하도록 의도하고 있다. 을순에 대한 갑순의 부정적 목소리, 신남

---

25) 윤 변호사는 을순과 사귀던 남성으로서 주인성이 을순의 집으로 초대를 받자 질투하며 왈패 같은 을순을 단념하고 대신 연구성이 착실한 삼순을 맞아오겠다고 마음먹은 남성이다.

성 주인성이 갖고 있는 두 가지 타입의 신여성에 대한 적대와 온정이 공존하는 양가적 태도, 화자의 인물들에 대한 논평 등을 통해서 작가의 일방적 가치의 주입을 차단하고 다성성과 대화주의의 소설로 「손님」을 만들고 있다. 이는 「돌아다볼 때」에서 구여성인 '은순'의 입장을 고려한 신여성 '소련'의 미안함과 죄책감으로 나타나는 자기성찰을 보여줌으로써 신여성의 입장과 구여성의 입장을 두루 그려냈던 것과 같은 연장선상에서 나온 작가적 태도로 보인다.

김명순은 자신의 신념만을 내세우는 단성적 작가라기보다는 근대의 사회적 쟁점의 하나였던 신여성의 두 가지 타입을 사실적으로 그려냈고, 그에 대한 신남성의 양가적 성차별주의까지도 동시에 그려낸 다성적 작가이다. 그런 의미에서 「손님」은 바흐친 (Mikhail Bakhtin)이 말한 진정한 의미의 다성적 소설이 되고 있다.

(『문예운동』2018년 겨울호, 2018. 12)

제5부

비평적 관점에선 본
김명순의 삶과 문학

연애지상주의를 신봉한
용감한 신여성 '김명순'

　나혜석, 김원주(일엽)와 함께 근대문학 1세대 여성 문인인 김명순 (金明淳)은 1896년 1월 20일에 평남 평양군 용덕면에서 평양 갑부인 아버지 김희경과 그녀의 소실인 어머니 김인숙의 장녀로 태어났다.[1] 그녀는 자신이 기생 출신 소실의 서녀로 태어난 사실에 대해서 깊은 콤플렉스를 느꼈다고 한다.

　1907년 서울 진명여학교 보통과에 입학한 김명순은 1911년에 우수 한 성적으로 졸업한 후 1913년(18세)에 첫 번째 일본 유학길에 오른 다. 시부야의 국정여학교 3학년에 입학해 4학년 2학기까지 다닌 후 졸

---

1) 『동아일보』(1981. 10. 9)에 의하면 드라마 작가 구석봉(具錫逢)이 최근 김명순의 넷째 동생 김기성(金箕成, 서울 거주, 77)과 셋째 여동생 김영순(金英淳氏, 부산 거 주, 78)을 직접 만나 김동인의 「김연실전」에 나오는 모델은 김명순이 아니며, 김명 순은 첩 출신 소실의 서녀가 아니라 평양의 명문 가정에서 엄연히 8남매의 맏이로 태어났고, 그의 아버지 김희경(金羲庚)도 감영의 이속이 아닌 평안남도 참사였으 며, 그의 숙부인 김희선(金羲善)도 일본 육사를 졸업한 뒤 1920년 상해임시정부 시 절 군무총장 노백린 장군 밑에서 차장을 지내는 등 뼈대 있는 집안에서 특히 부모 의 귀염을 받고 당당하게 유학을 떠났다는 사실을 확인한 바 있다.

업을 하지 못한 채 귀국한(1915) 그녀는 1916년 4월에 숙명여자고등
보통학교에 편입하여 1917년 3월에 졸업한다. 그녀는 1920년 7월에
두 번째로 일본유학을 하여 음악을 전공한 것으로 알려져 있다.[2] 유학
후의 자세한 행적 및 귀국 시기는 알려지지 않았지만 1921년 말부터
『개벽』에 작품 발표를 한 것으로 보아 1921년에는 귀국해서 문단활동
을 재개했던 것 같다. 그리고 1939년에 다시 도일(渡日)한 뒤 1951년
일본 아오야마 뇌병원에서 사망한 것으로 추정된다.

근대교육을 받고 일본유학까지 하여 전형적인 신여성이 된 김명순
은 1917년 「의심의 소녀」[3]가 『청춘』지에 가작으로 추천됨으로써 문
단에 등단했다. 그녀의 작품 발표는 근대소설의 효시로 평가되는 이
광수의 『무정』과 같은 해로서, 「의심의 소녀」가 비록 단편소설이고,
작품성 면에서 『무정』에 못 미친다 하더라도 문학사적 의의만큼은 크
게 부여해야 할 것이다.

김명순은 한때 『창조』와 『폐허』의 동인으로 활동한 바 있으며,
1925년에는 『매일신보』 기자를 지낸 적도 있다. 이 시기를 전후한 몇
년 동안에 그녀는 가장 활발한 창작활동을 전개했다. 나혜석, 김원주
와는 달리 그녀는 논설을 거의 쓰지 않고, 대신 소설, 시, 수필, 희곡 등
전 장르에 걸친 순수 창작행위를 통해서 자신의 예술적 감수성을 유
감없이 발휘했다.

그녀는 『조선일보』, 『동아일보』, 『매일신보』 등의 신문과 『청춘』,
『여자계』, 『창조』, 『개벽』, 『폐허이후』, 『동명』, 『신천지』, 『신여성』, 『조

---

2) 최혜실, 『신여성들은 무엇을 꿈꾸었는가』, 생각의 나무, 2000, 349-351면.
3) 「의심의 소녀」가 일본 작품의 표절이라는 설을 이광수가 근거도 없이 제기했으나
   확인된 사실은 없다.

선문단』,『여명』,『효종』,『신민』,『현대평론』,『새벗』,『문예공론』,『별
건곤』,『삼천리』,『삼천리문학』,『신인문학』 등의 잡지를 발표 매체로
삼았다. 그리고 1925년 4월에는 한성도서주식회사에서 『생명의 과
실』이란 창작집도 발간했다. 시 25편, 소설 2편, 수필 4편 등을 수록한
『생명의 과실』은 지금까지 그녀의 유일한 창작집으로 알려져 왔으나
『애인의 선물』이란 제2의 창작집을 회동서관에서 발간한 것으로 밝혀
졌다. 하지만 이 창작집은 책의 뒷부분이 파손되어 발행연도가 미상
이다.[4)]

기존에 김상배에 의해서 묶여져 나온 창작집『탄실 김명순 나는 사
랑한다』(솔뫼, 1981)는 전집의 성격을 띠고 있지만 자료적 가치는 매
우 떨어진다. 원본 전집은 서정자와 남은혜에 의해서『김명순 문학전
집』(푸른사상, 2010)으로, 현대어 번역본은 맹문재의『김명순 전집-
시 · 희곡』(푸른사상, 2009)과 송명희의『김명순 소설집-외로운 사람
들』(한국문화사, 2011)에서 이루어졌으므로 이제 김명순을 연구할 수
있는 기본적 토대는 이루어졌다고 할 수 있다.

김명순은 1927년 이경손 감독의 제작 중단된 영화〈광랑〉에 주연배
우로 캐스팅되었으며, 몇 편의 영화에 출연했다는 설이 제기되었으나
최근 연구에 따르면 이는 동명이인의 영화배우 김명순과 혼동을 일으

---

4) 서정자,「김명순의 창작집『애인의 선물』」,『여성문학연구』7, 한국여성문학학회,
2002, 385 402면, ; 이 책에 실린 작품의 집필 날짜가 1927년으로 되어 있고, 회동
서관이 1937년까지 책을 출간하였기 때문에 1927년에서 1937년 사이에 출간된 것
으로 추정된다고 했다.
하지만 남은혜는 1928년부터 1929년 5월 이전에 간행되었을 것이라는 견해를 발
표했다. ; 남은혜,「김명순 문학 연구」, 서울대학교 대학원 석사논문, 2008. 2.

킨 데서 나온 잘못 된 설로 밝혀졌다.[5]

　김동인은 「김연실전」(『문장』, 1939-1941)에서 조선 여류 문사 제1 기생들에 대해 작품 없는 문학생활을 하고, 남성 편력을 일삼는, 성적으로 타락한 신여성이라고 악의적으로 매도하고 있지만 제1세대 여성 문인인 김명순, 나혜석, 김원주 중 어느 누구도 작품 없이 문사연한 사람은 없다. 그들은 모두 남성 못지않게 활발한 작품활동을 했다. 나혜석은 동경 여자 유학생 중심의 『여자계』, 김일엽은 『신여자』의 편집에 적극 관여하면서 열정적으로 문학활동을 전개했다. 한편 정식으로 등단한 김명순은 작품집 출판이 쉽지 않았던 1925년에 『생명의 과실』을 출간하여 작가로서의 자신의 아이덴티티를 확실하게 천명했다.

　또한 그들은 모두 신념에 찬 페미니스트였다. 문제는 그들이 대표적인 신여성이자 페미니즘의 전도사로서 남녀평등을 부르짖고, 자유연애론을 설파했으며, '신정조론'을 주장한 데 있었다. 신남성을 자처했으면서도 여전히 봉건적 가부장주의에 사로잡혀 있던 남성 문인들에게 그녀들의 시대를 앞지르는 첨단적 주장은 거부감을 넘어서서 인간적 혐오감과 적대감을 불러일으킨 듯하다. 그렇지 않고서야 김기진이 재판관이라도 된 양 「김명순·김원주에 대한 공개장」(『신여성』, 1924. 11)을 통해 그녀들의 문학을 매도하고, 김명순을 불순 부정한 혈액을 지닌 '히스테리'로, 김원주를 이성 간의 성욕 같은 것도 부끄럼 없이 말하는 부르주아 개인주의자로 공개적 인신공격을 해댔을 리가 없는 것이다. 또한 염상섭이 「감상과 기대」(『조선문단』, 1925. 7)에서 여류 문사를 자유연애의 진의를 왜곡하는 타락한 자유연애의 사도로

---

5) 남은혜, 위의 논문, 42-44면.

비난을 해댔을 리도 없는 것이다. 도저히 동료 문인에 대한 상식을 갖춘 태도라고는 볼 수 없는, 납득할 수 없는 비난이 유독 김명순에게 가혹하게 쏟아졌던 사실을 어떻게 해석해야 할 것인가?

염상섭의 초기소설 「제야」(1922), 「해바라기」(1923), 『너희들은 무엇을 얻었느냐』(1923-1924)는 김명순, 나혜석, 김원주를 각각 모델로 삼았다. 즉 신여성이자 근대여성문인 제1세대 3인이 모두 염상섭의 작품에서 모델로 등장하여 낱낱이 해부된 것이다.

그런데 1920년대에 접어들어 나혜석은 결혼제도 속으로 편입(1920)하고, 김원주는 불교에 귀의(1928년)했다. 하지만 김명순은 세간의 비난과 공격으로부터 방패막이가 되어줄 나혜석과 같은 뼈대 있는 집안이나 남편조차 없는-그의 부모는 이미 세상을 떠났고, 결혼도 하지 않은-상태였다. 더욱이 경제적으로 자존심을 지키며 살아갈 수 없는 상태가 된 데다 기생 출신 소실의 딸이라는 신분적 한계와 임노월 등과의 동거설, 강간사건을 둘러싼 소문 등 그녀를 둘러싼 스캔들은 끊이지 않았다. 이 모든 상황들이 불리하게 작용한 나머지 유교적 가부장주의에 사로잡힌 남성 문인들은 함부로 김명순을 매도하는 데 열을 올리고 있었던 듯하다.

그렇지만 이미 조혼으로 유부남이 되어 있던 신남성들, 그들이야말로 신여성들과 스캔들을 일으킨 장본인들이 아닌가. 그리고 김명순은 강간사건의 피해자였을 뿐 그로 인해 그녀가 비난받아야 할 이유는 없다. 그럼에도 그녀에게 모든 비난이 쏟아졌던 것은 그만큼 그 시대가 여성이 인간답게 살아갈 수 없는 비인간의 시대였음을 말해준다.

이처럼 남성 문인들의 악의적인 사실 왜곡과 매도에도 불구하고 여성문학 연구자들에 의해서 여성 문인 1세대에 대한 문학 연구가 꾸준히 축적되어 왔다. 그리고 이들의 문학활동에 대한 공정한 평가가 뒤늦게나마 이루어지고 있다는 것은 페미니즘 문학 연구와 비평의 소중한 성과라고 하지 않을 수 없다.

등단작인 「의심의 소녀」(『청춘』11호, 1917. 11)에서 주인공 가희의 어머니는 남편의 잇단 외도에 자살로써 항거한다. 가희는 아버지의 눈을 피해 외조부와 외롭게 살아가는 불행한 소녀다. 이 작품은 가부장주의에 대한 일종의 고발문학인 셈이다.

「칠면조」(『개벽』18 · 19호, 1921. 12 1922. 1)는 순일이라는 가난한 조선인 여학생이 일본 K부의 여학교에 입학면서 일어나는 사람들과의 관계에 대한 심리 묘사에 주력한 작품이다. 「칠면조」는 같은 조선인 사이에서도 빈부의 격차에서 오는 심리적 갈등을 그리고 있는데, 외적 서사보다는 내면적 심리 묘사에 치중하는 작가의 개성이 드러난다.

「돌아다볼 때」는 『조선일보』(1924. 3. 29 4. 19)에 연재한 후 개작하여 『생명의 과실』(1925)에 싣고 있다. 첩 소생인 류소연은 유부남인 송효순에게 사랑을 느끼지만 애정도 없이 다른 남자와 결혼한다. 따라서 자유연애혼의 이상은 현실에서는 이루어질 수 없는 관념적 사랑에 불과하다.

「외로운 사람들」(『조선일보』1924. 4. 20 6. 13)은 순희와 순철 남매의 여러 인물들과 얽히고설킨 연애사건과 결혼 문제를 다룬 중편소설이다.

「꿈 묻는 날 밤」(『조선문단』8호, 1925. 5)은 "바람도 잔 오월 밤은 아무 소리 없이 땅 위에서 음울하게 흠칠거리는 것 같았다"처럼 서정성 넘치는 시적 문체로 시작하는데, 동경 유학생 출신의 문학을 전공하는 여주인공 남숙의 내적 갈등을 다룬 매우 짧은 소설이다. 그녀는 세 아이의 아버지에다 친구의 남편인 유부남을 사랑하는 데 따른 내면적 갈등을 겪고 있다. 하지만 이 사랑은 명시적 사건으로 그려지지 않고 있다. 작품의 결말은 밤 산책을 통하여 자신의 문학적 태도를 어떻게 할 것인가로 맺고 있다. 즉 개인적 단꿈을 그대로 쓰는 시보다는 "절벽 틈이라도 기어 올라갈 만할 신앙(信仰)과 그 자신(自身)의 거룩한 순정(純情)을 옮겨서 그 자신의 위엄을 떨어치지 않을 이상적 대상을 확실히 알아놓고 그 사랑을 곱게곱게 펴서 무리 앞에 놓도록 장하고 용감한 정조(貞調)로 쓸 것"을 주인공은 다짐한다. 이 작품에는 다른 작품들과는 달리 자신의 연애감정을 고백함으로써 빚어질 사회적 파장을 우려하여 개인적 욕망을 억누름으로써 겪는 내적 갈등이 잘 포착되어 있고, 그 갈등을 문학적으로 승화시키려 한 심리적 균형감각이 돋보인다.

「손님」(『조선문단』15호, 1926. 4)은 세 자매와 남동생이 집안 청소를 직접 하는 장면으로부터 발단된다. 이 작품은 동경 유학에서 인문학을 전공한 삼순이 사회주의자인 주인성이라는 남자의 직조공장에 여공으로 들어가 그들의 친구가 되겠다는 각오를 보이는 작품이다. 집안 청소와 같은 노동, 사회주의자, 직조공장, 여공 등의 단어가 등장하는 것은 김명순의 작품에서는 매우 특이한 것이다. 러시아 작가 투르게네프의 소설 『처녀지』에 러시아 혁명운동기의 견실한 점진주의자로 그려진 인물 '소로민'이라는 이름이 작품에 등장하는 것도 주목을 요한다. 작품에서 을순과 삼순 자매의 손님으로 초대받은 주인성은 소로민과 동격의 인물로 제시된다. 그는 귀족이면서도 민중의 설움을 알고, 시인이면서도 시를 안 쓰고, 천지가 사라져가도 사람의 마음속에 자유를 구하며, 무엇보다도 성질이 너그러워서 공장 사람들을 잘 지도하는 인물이다. 이런 인물의 제시는 이 시기에 김명순이 사회운동에 어느 정도 관심을 가졌을 가능성을 암시한다. 그리고 이것은 KAPF의 조직 등 1920년대 중반 전 세계를 강타한 사회주의 문학운동과 연관이 있을 것으로 추정된다. 하지만 김명순의 사회주의에 대한 이해는 매우 피상적 수준에 불과했을 것으로 판단된다. 아무튼「손님」은 자유연애를 주제로 삼지 않았으며, 김명순의 문학이 당대 사회현실에 한 발짝 다가섰다는 것을 느끼게 해주는 작품이다.

「나는 사랑한다」(『동아일보』 1926. 8. 17 9. 3)의 박영옥은 최종일에게 사랑의 감정을 느끼지만 다른 상대와 결혼한다. 그리고 두 사람은 세월이 흐른 후에 우연히 다시 만나 사랑의 감정에 빠지게 된다. 결국 두 사람은 "애정 없는 부부생활은 매음"이라 규정하며 결혼이라는 제도보다는 사랑이라는 감정을 선택하고, 영옥은 남편에게 이혼을 요구한다. 결말에서 영옥의 남편인 서병호의 방화로 추정되는 불이 나서 최종일의 산정(山亭)을 태우는데도 두 사람은 오로지 '사랑한다'는 절규를 할 뿐이다. 이 작품은 자유이혼론이라는 주제의식을 뚜렷이 제시한 작품이다.

「모르는 사람같이」(『문예공론』1호, 1929. 3)의 순실과 창일은 결혼을 앞두고 순실에 대한 왜곡된 헛소문 때문에 결혼 전날 파혼하고 만다. 다른 여자와 결혼한 창일은 순실에 대한 소문이 거짓임을 알게 되어 관계를 회복하고자 매달리지만 순실은 이를 냉정히 거절한다.

김명순의 소설은 심리 묘사가 탁월하고, 시적 서정에 넘치는 문체가 매우 돋보이며, 자유연애의 이상과 제도적 결혼 사이의 갈등을 반복하여 다루었다. 그녀는 자유연애의 근대적 이상을 종교처럼 신봉하였고, 자신의 작품을 통하여 자유연애라는 주제를 집요하게 추구하였다. 남녀 문인을 통틀어서 김명순만큼 철저하게 연애지상주의를 주창한 작가는 없었다. 이때의 연애지상주의는 엘렌 케이(Ellen Karolina Sofia Key)가 말한 책임감, 남녀평등, 행복 사랑에 기반을 둔 영육일치의 자유로운 사랑에 기반한 연애, 즉 'freedom of love'를 의미한다. 즉 연애지상주의는 성적 방종을 의미하는 자유연애주의(free love)와는 확연히 구분되는 개념이다. 그녀의 작품에서 구여성은 주인공으로는 전혀 등장하지 않으며, 신여성만이 주인공으로 등장한다. 그리고 그 인물들은 어김없이 연애지상주의의 신봉자이다.

하지만 그녀의 작품에서 자유연애의 이상이 제대로 성취된 경우는 단 한 번도 없다. 미혼의 여주인공이 연애감정을 느끼는 상대는 유부남이라서 결혼할 수 없고, 이미 결혼한 여주인공은 남편 아닌 다른 남성에게 연애감정을 느끼며 결혼이라는 제도를 벗어던진다. 이것이 김명순이 살았던 시대의 신여성들이 겪어야 했던 가장 큰 갈등이었고, 딜레마의 하나였다.

그런데 이광수가 구여성과 이혼하고 신여성 허영숙과 재혼한 사실과 『무정』의 주인공 '이형식'에게서도 확인할 수 있듯이 근대 초기에 자유연애를 주창한 것은 신여성들만이 아니었다. 그럼에도 그녀들에게만 비난이 쏟아졌던 이유는 무엇 때문일까. 그것은 여자가 자유연애를 언급하거나 그것을 실천하거나 작품화하는 것을 금기시하는 유교적 가부장주의가 근대 초기에도 강력하게 작동하고 있었기 때문이다.

김명순, 나혜석, 김원주 등의 페미니스트들이 정치적, 경제적 여성해방보다는 성의 해방에 집착했던 것은 일제 식민주의의 억압적인 정치상황에서 정치적, 경제적 여성해방을 추구한다는 것이 근본적으로 불가능했기 때문이었다. 따라서 이들은 개개인이 실천할 수 있는 사적 영역에서의 성의 해방을 주 이슈로 삼은 것으로 보인다. 하지만 그들은 개인의 섹슈얼리티에 작용하는 남성 지배의 거대한 권력체계를 제대로 통찰하지 못했다. 그만큼 그들이 이해한 페미니즘은 피상적 수준이었다. 더구나 그들은 아직 20대에 불과한, 모든 면에서 관념성을 벗어나기 어려운, 인생 자체에 미숙한 연령이었다. 아니, 그들이 살았던 시대 자체가 모든 면에서 설익은 시대였다. 그렇지만 그들이 아니고서는 근대화를 부르짖고 추진할 세대가 없었던 것이 근대 초기 우리나라의 적나라한 모습이고 현실이었다.

어쨌거나 김명순, 나혜석, 김원주와 같은 여성들이 시대의 첨단에 서서 용감하게 여성해방을 부르짖지 않았다면, 봉건적 가부장주의와 온몸으로 맞서 싸우지 않았다면, 그들의 피투성이가 된 희생이 없었다면, 오늘날 호주제가 완전 철폐된 양성평등의 시대를 우리가 과연 살아갈 수 있었을까.

(『네이버 지식백과 고전해설 ZIP』 지만지, 2009. 5. 10)

김명순의 소설에 나타난 순수한 사랑,
그리고 여성 혐오에 대한 미러링[1]

1. 왜곡되고 폄하된 근대여성작가 1세대

　김명순(金明淳)(1896-1951)은 근대교육을 받고 일본유학까지 한 전형적 신여성으로서 「의심의 소녀」(1917.11)가 『청춘』지에 이광수에 의해 추천됨으로써 우리나라 최초의 등단한 여성작가가 되었다. 우리의 첫 번째 여성근대소설인 「의심의 소녀」가 우리나라 최초의 근대소설인 이광수의 『무정』과 같은 해에 발표되었다는 사실은 문학사적 의의가 매우 중대하다. 나혜석의 「경희」는 이듬해인 1918년에 발표되었다.

　김명순은 한때 『창조』와 『폐허』의 동인으로 활동했으며, 1925년에는 『매일신보』 기자를 지낸 적도 있다. 1920년대 몇 해 동안 그녀는 가

---

1) 이 글은 "김명순 등단 100주년"을 기념하는 행사-'다시 살아나라, 김명순!'"(서울문학의 집, 2017. 12.12)에서 기조발제 한 원고를 개고한 것임.

장 활발한 창작 활동을 전개했다. 이 시기에 그녀는 『조선일보』, 『동
아일보』, 『매일신보』 등의 신문과 『청춘』, 『창조』, 『개벽』, 『폐허이후』,
『신여성』, 『조선문단』, 『문예공론』 등의 잡지를 주요 발표 매체로 삼았
으며, 1925년 4월에는 한성도서주식회사에서 『생명의 과실』이란 창
작집을, 1920년대 말에는 『애인의 선물』이란 제2의 창작집을 회동서
관에서 발간했다. 지금까지 그녀가 발표한 시는 개작을 포함하여 107
편에 달한다. 그리고 소설 21편, 희곡 3편, 수필과 평론 18편을 창작했
다. 그리고 에드가 앨런 포의 「상봉」을 비롯한 10편의 외국작품을 번
역한 번역가로서도 김명순의 중요성은 결코 간과할 수 없다.

  김동인은 「김연실전」(『문장』, 1939-1941)에서 조선 여류 문사 제1
기생들에 대해 작품 없는 문학생활을 하고, 남성 편력이나 일삼는, 성
적으로 타락한 신여성이라고 악의적으로 매도했다. 하지만 제1세대
인 김명순, 나혜석, 김원주 중 그 누구도 작품 없이 문사연한 사람은
없다. 그들은 모두 남성 못지않게 활발한 작품활동을 전개했다. 나혜
석은 동경 여자 유학생 중심의 『여자계』를 중심으로 활동했고, 김일엽
은 페미니즘 잡지 『신여자』를 발간하면서 열정적으로 문학활동을 전
개했다. 김명순은 작품집 출판이 쉽지 않았던 1920년대에 두 권의 창
작집을 발간함으로써 작가로서의 아이덴티티를 확실하게 천명했다.
1896년생 갑장인 세 사람은 이미 당대에 자매애를 발휘하며 서로 교
류한 관계였다. 그녀들은 문학을 통해 100년을 앞선 여성의 새로운 길
을 제시한 선구자였고, 모두 신념에 찬 페미니스트였다.

  그런데 김기진은 재판관이라도 된 양 「김명순·김원주에 대한 공개
장」(『신여성』, 1924. 11)을 통해 그녀들의 문학을 매도하고, 김명순을
불순 부정한 혈액을 지닌 '히스테리'로, 김원주를 이성 간의 성욕 같

은 것도 부끄럼 없이 말하는 부르주아 개인주의자로 공개적 인신공격을 해댔다. 또한 염상섭은 「감상과 기대」(『조선문단』, 1925. 7)에서 여류 문사를 자유연애의 진의를 왜곡하는 타락한 자유연애의 사도라고 비난했다. 그리고 초기소설 「제야」(1922), 「해바라기」(1923), 『너희들은 무엇을 얻었느냐』(1923-1924)에서는 김명순, 나혜석, 김원주를 각각 모델로 삼아 낱낱이 해부했다. 1942년의 일이지만 김명순을 『청춘』에 추천하며 칭찬했던 이광수마저도 뚜렷한 근거도 내세우지 않은 채 「의심의 소녀」가 표절작이라는 애매한 언사로[2] 그녀의 문학을 모독하였다.[3]

문제는 그녀들이 대표적인 신여성이자 페미니즘의 전도사로서 남녀평등을 부르짖고, 자유연애와 자유이혼을 설파했으며, '신정조론'을 주장한 데 있었다. 신남성을 자처했으면서도 여전히 봉건적 가부장주의에 사로잡힌 남성 문인들에게 그녀들의 선구적이고 첨단적 주장은 거부감을 넘어서서 혐오감을 유발하고, 적대감을 불러일으켰다.

도저히 동료 문인에 대한 상식을 갖춘 태도라고는 볼 수 없는, 납득할 수 없는 비난이 유독 김명순에게 가혹하게 쏟아졌던 사실을 어떻게 해석해야 할 것인가. 누가 그들에게 그녀를 비난할 권리, 비판할 권리, 재판할 권리를 주었는가?

---

2) 이광수·주요한, 「춘원·요한 교담록」, 『신시대』, 1942. 2.
3) 송명희, 「김명순 시에 나타난 분노 감정」, 『여성문학연구』39, 한국여성문학학회, 2016, 155면.

2. 김명순 소설에 나타난 순수한 관계의 사랑

2.1. '외로운 사람들' 모티프 소설

김명순은 독일의 극작가 게르하르트 하우푸트만(Gerhart Hauptmann, 1862~1946)의 희곡『외로운 사람들』(1890)를 모티프로 한 소설을 여러 편 썼다. 「돌아다볼 때」(1924), 「외로운 사람들」(1924), 「나는 사랑한다」(1926)가 그것이다. '외로운 사람들' 모티프란 하우푸트만의 희곡『외로운 사람들』에 형상화된 '불행한 결혼으로 야기된 비극적이고 절망적인 가정생활로 인해 고통받는 인간 내면의 심리적 갈등'을 주제로서 다루는 것을 의미한다.

김명순의 「돌아다볼 때」는 하우푸트만의 작품과 주제가 동일할 뿐만 아니라 남녀 주인공이 하우푸트만의『외로운 사람들』을 두고 대화를 나누며 감정적으로 서로 소통하게 된다. 그리고 작중의 남녀관계는 하우푸트만의 작품 속 인물들의 관계와 동일시된다. 중편소설 「외로운 사람들」은 하우푸트만의 희곡작품과 제목과 주제가 동일하다. 단편소설 「나는 사랑한다」는 불행한 결혼의 갈등을 다뤘다는 점에서 일정 부분 동일성을 찾을 수 있다.

정신적으로 소통하고 대화가 가능한 이성과의 사랑이 구식 결혼제도(조혼)에 의해 차단된 근대는 「돌아다볼 때」나 「외로운 사람들」처럼 기혼남성과 구여성인 아내, 그리고 유부남에게 연애감정을 느끼는 미혼의 신여성 모두를 불행에 빠뜨린다. 작가는 「돌아다볼 때」에서는 신여성의 초점으로, 「외로운 사람들」에서는 신남성의 초점으로 불행한 결혼이 근대의 남녀에게 어떤 고통을 안겨주는가를 핍진하게 그려냈다. 그리고 「나는 사랑한다」에서는 스웨덴의 여성운동가 엘렌 케이 (Ellen Karolina Sofia Key, 1849-1926)의 영향을 받아 불행한 결혼의 대안으로 자유이혼을 제시했다.

하지만 근대라는 격변기에 신여성은 자유롭고 진실한 사랑을 구현하기 위해 몸부림치지만 가부장제 사회의 폭력을 뚫고 나아가지 못한다. 정신적 사랑으로의 도피든(「돌아다볼 때」), 자살과 다름없는 죽음이든(「외로운 사람들」), 타오르는 화염 속에서 '나는 사랑한다'를 외치든(「나는 사랑한다」) 결국 폭력적 세계의 억압에 굴복할 수밖에 없었던 신여성의 타자화된 모습에 다름 아니다. 근대는 여성이 한 명의 인격적 주체로서 자유롭게 사랑을 성취할 수 없는 폭력적인 시대였다는 것을 김명순은 '외로운 사람들' 모티프 소설들을 통해 반복해서 보여주었다.

김명순이 이처럼 '외로운 사람들' 모티프를 반복하여 소설화했다는 것은 자유연애, 자유결혼, 자유이혼과 같은 문제가 근대 조선의 중요한 사회적 문제였다는 사실을 말해준다. 그런데 김명순은 나혜석이나 김일엽처럼 신여성의 일방적 관점에 서서 신여성의 자유연애와 주체성 실현을 강력히 주장하기보다는 여성에게 가해져 오는 세계의 폭력과 억압을 핍진하게 그리는 데서 그 탁월성을 발휘하였다. 그리고 신여성뿐만 아니라 구여성과 신남성도 정도의 차이는 있으나 근대라는 격변기의 피해자였다는 사실을 함께 보여주었다. 그것은 김명순의 자기반영적 지성과 함께 그녀 자신이 가부장제 사회의 피해자로서 가장 민감하게 시대의 폭력을 온몸으로 감당할 수밖에 없었던 개인적 체험이 바탕이 되었을 것이다.

2.2. 신여성의 사랑과 자유이혼-「나는 사랑한다」

「나는 사랑한다」(1926)의 여주인공 영옥은 교사의 전력을 가진 신여성이다. 그녀는 결혼 전에 스치듯이 만난 최종일에게 사랑의 감정을 느끼지만 서 씨와 결혼한다. 그런데 7년 후 유학에서 돌아온 최종일을 재회하게 되자 "애정 없는 부부생활은 매음"이라며 남편에게 이혼을 요구한다. 서 씨와의 결혼은 감정이 소통되는 낭만적 연애가 전제되는 대신 돈이 매개로 작용했기 때문이다.

엘렌 케이에 의하면 어떠한 결혼을 막론하고 거기에 연애가 있으면 도덕적이고, 어떠한 법률적 절차를 거쳤을지라도 거기에 연애가 없으면 그 결혼은 부도덕하다. 즉 사랑만이 결혼의 도덕성을 평가하는 유일한 기준이다. 김명순은 「나는 사랑한다」에서 사랑 없는 결혼, 즉 매음과 다를 바 없는 부도덕한 결혼의 대안으로 이혼을 제시한다.

김명순의 이전 소설에서 미혼의 신여성들이 사랑의 감정을 느끼는 대상은 모두 기혼 남성이었기 때문에 신여성의 사랑은 늘 억압되고 좌절된 모습으로 그려졌다. 그래서 「외로운 사람들」(1924)의 여주인공은 상사병으로 죽게 되며, 「돌아다볼 때」(1925)의 여주인공은 사랑하지도 않는 다른 남성과 결혼하고, 「꿈 묻는 날 밤」(1925)에서는 사랑을 포기하고 문학에 정진할 결심을 세운다. 즉 자신의 욕망을 억압하며 일부일처제의 결혼 규범에 순응한다. 하지만 「나는 사랑한다」(1926)에서는 이혼을 통해 진실한 사랑을 추구하려는 결의를 나타냈다.

그런데 김명순은 엘렌 케이가 말한 영육일치의 연애보다는 감정이 소통되는 정신주의적 연애를 주장하였으며, 결혼제도와도 무관하게 연애 그 자체의 순수성을 강조했다. 그리고 연애의 궁극적 목적을 종족의 발전이라는 집단적인 데 두었던 엘렌 케이와 김명순은 달랐다. 그녀는 어디까지나 개인의 인격적 독립과 정체성의 확립을 강조하는 차원에서 '순수한 연애'를 강조하였다. 이 점에서 엘렌 케이가 말한 국민국가 형성이나 모성론으로 연결되지 않는 차별성을 나타냈다. 엘렌 케이의 연애론은 애초 국민국가 형성에 이론적으로 복무할 가능성을 열어두었기 때문에 일본 근대여성작가들에 의해 침략적 군국주의를 수호하는 모성 이데올로기로 변질될 수 있었던 것이다.

결혼이라는 제도와 연결되지 않는 비극적 사랑을 반복적으로 그려온 김명순의 소설에서 순수한 사랑에 대한 작가의 간절한 소망 또는 작가의 개인적 트라우마를 엿볼 수 있다. 기생의 딸이라고 비난받아 온 김명순은 누구보다도 정숙한 여자가 되고자 간절히 열망했다. 그래서 외국유학을 통해 엘리트 여성이 되고자 했다. 하지만 데이트강간으로 인해 그녀는 불순한 혈통뿐만 아니라 성적으로 타락한 여성이라는 낙인까지 찍히게 된다.

따라서 결혼을 하지 않은 채 독신으로 살았던 김명순은 순수한 관계를 억압하고 방해하는 관계 외적 요소들이 벗어난 지점에서 관계 내적인 순수한 사랑을 소설에서 반복적으로 제시함으로써 허구적 양식을 통해서라도 순수한 사랑의 욕망을 상상적으로 실현하고자 했다. 순수하게 인격적 감정적 유대에 의해서만 유지되는 사랑은 가부장적 권력이나 결혼이라는 제도를 뛰어넘는다.

기든스(Anthony Giddens)에 따른다면 김명순이 이상화한 사랑은 관계 외적인 다른 것에 의존하지 않고, 순수하게 관계 그 자체의 내적인 속성에 따라 형성되고 지속되는 순수한 관계(pure relationship)의 사랑, 개인 간의 친밀성과 순수한 감정에 기초한 자아성찰적 사랑이다. 두 사람의 관계 외적인 모든 것을 배제하고 순수하게 감정적·인격적 유대에 의해서 이루어지는 열정적이고 친밀한 관계, 개인 간의 친밀성과 순수한 감정에 기초한 자아성찰적 사랑을 모든 외적 관계보다 기든스는 우선시했다.[4]

3. 여성 혐오에 대한 미러링

3.1. 왜 김명순에게 혐오가 집중되었나

일본의 페미니스트 사회학자 우에노 치즈코는 성차별주의(sexism)를 바탕으로 하여 발생하는 여성 혐오(misogyny)를 여성에 대한 멸시를 나타내며 여성을 성적 도구로 생각하고 여성을 나타내는 기호에만 반응하는 것이라고 규정했다. 즉 여성을 남성과 대등한 성적 주체로 인정하지 않고 객체화하고 타자화하는 데서 여성을 멸시하는 여성 혐오가 나타났다는 것이다.[5]

근대의 여성 혐오는 신여성에 대한 사회적 편견과 차별의식으로부터 나온 '신여성 혐오'라고 하는 것이 보다 적확한 표현일 것이다. 그리고 근대 '신여성 혐오'의 가장 대표적인 표적은 작가 김명순이다.

김명순이 일본에서 이응준에게 데이트강간을 당했을 때 일본의 신

---

4) 앤서니 기든스, 배은경·황정미 역, 『현대사회의 성·사랑·에로티시즘』, 새물결, 2001, 103-104면.
5) 우에노 치즈코, 나일등 역, 『여성 혐오를 혐오한다』, 은행나무, 2012, 12-13면.

문과 조선의 『매일신보』는 실명(당시 이름 김기정)으로 기사를 몇 차
례나 보도함으로써 인권을 침해했다. 하지만 김명순은 데이트강간의
충격을 딛고 『청춘』지에 「의심의 소녀」가 당선됨으로써 우리나라 최
초의 여성작가가 된다. 하지만 문단의 동료남성들은 그녀를 격려하기
는커녕 비난과 공격을 일삼았다.

염상섭과 김기진, 김동인 등의 비난과 공격에 대해서는 앞에서 언
급했다. 일본작가 나카니시 이노스케(中西伊之助)[6]가 쓴 『너희들의
배후에서』(1923)가 발표되었을 때에도 주인공 권주영이 김명순을 모
델로 했다는 소문이 파다했다. 이 작품이 이익상에 의해 번역되어 『매
일신보』에 연재되자 김명순은 세간에 퍼진 소문이 사실이 아니라는
것을 입증하기 위해 「탄실이와 주영이」(1924)라는 자전적 소설을 『조
선일보』에 며칠 먼저 연재하기 시작했다.

김명순에 대한 혐오를 나타낸 남성들은 그녀를 동료 문인으로 인정
하지 않고 단지 성적 대상이자 타자로 비하하는 공통점을 보였다. 즉
성적 대상에 불과해야 할 여성이 감히 남성들의 전유물인 문학의 영
역을 침범하는 지적이고 문학적인 능력을 갖추었다는 데 대한 멸시와
불안에서 김명순에 대한 여성 혐오는 더욱 극렬했던 것이다.

남성들의 불안의 원천인 여성의 섹슈얼리티(sexuality)는 오직 자
녀 출산을 위한 목적 이외에는 철저히 통제되어야 한다. 하지만 김명
순을 비롯하여 근대의 신여성들은 가부장제 가족의 유지를 위한 출
산 목적의 섹슈얼리티가 아니라 자신의 주체성 발현으로서의 자유로

---

6) 나카니시 이노스케(1887-1958) : 일본 프롤레타리아 작가이자 사회운동가로서 식
   민지 조선을 배경으로 한 소설로는 『붉은 흙에 싹트는 것』, 『너희들의 배후에서』,
   『불령선인』 등 3부작이 있다.

운 섹슈얼리티를 주장하였다. 나혜석은 '정조는 취미'라고 선언했고, 김일엽은 '정신적 순결'을 주장했으며, 김명순은 '애정 없는 부부생활은 매음'과 다를 바 없다고 규정했다. 이처럼 그녀들은 순결이데올로기를 정면에서 비판하며 성적자기결정권과 성적 주체성, 그리고 자유롭고 순수한 사랑을 주장했던 것이다. 그녀들이 주장하는 페미니즘의 도발적 주제들이야말로 남성들이 받아들이기 어려운, 가부장제에 대한 공격을 담고 있느니만큼 그들의 비난과 공격은 그녀들의 문학에 대한 비평이 아니라 그녀들을 성적으로 대상화하며 인격살인으로 이어졌던 것이다.

신남성들이 신여성들에게 바랐던 것은 어디까지나 그들의 자유연애의 대상, 즉 대화가 통하는 성적 타자가 필요했을 뿐이다. 그들은 여성이 주체가 되는 자유롭고 평등한 섹슈얼리티를 원했던 것은 결코 아니었다. 그러니 그녀들이 주장하는 가부장제의 통제를 벗어나는 여성 주체적인 섹슈얼리티에 대한 불안이 여성 혐오로 나타났다고 할 수 있다.

그런데 나혜석과 김원주(일엽)보다 하필 남성들의 공격에 김명순이 가장 빈번하게 노출되었던 이유는 무엇일까? 그것은 첫째, 당시 그녀가 고아나 다름없는 사회적 약자였다는 것이다. 둘째, 김기진이 말했듯이 김명순이 기생첩의 딸, 즉 나쁜 피였다는 것이다. 셋째, 그녀가 데이트강간을 당한, 즉 순결을 상실한 여성이었다는 점이다. 이처럼 근대는 첩을 차별하고 비하하는 가부장제 사회였고, 강간의 가해자가 아니라 피해자를 비난하는 여성 폭력적인 사회였으며, 순결이데올로기가 지배하는 남성중심의 사회였다.

하지만 그 배후에는 당대에 문인으로서 가장 활발히 활동한 여성작가가 김명순이었다는 데서 여성 혐오가 집중되었다고 생각한다. 당시 김명순은 정식 등단절차를 거친 유일한 여성문인으로서 작품활동을 가장 왕성히 하는 작가였다. 즉 김명순이 당대 최고의 여성작가였기에 비난의 화살이 그녀에게 집중되었던 것이다. 이때 남성들의 여성 혐오는 여성의 문학적 창조능력에 대한 그들의 두려움을 투사한 것이다. 특히 김명순처럼 탁월한 문학활동을 하는 여성에 대한 참을 수 없는 멸시와 불안으로부터 그녀가 여성 혐오의 대표적 타깃이 되었다고 할 수 있다.

"여성 혐오는 타자 혹은 비체로 규정된 여성을 배제하고자 하는 충동과 연관되어 있다."[7] 혐오는 주체와 공동체의 경계를 흩뜨려 놓겠다고 위협함으로써 거부의 대상이 되는 비체(abjcet, 卑/非體)적인 것들에 대한 반응이다. 크리스테바(Julia Cristeva)에 따르면 한 문화권 안에서 비체가 되는 것은 부적절하거나 건강하지 않은 것이라기보다 동일성이나 체계와 질서를 교란시키는 것에 더 가깝다.[8] 그런 의미에서 혐오는 실질적이거나 물질적으로 개인과 공동체에 해를 끼치거나 위험한 존재가 아니라 인식론적 차원에서 문화적 사회적으로 위험한 것, 불쾌한 것, 제거되어야 할 불순물로 여겨지는 것들이 대상이 된다.[9]

근대 신남성들의 여성 혐오도 자신의 남성 정체성의 경계를 혼란시키고 위협한다고 여겨지는 신여성을 문화적 사회적으로 위험한 존재

---

7) 이현재, 「도시적 감정으로서의 여성 혐오와 도시적 젠더정의의 토대로서의 공감의 가능성 모색」, 『한국여성철학』25, 한국여성철학회, 2016, 43면.
8) 줄리아 크리스테바, 서민원 역, 『공포의 권력』, 동문선, 2001, 25면.
9) 손희정, 「혐오의 시대 - 2015년, 혐오는 어떻게 문제적 정동이 되었는가」, 『여/성이론』제32호, 도서출판 여이연, 2015, 31면.

로 취급하며 오염되고 불순한 것, 비체로 대상화하며 혐오를 표출하였다고 할 수 있다.

누스바움은 배설물, 타액, 혈액, 체취, 벌레와 같은 우리가 실제로 혐오감을 느끼는 1차적 대상과 이를 다른 물체 또는 대상에게 투사하여 느끼는 투사적 혐오를 구분한다. 투사적 혐오(projective disgust)는 혐오의 1차적 대상물과 관련성이 없는 자들에 대해 혐오의 1차적 대상물의 성질을 투사함으로써 그들을 혐오하는 것을 말한다. 역사적으로 다수는 소수자에 대한 비하 및 차별의 수단으로 혐오적 투사를 사용해 왔다.[10] 사회에는 소수자들을 낙인찍는 수많은 방식들이 존재한다. 혐오는 낙인을 찍는 강력하도고 중심적인 방식이다.[11] 혐오는 다른 사람의 완전한 인간성을 근본적으로 부정한다는 점에서 끔찍하다고 할 수 있다.[12]

김명순에 대한 혐오도 사회적 약자인 여성에 대한 차별 수단으로서의 투사적 혐오에 해당된다. 즉 문화적 사회적으로 타자 혹은 비체로 규정된 신여성을 배제하고자 하는 다수인 남성들의 소수자인 여성에 대한 혐오와 관련되어 있다. 그들은 나쁜 피, 정숙하지 못한 여자라는 낙인찍기의 방식으로 김명순에 대한 혐오를 표출했다.

---

10) 게이법조회, 「대한민국에서 성수자에 대한 인류애를 기대하며」, 마사 C. 누스바움, 강동혁 역, 『혐오에서 인류애로』, 뿌리와이파리, 2016, 292면.
11) 마사 C. 누스바움, 위의 책, 56면.
12) 마사 C. 누스바움, 위의 책, 22면.

3.2. 여성 혐오에 대한 미러링

김명순은 자신이 표적이 되었던 여성 혐오에 수동적으로 침묵하지만은 않았다. 즉 반박문이나 고소와 같은 공적 방식으로 자신을 향한 여성 혐오에 대항하는 한편 자신의 문학을 통해 여성 혐오를 혐오함으로써 그에 대항했다.

김명순은 「돌아다볼 때」(1924), 「탄실이와 주영이」(1924), 「꿈 묻는 날 밤」(1925), 「모르는 사람같이」(1929)라는 소설을 통해 여성 혐오 모티프를 집중적으로 그렸으며, 여성 혐오를 적극적으로 혐오함으로써 이를 되돌려주었다. 즉 김명순의 미러링(mirroring)[13]은 자신의 소설을 통해 여성 혐오에 침묵하지 않고, 가해자가 아니라 피해자를 비난하는 사회에 대한 혐오를 의미한다. 그리고 혐오를 혐오로 되돌려줌으로써 여성을 혐오하는 가부장적 사회에 대한 비판을 표현한 것이다.

「돌아다볼 때」에서는 남성들의 가치를 내면화한 여성들의 여성 혐오에 대해 비판했다. 「탄실이와 주영이」에서는 그녀 자신을 향한 가부장적 규율 사회의 여성 혐오를 비판하며, 가해자가 아니라 피해자를 비난하는 사회에 대한 혐오를 나타냈다. 「꿈 묻는 날 밤」과 「모르는 사람같이」에서는 여성에 대한 소문과 그 소문에 휘둘리는 남성에 대한 혐오감을 표출하였다. 즉 여성 혐오는 가부장제 사회의 규율을 통하여 문화적 윤리적 차원에서 다차원적으로 가해질 뿐만 아니라 그 가치를 내면화한 여성들에 의해서도 자행되는 것으로 김명순은 파악했

---

13) 미러링(mirroring)은 여성 혐오를 혐오로 되받아치는 것을 말한다.

던 것이다.

김명순을 향한 남성들의 무차별적인 혐오는 인격살인에 해당할 정도로 박해적이고, 증오로 가득 차 있으며, 비하적이었다. 즉 남성들은 자신의 남성 정체성의 경계를 혼란시킬 뿐만 아니라 작가로서도 그들에게 위협을 가하는 그녀를 오염되고 불순한 '나쁜 피'와 '정숙하지 않은 여성'이라는 비체로 낙인을 찍으며 혐오를 표출했다.

메갈리안(megalian)[14]은 여성 혐오에 침묵하지 않고 오히려 혐오를 혐오로 되돌려주는 여성을 지칭하는 신조어이다. 여성들에게 상처를 줬던 혐오 발언이 버틀러(Judith Butler)의 표현대로 '저항의 도구'가 되어 되돌려주는 여성이 메갈리안이다.[15] 메갈리안의 미러링은 감히 그럴 권력을 소유하고 있지 못했던 여성들도 기존의 권력을 도용하고 전복시킬 수 있다는 것을 보여주는 하나의 전략이다. 혐오 발언에 대한 거울반사로 설명되는 미러링 스피치는 혐오 발언을 발화한 화자 자체가 그 혐오 발언에 의해 스스로 곤경에 처할 수 있다는 것을 보여준다.[16] 이때 여성의 남성 혐오는 자신이 부당하게 대접받는 데 대한 분노와 투쟁 속에서 나온 서사일 뿐 성차별을 실행하지 않는다.

김명순이 자신의 문학을 통해 여성 혐오에 저항을 하게 된 것은 공적 영역이 그녀가 받은 여성 혐오에 대해 아무런 조처도 취해주지 않

---

14) 메갈리안은 '메르스(mers) 바이러스'와 '이갈리아의 딸들(Egalia's daughters)'의 합성어이다. 『이갈리아의 딸들(Egalia's daughters)』은 작가이자 여성운동을 펼치고 있는 노르웨이 출신 작가 브란튼베르그의 책으로 상상력과 재치가 넘치는 페미니즘과 유토피아 소설이다. 남성과 여성의 성역할 체계가 완전히 뒤바뀐 가상의 세계 이갈리아의 모습을 그린 작품이다.

15) 유민석, 『혐오발언에 기생하기 : 메갈리아의 반란적인 발화』, 『여/성이론』33, 도서출판 여이연, 2015, 127-128면.

16) 유민석, 위의 논문 135면.

았기 때문에 나온 사적 구제와도 같은 차원의 것이었다.[17] 김명순의 소설이 여성 혐오 모티프를 집중적으로 그려내며 혐오를 혐오로 되돌려주었다는 것은 여성 혐오의 동일한 피해자였던 수많은 여성들의 자존감을 회복시켜주고 살아갈 용기를 되찾아준다는 점에서 페미니즘 문학으로서도 큰 의미를 지닌다.

4. 결론-여성소설의 문을 연 최초의 등단한 여성작가

그동안 남성중심의 문학사는 김명순을 한 번도 제대로 평가하지 않았으며, 의도적으로 배제하였다. 남성문인들은 그녀를 작품 없는 문인으로 매도하거나 그녀의 문학을 아예 읽으려고도 하지 않았다. 나아가 그녀를 인간적으로 핍박하고 비난하는 인격살인을 긴 세월에 걸쳐 집요하게 자행했다.

이제 한국문학을 연구하는 여성학자들도 다수 양성되어 있으므로 문학사에서 소외되고 배제되어온 여성작가와 작품을 문학사에서 제대로 복원시켜야 한다. 즉 여성작가를 배제하지 않은 가치중립적 문학사를 기술해야 한다. 그래서 근대여성소설의 문을 열었을 뿐만 아니라 이광수의 『무정』과 같은 해에 소설을 발표했던 김명순을 문학사에서 제대로 자리매김해야 한다.

김명순의 '외로운 사람들' 모티프 소설, 순수한 관계의 사랑을 주장한 소설, 여성 혐오를 혐오로 되돌려주는 소설의 주인공들은 모두 작

---

17) 유민석, 위의 논문, 133면.

가의 분신이다. 김명순은 소설 속 주인공들을 통해 가부장제 문화가 강요한 여성 정체성을 수정하였다. 그녀의 텍스트가 보여주는 순수한 사랑과 여성 혐오에 대한 미러링은 여성문학의 혁명성을 심어주는 복잡한 문화적 전략이다. 김명순 소설의 미학은 결혼제도를 뛰어넘는 순수한 관계의 사랑과 혐오를 혐오로 되돌려주는 저항성에서 그 가치를 발견해야 한다.

(『문학도시』179호, 부산문인협회, 2018. 2)

참/고/문/헌

[김명순 시에 나타난 분노 감정]

〈기초자료〉

• 김기진, 「김명순, 김원주(일엽) 씨에 대한 공개장」, 『신영성』, 1924. 11.

• 맹문재 편역, 『김명순전집-시 희곡』, 현대문학, 2009.

• 서정자 · 남은혜 편, 『김명순문학전집』, 푸른사상, 2010.

• 송명희 편역, 『김명순 소설집-외로운 사람들』, 한국문화사, 2011.

• 염상섭, 「감상과 기대」, 『조선문단』, 1925. 7.

• 이광수 · 주요한, 「춘원 · 요한 교담록」, 『신시대』, 1942. 2.

〈단행본〉

• 변학수, 『통합문학치료』, 학지사, 2010.

• 최현석, 『인간의 모든 감정』, 서해문집, 2011.

• 에바 일루즈, 김정아 역, 『감정 자본주의』, 돌베개, 2010.

• 우에노 치즈코, 나일등 역, 『여성 혐오를 혐오한다』, 은행나무, 2012.

• 존 브래드쇼, 오제은 역, 『상처받은 내면아이 치유』, 학지사, 2004.

• 프로이트, 윤희기 역, 『무의식에 관하여-프로이트 전집13』, 열린책들, 1997.

• 해리엇 러너, 김태련 · 이명선 역, 『무엇이 여성을 분노하게 하는가

: 여성을 바꾸는 분노의 심리학』, 이화여자대학교 출판부, 2011.

〈논문〉

• 권혁남, 「분노에 대한 인간학적 고찰」, 『인간연구』19, 가톨릭대학교 인간학연구소, 2010, 77-105면.

• 김경애, 「근대 최초의 여성 작가 김명순의 자아 정체성」, 『한국사상사학』39, 한국사상사학회, 2011, 251-302면.

• 김영미 · 이명호, 「분노 감정의 정치학과 『제인 에어』」, 『근대영미소설』19-1, 근대영미소설학회, 2012, 33-61면.

• 김윤정, 「김명순 시에 나타난 신여성 의식 연구」, 『비교한국학』22-1, 국제비교한국학회, 2014, 173-205면.

• 김영옥, 「1920년대 여성시인 연구 : 김일엽, 김명순, 나혜석의 시를 중심으로」, 『우리문학연구』20, 우리문학회, 2006, 159-185면.

• 남민우, 「여성시의 문학교육적 의미 연구 : 1920년대 김명순의 시를 중심으로」, 『문학교육학』11, 한국문학교육학회, 2003, 327-371면.

• 맹문재, 「김명순 시의 주제 연구」, 『한국언어문학』53, 한국언어문학회, 2004, 441-462면.

• 방유리나, 「우울증과 관련된 분노서사에 대한 문학치료학적 접근」, 『문학치료연구』30, 한국문학치료학회, 2014, 489-490면.

• 방정민, 「김명순 시의 신여성상 연구 : 엘렌 케이 사상의 수용적 측면과 능가한 측면을 중심으로」, 『인문사회과학연구』11-2, 부경대학교 인문사회과학연구소, 2010, 29-54면.

• 송명희, 「근대소설에 나타난 신여성 모티프」, 『인문사회과학연

구』11-2, 부경대학교 인문사회과학연구소, 2010, 1-27면.

_____, 「김명순의 소설과 '외로운 사람들' 모티프 연구」, 『비평문학』59, 한국비평문학회, 2016, 89-122면.

• 심정순, 「감성의 포스트 여성주의 정치학-사라 케인의 Blasted와 4.48 Psychosis를 중심으로」, 『현대영미드라마』25-2, 현대영미드라마학회, 2012, 93-120면.

• 유민석, 『혐오발언에 기생하기 : 메갈리아의 반란적인 발화」, 『여/성이론』33, 여성문화이론연구소, 2015, 126-152면.

• 이경수, 「근대 초기 여성시에 나타난 기독교적 상상력과 여성 표상 : 나혜석·김명순·김일엽의 시에 나타난 종교성과 여성성의 관련 양상을 중심으로」, 『비평문학』33, 한국비평문학회, 2009, 371-398면.

• 이민호, 「시의 비유적 은유와 리얼리티 -1920년대 시의 여성성을 중심으로」, 『서강인문논총』26, 서강대학교 인문과학연구소, 2009, 251-279면.

• 진순애, 「신여성 시 연구 - 김명순과 노천명 시를 중심으로 - 」, 『인문과학』47, 성균관대학교 인문학연구원, 2011, 101-124면.

• 최명표, 「소문으로 구성된 김명순의 삶과 문학」, 『현대문학이론연구』30, 현대문학이론학회, 2007, 221-245면.

• 최윤정, 「김명순 문학 연구」, 『한국문학이론과 비평 』17-3, 한국문학이론과비평학회, 2013, 487-511면.

• 황재군, 「김명순(金明淳)시의 근대성 연구」, 『선청어문』28, 서울대학교 국어교육연구소, 2000, 23-38면.

[김명순, 여성 혐오를 혐오하다]

〈기초자료〉

• 송명희 편역, 『김명순 소설집-외로운 사람들』, 한국문화사, 2011.

〈단행본〉

• 김복순, 『페미니즘 미학과 보편성의 문제』, 소명출판, 2005.

• 서정자 · 남은혜 편, 『김명순 문학전집』, 푸른사상, 2010.

• 우에노 치즈코, 나일등 역, 『여성 혐오를 혐오한다』, 은행나무, 2012.

• 노엘 맥아피, 이부순 역, 『경계에 선 줄리아 크리스테바』, 앨비, 2007.

• 로즈메리 갈런트 톰슨, 손홍일 역, 『보통이 아닌 몸』, 그린비, 2015.

• 마사 C. 누스바움, 조계원 역, 『혐오와 수치심』, 민음사, 2015.

• 마사 C. 누스바움, 강동혁 역, 『혐오에서 인류애로』, 뿌리와이파리, 2016.

• 미셸 푸코, 오생근 역, 『감시와 처벌』, 나남, 2011.

• 미셸 푸코 외, 황정미 편역, 『섹슈얼리티의 정치와 페미니즘』, 새물결, 1995.

• 박문각 시사상식편집부, 『시사상식사전』 박문각, 2016.

• 존 브래드 쇼, 오제은 역, 『상처받은 내면아이 치유』, 학지사, 2004.

• 주디스 버틀러, 유민석 역, 『혐오 발언』, 알렙, 2016.

- 줄리아 크리스테바, 서민원 역, 『공포의 권력』, 동문선, 2001.
- 한스 노이바우어, 박동자 · 황승환 역, 『소문의 역사』, 세종서적, 2001.

〈논문〉

- 남은혜, 「김명순 문학연구」, 서울대학교 대학원 석사논문, 2008.
- 박자영, 「소문과 서사; 장아이링 전기 다시 읽기」, 『여성문학연구』20, 한국여성문학학회, 2008, 73-103면 .
- 신혜수, 「中西伊之助의 『汝等の背後より』에 대한 1920년대 중반 조선 문학 장의 두 가지 반응」, 『차세대 인문사회연구』7, 동서대학교 일본연구센터, 2011, 88-103면.
- 손희정, 「혐오의 시대 – 2015년, 혐오는 어떻게 문제적 정동이 되었는가」, 『여/성이론』32, 도서출판 여이연, 2015, 238-252면.
- 양석원, 「미셸 푸코의 이론에서의 주체와 권력: 응시의 개념을 중심으로」, 『비평과 이론』8-1, 한국비평이론학회, 2003, 31-64면.
- 이광수 · 주요한, 「춘원 · 요한 교담록」, 『신시대』, 1942.2.
- 이숙인, 「소문과 권력-16세기 한 사족 부인의 淫行 소문 재구성」, 『철학사상』40, 서울대학교 철학사상연구소, 2011, 67-107면.
- 이원동, 「汝等の背後より의 수용 · 번역과 제국적 상상력의 경계」, 『어문논총』68, 한국문학언어학회, 2016, 313-340면.
- 이현재, 「도시적 감정으로서의 여성 혐오와 도시적 젠더 정의의 토대로서의 공감의 가능성 모색」, 『한국여성철학』25, 한국여성철학회, 2016, 35-64면.
- 유민석, 『혐오발언에 기생하기 : 메갈리아의 반란적인 발화』,

『여/성이론』33, 도서출판 여이연, 2015, 126-152면.

• 최명표, 「소문으로 구성된 김명순의 삶과 문학」, 『현대문학이론 연구』30, 현대문학이론학회, 2007, 221-245면.

[신여성의 사랑과 자유이혼-김명순의 「나는 사랑한다」]

〈기초자료〉

• 서정자 · 남은혜 편, 『김명순 문학전집』, 푸른사상, 2010.

• 송명희 편역, 『김명순 소설집-외로운 사람들 』, 한국문화사, 2011.

• 송명희 편, 『김명순 작품집』, 지만지, 2008.

• 맹문재 편역, 『김명순 전집-시 · 희곡』, 현대문학, 2009.

〈단행본〉

• 김경일, 『여성의 근대, 근대의 여성』, 푸른역사, 2004.

• 김상배 편, 『탄실 김명순-나는 사랑한다』, 솔뫼, 1981.

• 문옥표 외, 『신여성』, 청년사, 2003.

• 이진우, 『지상으로 내려온 철학』, 푸른숲, 2000.

• 한국여성소설연구회, 『페미니즘과 소설비평-근대편』, 한길사, 1995.

• 현택수, 『현대인의 사랑과 성』, 동문선, 2004.

• 앤서니 기든스, 배은경 · 황정미 역, 『현대사회의 성 · 사랑 · 에로

티시즘』, 새물결, 2001.

- R.베이커 · F. 엘리스톤 편, 이일환 역, 『철학과 성』, 홍성사, 1982.

〈논문〉

- 강신주, 「김명순 (金明淳), 김원주 (金元周), 나혜석 (羅蕙錫) 의 시 (詩)」, 『국어교육』97, 한국국어교육연구회, 1998, 349-367면.
- 곽은희, 「낭만적 사랑과 프로파간다」, 『인문과학연구』36, 대구대학교 인문과학연구소, 2011, 167-188면.
- 구인모, 「한일 근대문학과 엘렌 케이」, 『여성문학연구』12, 한국여성문학학회, 2004, 69-94면.
- 권보드래, 「 "연애"의 현실성과 허구성: 한국 근대 "연애" 개념의 형성」, 『문학/사학/철학』14, 한국불교사연구소, 2008, 61-83면.
- 권선영, 「한일 근대여성문학에 나타난 기혼자의 '연애(戀愛)' 고찰 : 김명순의 『외로운 사람들』과 다무라 도시코(田村俊子)의 『포락의 형벌(炮烙の刑)』을 중심으로」, 『일어일문학』56, 대한일어일문학회, 2012, 159-174면.
- 김경애, 「성폭력 피해자/생존자로서의 근대 최초 여성작가 김명순」, 『여성과 역사』14, 한국여성사학회, 2011, 31-82면.

  _____, 「근대 최초의 여성작가 김명순의 자아 정체성」, 『한국사상사학』39, 한국사상사학회, 2011, 251-302면.
- 김동식, 「연애와 근대성」, 『민족문학사연구』18-1, 민족문학사학회, 2001, 299-327면.

  _____, 「낭만적 사랑의 의미론」, 『문학과 사회』53(2001년 봄호), 문학과지성사, 2001, 130-166면.

- 김미영, 「1920년대 신여성과 기독교의 연관성에 관한 고찰 : 나혜석·김일엽·김명순의 삶과 문학을 중심으로」, 『현대소설연구』21, 한국현대소설학회, 2004, 67-96면.
- 김양선, 「여성성, 여성적인 것과 근대소설의 형성」, 『민족문학사연구』52, 민족문학사연구소, 2013, 60-81면.
- 남은혜, 「김명순 문학연구」, 서울대학교 대학원 석사논문, 2008.
_____, 「김명순 문학 행위에 대한 연구 : 텍스트 확정과 대항담론 형상화 방식을 중심으로」, 『세계한국어문학』3, 세계한국어문학회, 2010, 199-242면.
- 박죽심, 「근대 여성 작가의 자기표현 방식 - 나혜석·김명순·김일엽을 중심으로」, 『어문논총』32, 중앙어문학회, 2004, 321-350면.
- 방민호, 「일본 사소설과 한국의 자전적 소설의 비교」, 『한국현대문학연구』31, 한국현대문학회, 2010, 35-84면.
- 방정민, 「김명순 시의 신여성상 연구 : 엘렌 케이 사상의 수용적 측면과 능가한 측면을 중심으로」, 『인문사회과학연구』11-2, 부경대학교 인문사회과학연구소, 2010, 29-54면.
- 백옥경, 「근대 한국여성의 일본유학과 여성현실의식-1910년대를 중심으로」, 『이화사학연구』39, 이화사학회, 2009, 1-28면.
- 서정자, 「축출 배제의 고리와 대항서사」, 『세계한국어문학』4, 세계한국어문학회, 2010, 13-52면.
- 서지영, 「계약과 실험」, 『여성문학연구』19, 한국여성문학학회, 2008, 139-175면.
- 손지연, 「근대일본 미디어에 나타난 신여성 논의의 지형」, 『여성

문학연구』27, 한국여성문학학회, 2012, 241-270면.

_____, 「근대 일본의 가부장제 시스템과 『세이토』」, 『비교문화연구』27, 경희대 비교문화연구소, 2012, 291-317면.

• 송명희, 「근대소설에 나타난 신여성 모티프」, 『인문사회과학연구』11-2, 부경대학교 인문사회과학연구소, 2010, 1-27면.

_____, 「이광수의 문학비평연구-민족주의 문학사상을 중심으로」, 고려대학교 대학원 박사논문, 1985.8.

• 신남주, 「조선 신여성의 『세이토(靑鞜)』수용의 영향과 성격 : 『신여자』의 발간과 '신여성론'을 중심으로」, 『한국여성교양학회지』20, 한국여성교양학회, 2011, 129-149면.

• 신영숙, 「일제하 신여성의 연애 · 이혼 문제」, 『한국학보』12-4(45), 일지사, 1986, 182-217면.

• 신지연, 「1920년대 여성담론과 김명순의 글쓰기」, 『어문논집』48, 민족어문학회, 2003, 316-354면

• 신혜수, 「中西伊之助의 『汝等の背後より』에 대한 1920년대 중반 조선 문학 장의 두 가지 반응」, 『(차세대)인문사회연구』7, 한일차세대학술포럼, 2011, 89-104면.

• 안혜련, 「1920년대 「여성적 글쓰기」의 모색-나혜석, 김명순, 김원주를 중심으로-」, 『한국언어문학』50, 한국언어문학회, 2003, 307-328면.

• 유광옥, 「근대 형성기 여성문학에 나타난 가족 연구 : 김명순 · 나혜석 · 김일엽을 중심으로」, 동덕여자대학교 대학원 박사논문, 2008.

• 유연실, 「근대 한 · 중 연애 담론의 형성-엘렌 케이(Ellen Key) 연

애관의 수용을 중심으로 」,『중국사연구』79, 중국사학회, 2012, 141-194면.

• 이덕화, 「염상섭의 작품을 통해서 본 신여성에 대한 오인 메커니즘」,『현대소설연구』28, 한국현대소설학회, 2005, 55-76면.

• 이지숙, 「『세이토』에 나타난 일본 근대여성들의 글쓰기 양상」,『일본문화학보』37, 한국일본문화학회, 2008, 243-255면.

_____, 「1910년대 일본 신여성문학-『세이토』를 중심으로」,『인문학연구』34-1, 충남대 인문과학연구소, 2007, 157-175면.

• 이태숙, 「고백체 문학과 여성주체 : 김명순(金明淳)을 중심으로」,『우리말글』26, 우리말글학회, 2002, 309-330면.

• 이현준, 「한일 근대 이행기, 양국 최초의 여성소설가 비교연구」,『Comparative Korean Studies』19-3. 국제비교한국학회, 2011, 251-281면.

• 이화영 · 유진월, 「서구 연애론의 유입과 수용 양상」,『국제어문』32, 국제어문학회, 2004, 209-234면.

• 전요섭, 「중년기 외도의 심리분석과 목회상담적 지원」,『한국개혁신학논문집』12-1, 한국개혁신학회, 2002, 339-367면.

• 조성희, 「서사를 통해 발현되는 자아와 세계의 간극 고찰 : 김명순 서사의 치유가 실패한 원인을 중심으로」,『건국대학교 국어국문학연구논집』37, 건국대학교 국어국문학연구회, 2006, 389-422면.

• 최명표, 「소문으로 구성된 김명순의 삶과 문학」,『현대문학이론연구』30, 현대문학이론학회, 2007, 221-245면

• 홍창수, 「서구 페미니즘 사상의 근대적 수용」,『상허학보』13, 상허학회, 2004, 317-362면.

[김명순의 소설과 '외로운 사람들' 모티프 연구]

〈기초자료〉

• 송명희 편역, 『김명순 소설집-외로운 사람들』, 한국문화사, 2011.
• 서정자 · 남은혜 편, 『김명순 문학전집』, 푸른사상, 2010.

〈단행본〉

• 김경일, 『여성의 근대, 근대의 여성』, 푸른역사, 2004.
• 김병철, 『한국근대서양문학이입사연구』(상), 을유문화사, 1980.
• 한국여성소설연구회, 『페미니즘과 소설비평』, 한길사, 1995.
• 테레사 현, 김혜동 역, 『번역과 창작-근대여성작가를 중심으로』, 이화여자대학교 출판부, 2004.

〈논문〉

• 권선영, 「한일근대여성문학에 나타난 기혼자의 '연애(戀愛)' 고찰」, 『일어일문학』56, 대한일어일문학회, 2012, 159-174면.
• 김경애, 「근대 최초의 여성작가 김명순의 자아정체성」, 『한국사상사학』39, 한국사상사학회, 2011, 251-302면.
• 노영돈, 「게르하르트 하우프트만의 자연주의 드라마의 특성」, 『뷔히너와 현대문학』12, 한국뷔히너학회, 1999, 58-84면.
• 노영돈, 「한국에서의 게르하르트 하우프트만 문학 수용1」, 『독일문학』80, 한국독어독문학회, 2002, 128-147면.
• 노영돈, 「하우프트만의 『외로운 사람들』에서의 여성상과 문제점」, 『뷔히너와 현대문학』29, 한국뷔히너학회, 2007, 285-304면.

- 노영돈, 「독일 자연주의의 이해」, 『공연과 리뷰』86, 현대미학사, 2014. 9, 49-73면.
- 명혜영, 「1910~20년대의 키워드 〈성욕〉-「선혈」(다무라 도시코)과 「돌아다 볼 때」(김명순)를 중심으로」, 『일본문화연구』35, 동아시아일본학회, 2010, 113-134면.
- 방민호, 「일본 사소설과 한국의 자전적 소설의 비교」, 『한국현대문학연구』31, 한국현대문학회, 2010, 35-84면.
- 소현숙, 「강요된 '자유이혼', 식민지 시기 이혼문제와 '구여성'」, 『사학연구』104, 한국사학회, 2011, 123-164면.
- 송명희, 「신여성의 사랑과 자유이혼-김명순의 「나는 사랑한다」-」, 『국어문학』56, 국어문학회, 2014, 317-341면.
- 신지연, 「1920년대 여성 담론과 김명순의 글쓰기」, 『어문논집』48, 민족어문학회, 2003, 315-353면.
- 유연실, 「근대 한·중 연애 담론의 형성-엘렌 케이(Ellen Key) 연애관의 수용을 중심으로」, 『중국사연구』79, 중국사학회, 2012, 141-194면.
- 이태숙, 「고백체 문학과 여성주체: 김명순을 중심으로」, 『우리말글』26, 우리말글학회, 2002, 1-22면.
- 조미숙, 「지식인 여성상의 사적고찰 - 여성작가들의 작품을 중심으로」, 『한국문학연구』28, 동국대학교 한국문학연구소, 2005, 163-197면.
- 진순애, 「신여성 시 연구」, 『인문과학』47, 성균관대학교 인문과학연구소, 2011, 101-124면.
- 최윤정, 「김명순 문학연구」, 『한국문학이론과 비평』60, 한국문학

이론과비평학회, 2013, 487-511면.

[김명순 소설의 '집'과 젠더지리학-「돌아다볼 때」·「나는 사랑한다」
를 중심으로]

〈기초자료〉
• 송명희 편역,『김명순 소설집-외로운 사람들』, 한국문화사, 2011.

〈단행본〉
• 린다 멕도웰, 김현미 외 역,『젠더,정체성, 장소』, 한울, 2010.
• 바슐라르, 곽광수 역,『공간의 시학』, 민음사, 1990.
• 앤서니 기든스, 배은경 · 황정미 역,『현대사회의 성 · 사랑 · 에로
  티시즘』, 새물결, 2001.
• 에드워드 렐프, 김덕현 외 역,『장소와 장소상실』, 논형, 2005.
• 질 발렌타인, 박경환 역,『사회지리학』, 논형, 2009.
• 질리언 로즈, 정현주 역,『페미니즘과 지리학』, 한울, 2014.

〈논문〉
• 송명희,「신여성의 사랑과 자유이혼- 김명순의 「나는 사랑한
  다」」,『국어문학』56, 국어문학회, 2014, 317-341면.
  _____,「김명순의 소설과 '외로운 사람들' 모티프 연구」,『비평
  문학』59, 한국비평문학회, 2016, 89-122면.

_____, 「여성과 공간-현상학적 공간이론과 젠더정치학」, 『배달말』43, 배달말학회, 2008, 21-48면.
- 신혜경, 「공간문화와 여성」, 『한국여성학』12-2, 한국여성학회, 1996, 227-260면.

[김명순 소설에 재현된 구여성의 이미지]

〈기초자료〉
- 송명희 편역, 『김명순 소설집-외로운 사람들』, 한국문화사, 2011.

〈단행본〉
- 김경일, 『여성의 근대, 근대의 여성』, 푸른역사, 2004.
- 송명희, 『페미니즘 비평』, 한국문화사, 2012.

〈논문〉
- 소현숙, 「강요된 '자유이혼', 식민지 시기 이혼문제와 '구여성'」, 『사학연구』104, 한국사학회, 2011, 123-164면.
- 송명희, 「김명순의 소설과 '외로운 사람들' 모티프 연구」, 『비평문학』59, 한국비평문학회, 2016, 89-122면.
- 이상경, 「근대소설과 구여성-심훈의 『직녀성』을 중심으로」, 『민족문학사연구』19, 민족문학사학회, 2001, 174-199면.

[불안한 자아를 통찰하는 심리주의 소설-김명순의 「칠면조」를 중심으로]

〈기초자료〉
• 송명희 편역, 『김명순 소설집-외로운 사람들』, 한국문화사, 2011.

〈단행본〉
• 이무석, 『정신분석에로의 초대』, 이유, 2003.
• 최현석, 『인간의 모든 감정』, 서해문집, 2011.
• 최혜실, 『신여성들은 무엇을 꿈꾸었는가』, 생각의나무, 2000.

• 마사 C. 누스바움, 강동혁 역, 『혐오에서 인류애로』, 뿌리와이파리, 2016.
• 마사 C. 누스바움, 조계원 역, 『혐오와 수치심』, 민음사, 2015.
• 우에노 치즈코, 나일등 역, 『여성 혐오를 혐오한다』, 은행나무, 2012.
• 존 버거, 편집부 역, 『이미지-시각과 미디어』, 동문선, 2002.

〈논문〉
• 송명희, 「김명순 시에 나타난 분노 감정」, 『여성문학연구』39, 한국여성문학학회, 2016, 153-184면.
• 이태숙, 「고백체 문학과 여성주체: 김명순을 중심으로」, 『우리말글』26, 우리말글학회, 2002, 1-22면.

[1920년대 신여성에 대한 양가적 성차별주의— 김명순의 「손님」을 중심으로]

〈기초자료〉
• 송명희 편역, 『김명순 소설집-외로운 사람들』, 한국문화사, 2011.

〈단행본〉
• 김경일, 『여성의 근대, 근대의 여성』, 푸른역사, 2004.
• 문옥표 외, 『신여성』, 청년사, 2003.
• 『해외저자사전』, 교보문고, 2014.

〈논문〉
• 김재은 · 김지현, 「성별에 따른 남성중심집단과 여성중심집단의 양가적 성차별주의와 강간통념의 관계」, 『상담학연구』19-4(106), 한국상담학회, 2018, 187-205면.
• 송명희, 「근대소설에 나타난 신여성 모티프」, 『인문사회과학연구』11-2, 부경대학교 인문사회과학연구소, 2010, 1-27면.
_____, 「김명순, 여성 혐오를 혐오하다」, 『인문사회과학연구』18-1, 부경대학교 인문사회과학연구소, 2017, 123-154면.
• 이미나, 「수도권 고교생들의 양가적 성차별주의 실태조사」, 『시민교육연구』48-4, 한국사회과교육학회, 2016, 109-143면.
• 이미화, 「김명순 소설의 탈식민적 페미니즘 연구」, 『한국문학논총』66, 한국문학회, 2014, 111-142면.

[연애지상주의를 신봉한 용감한 신여성 '김명순']

〈기초자료〉
• 송명희 편, 『김명순 작품집』, 지만지, 2008.

〈단행본〉
• 최혜실, 『신여성들은 무엇을 꿈꾸었는가』, 생각의 나무, 2000.

〈논문〉
• 남은혜, 「김명순 문학 연구」, 서울대학교 대학원 석사논문, 2008. 2.

[김명순의 소설에 나타난 순수한 사랑, 그리고 여성 혐오에 대한 미러링]

〈기초자료〉
• 송명희 편역, 『김명순 소설집-외로운 사람들』, 한국문화사, 2011.

〈단행본〉
• 마사 C. 누스바움, 강동혁 역, 『혐오에서 인류애로』, 뿌리와이파리, 2016.
  _____, 조계원 역, 『혐오와 수치심』, 민음사, 2015.
• 앤서니 기든스, 배은경 · 황정미 역, 『현대사회의 성 · 사랑 · 에로티시즘』, 새물결, 2001.

• 우에노 치즈코, 나일등 역, 『여성 혐오를 혐오한다』, 은행나무, 2012.
• 줄리아 크리스테바, 서민원 역, 『공포의 권력』, 동문선, 2001.

〈논문〉
• 손희정, 「혐오의 시대 – 2015년, 혐오는 어떻게 문제적 정동이 되었는가」, 『여/성이론』32, 도서출판 여이연, 2015, 238-252면.
• 송명희, 「김명순 시에 나타난 분노 감정」, 『여성문학연구』39, 한국여성문학학회, 2016, 153-184면.
• 유민석, 『혐오발언에 기생하기 : 메갈리아의 반란적인 발화」, 『여/성이론』33, 도서출판 여이연, 2015, 126-152면.
• 이광수 · 주요한, 「춘원 · 요한 교담록」, 『신시대』, 1942.2.
• 이현재, 「도시적 감정으로서의 여성 혐오와 도시적 젠더정의의 토대로서의 공감의 가능성 모색」, 『한국여성철학』25, 한국여성철학회, 2016, 35-64면.

찾/아/보/기

송 명 희

현재 부경대학교 국어국문학과 명예교수, 〈문학예술치료학회〉 창립회장을 맡고 있으며, 〈한국문학이론과 비평학회〉 회장과 〈한국언어문학교육학회〉 회장, 〈부경대학교 인문사회과학연구소〉 소장을 역임했다. 『현대문학』을 통해 1980년 8월에 문학평론가로 등단했다.

문화체육관광부 우수학술도서에 『타자의 서사학』(푸른사상, 2004), 『젠더와 권력 그리고 몸』(푸른사상, 2007), 『페미니즘 비평』(한국문화사, 2012), 『인문학자 노년을 성찰하다』(푸른사상, 2012), 대한민국학술원 우수학술도서에 『미주지역한인문학의 어제와 오늘』(2010), 『트랜스내셔널리즘과 재외한인문학』(지식과교양, 2017) 등이 있다.

그밖의 저서에 『여성해방과 문학』(지평, 1988), 『문학과 성의 이데올로기』(새미, 1994), 『이광수의 민족주의와 페미니즘』(국학자료원, 1997), 『탈중심의 시학』(새미, 1998), 『섹슈얼리티 · 젠더 · 페미니즘』(푸른사상, 2000), 『현대소설의 이론과 분석』(푸른사상, 2006), 『디지털 시대의 수필 쓰기와 읽기』(푸른사상, 2006), 『시 읽기는 행복하다』(박문사, 2009), 『소설서사와 영상서사』(푸른사상, 2010), 『여성과 남성에 대해 생각한다』(푸른사상, 2010), 『수필학의 이론과 비평』(푸른사상, 2014), 『페미니스트 나혜석을 해부하다』(지식과교양, 2015), 『에세이로 인문학을 읽다』(수필과비평, 2016) 『캐나다한인문학연구』(지식과교양, 2016), 『문학을 읽는 몇 가지 코드』(한국문화사, 2017)가 있다.

편저에 『페미니즘 정전읽기1, 2』(푸른사상, 2002), 『이양하수필전집』(현대문학, 2009), 『김명순 작품집』(지만지, 2008), 『김명순 소설집 외로운 사람들』(한국문화사, 2011), 『김명순 단편집』(지만지, 2011)이 있다.

공저에 『여성의 눈으로 읽는 문화』(새미, 1997), 『페미니즘과 우리시대의 성담론』(새미, 1998), 『페미니스트, 남성을 말한다』(푸른사상, 2000), 『우리 이혼할까요』(푸른사상, 2003), 『한국현대문학사』(현대문학, 2002), 『한국현대문학사』(집문당, 2004), 『부산시민을 위한 근대인물사』(선인, 2004), 『나혜석 한국근대사를 거닐다』(푸른사상, 2011), 『박화성, 한국문학사를 관통하다』(푸른사상, 2013), 『배리어프리 화면해설 글쓰기』(지식과교양, 2017), 『여성과 문학』(월인, 2018), 『재외한인문학 예술과 치료』(지식과교양, 2018)가 있다.

시집에 『우리는 서로에게 가는 길을 잃어버렸다』(푸른사상, 2002)가 있다.

에세이집에 『여자의 가슴에 부는 바람』(일념, 1991), 『나는 이런 남자가 좋다』(푸른사상, 2002), 『인문학의 오솔길을 걷다』(푸른사상, 2014)가 있다.

수상에 〈한국비평문학상〉(1994), 〈봉생문화상〉(1998), 이주홍문학상(2002), 〈부경대학교 학술상〉(2002), 〈부경대학교 교수우수업적상〉(2008, 2010), 〈신곡문학상 대상〉(2013), 〈부경대학교 우수연구상〉(2013)을 수상했다.

다시 살아나라, 김명순
-김명순의 삶과 문학-

초 판 인 쇄 I 2019년 8월 10일
초 판 발 행 I 2019년 8월 16일

지 은 이 송명희

책 임 편 집 윤수경

발 행 처 도서출판 지식과교양
등 록 번 호 제2010-19호
주   소 서울시 강북구 우이동108-13 힐파크103호
전   화 (02) 900-4520 (대표) / 편집부 (02) 996-0041
팩   스 (02) 996-0043
전 자 우 편 kncbook@hanmail.net

ISBN 978-89-6764-144-3 93800   정가 22,000원